小公爺別慌張 1

風文創 1271

寄蠶月 著

目錄

序文

寄蠶月

決定寫這本書，幾乎就是一瞬間的事。

我幼時對歷史故事格外著迷，在字都認不全的年紀便經常捧著爺爺的大書沈迷其中，無法自拔。像是《隋唐演義》、《楊家將》、《呼楊合兵》這類，毫不誇張地說，每每一看上就彷佛置身其中，只覺熱血沸騰，完全忘卻周遭世界，以至於常常聽不到大人喚我。

於是爺爺開始把書藏起來，櫃子底下、被褥裡、碗櫃上，我反而感覺更新奇，爬上爬下地四處找尋，找到了便在爺爺家的炕頭上繼續埋頭苦讀，從此他藏我找，樂此不疲。

我想，大概就是那個時候，埋下了這顆寫作的種子。

上學以後，我的理科明顯更好些，我喜歡的那些歷史故事，對於背誦歷史題可沒什麼幫助。但是，我的作文卻總能脫穎而出。

寫作於我，是直抒胸臆，更是暢快淋漓。

無論是生活中的美好，抑或是痛苦，我都習慣了用文字來記錄和表達。

見識過諸位文壇大老們，字裡行間展現出來的洶湧情感，直擊人心，我無比豔羨，希望有朝一日透過閱讀和學習，也能擁有這種力量。

我寫我心中的故事，真高興你（妳）也喜歡。

第一章

「姑娘，該起了！」

一聲輕柔的呼喚後，是兩道細碎的腳步聲。

一道腳步聲往窗邊去了，吱呀一聲，窗子被推開，連樹上的鳥叫聲都清晰了幾分。

另一道，則來到床邊。金屬脆聲，是銅盆被輕輕放下；布料摩擦，是床幔被緩緩掀開；珠串碰撞，想必是侍女小滿在繫床幔了。

其實打從門一響，允棠就醒了，只是這每日都要早起的規矩，真是太折磨人了，管她是裝睡還是耍賴，能拖一刻是一刻。

見她眼仍閉著，可眼皮下的眼珠子卻滴溜溜亂轉，小滿噗哧一下笑出聲來。「好啦，姑娘，別裝了，快起吧！」

「讓我再躺一會兒，就一會兒！」允棠也不睜眼，就只是高高舉起一根手指。

誰知探出去的手臂卻沒能順利收回，一雙纖細微涼的手覆上來，沒等她反應過來，那手用力一扯，她單薄的身體就整個被扯了起來。

「痛！痛！」允棠捂著手臂嚷。

小滿急了，趕忙到她身後扶住她。「白露姊，妳輕點兒，姑娘身子弱，哪禁得起妳這麼扯？」

白露可不吃這一套，聲音冷冽如常。「我看姑娘的身子好得很，昨日還能帶著妳翻牆偷溜出去呢，哪像妳說的那般孱弱了？」

是白露？允棠心中疑惑，可現下假寐的戲還沒演完，只得虛眯著眼，仰著頭去辨認眼前人。

小滿自知理虧，心虛道：「起就起，好好說便是了，何苦要這樣硬扯……」

「妳性子軟，勸不住姑娘，淨跟著她一起胡鬧，也難怪翟嬤嬤不放心妳一個人伺候。」白露沒好氣地伸手。「帕子！」

這一聲，頗有翟嬤嬤平日裡訓人的氣勢，小滿一個激靈起身，將帕子在銅盆的溫水裡浸濕。

小滿這一抽身，允棠的身子沒了倚重，只得自己用手臂撐著。

白露見了，毫不留情地戳破。「姑娘還要繼續裝睡嗎？」

話都說到這分兒上，斷是沒辦法再裝下去了。

允棠只覺得無趣，心中輕嘆一聲命苦，接過小滿遞過來的帕子擦了把臉。

「等姑娘嫁人，到了婆家還這麼賴床，可是要被罰站規矩的。」白露板著臉，語氣跟翟嬤嬤如出一轍。

允棠撇撇嘴，嘟囔道：「我是有多想不開，非要嫁人啊……」又想到什麼似的，盯著白露那張冷若冰霜的俏臉出了神。

要知道，雖然白露只比她和小滿虛長幾歲，可性子謹慎穩重，做起事來條理清晰，很少出岔子。翟嬤嬤出門這些日子，都是指明要白露代為操持院中雜事的，怎麼今兒卻得空親自來叫她起床了？莫非……

「難不成，今日就要啟程去汴京了？」想到這裡，允棠喜出望外，反手抓住白露的手臂問道。

「是。」白露不動聲色地撥開她的手，拿下她手裡的帕子，又遞上牛角的刷牙子。「翟嬤嬤不提前告訴姑娘，也是怕姑娘惹出禍來。」

允棠接過刷牙子塞進嘴裡，含糊道：「我能惹什麼禍……」

「姑娘的心裡呀，怕是明鏡似的。」白露待她刷完牙，又伺候她漱口，和小滿一起給她穿衣裳。「今日要動身，自然趕早不趕晚。東西已經收拾得差不多了，只等姑娘用了早飯就走。」

聽到這兒，允棠與小滿對視一眼，難掩興奮的神色。

白露一邊幫她整理衣裳細節，一邊道：「翟嬤嬤說了，姑娘已經及笄，這次去汴京，除了要去幾個莊子和店鋪認認門，還要帶姑娘去大堯山祭拜亡母。」說完，悄悄打量姑娘的神色。

「這麼說，翟嬤嬤已經打點完事情回來了？那我去找她！」允棠樂道。

「姑娘要是這樣去，怕是先挨罵！」白露一把將她扯住，轉頭道：「小滿，還不快給姑娘梳頭？」

「欸！」小滿急忙應聲。

允棠乖乖在銅鏡前坐好，催促道：「快點、快點！」

小滿手腳麻利，很快就把頭髮梳好，剛想選枚絹花來搭配衣裳，允棠卻已經等不及了。

「行了行了，就這樣吧！」

「我還沒選好呢！哎，姑娘──」小滿左手桃花，右手木香，躊躇間，允棠已不見了蹤影。

正在鋪床的白露聞聲起身，輕嘆一聲。「小滿，妳有沒有覺得，姑娘自一年前那次重症緩過來之後，好像變了個人似的？」

「有嗎？」小滿歪頭想了好一會兒。「姑娘開朗活潑些不好嗎？」

「可姑娘即便是小時候，每每聽人提起父親、母親也總是傷懷，什麼果子都哄不好的，如今竟充耳不聞，心腸像是鐵打的一般……」白露喃喃說著。

小滿不高興了。「怎就是鐵打的了？我不愛聽！姑娘從小就沒受過父母疼愛，只有翟嬤嬤一人對她好，所謂父親、母親，不過就是一個稱呼罷了，跟張三、李四、王二麻子一樣，沒什麼特殊的！像我，從小就陪著姑娘，什麼舐犢情深、感人肺腑，我也是不懂的！」說完，還賭氣似的一跺腳，出門去了。

白露怔了怔，隨即無奈地搖搖頭。

其實並非允棠冷血，而是她根本就不是白露口中那個可憐的姑娘。

她本名也叫允棠，姓蕭，是二十一世紀一名建築學系畢業後剛工作兩、三年的社畜。

她只是通宵加班之後回家睡了一覺，醒來就莫名其妙穿越到這裡了，還成了無父無母、連姓氏都沒有的古代姑娘。

不，不是沒有姓氏，用翟嬤嬤的話來說，是父親跟母親的姓氏都要避諱些什麼，才不能輕易講，如果有人非要問起不可，就說是姓翟好了。

她承了人家的身，卻沒有之前的記憶，都不知自己身處何地，哪還有心思去管姓什麼？

所以她咬著牙，硬是拖著病軀，在這本就不大的院子裡外轉了三圈，又強打著精神聽整日繞在身邊的幾個人對話，這才敢喝下她們遞過來的湯藥。

母親在生下她幾日便去世了，翟嬤嬤作為乳娘，從襁褓中把她養大。

至於白露和小滿，都是在她幼時便買來陪她的。

沒錯，這宅子裡主要人物就這麼幾個，沒有妻妾之爭，沒有嫡庶之分，父母及兄弟姊妹也都沒有，不知是該高興還是該傷心。

剛來時還覺得脫離現代科技，每日無聊得緊，待得久了卻發現日出而作、日落而息這樣的生活十分健康，長久累積下來精氣神都不一樣了。

加上每日衣來伸手、飯來張口的日子逍遙自在，允棠便開始專注於開發自己的內心。說得好聽，其實就是做了些上輩子想做卻沒敢、或者沒好意思做的事。

比如，上樹掏鳥蛋。

實在把翟嬤嬤逼急了，也就哭一場，只要她瘋夠了，肯低頭認錯、說兩句軟話，翟嬤嬤也就被哄好了。

允棠提著襦裙跑過遊廊，剛進了後院，正廳裡就傳出響如洪鐘的笑聲——

「哈哈哈哈，翟嬤嬤可真會開玩笑！」

這中氣十足的聲音她可是再熟悉不過了，是隔壁院子開錢莊的王江氏。

「父母之命，媒妁之言，就算你們家姑娘命苦，無父無母的，但我帶著媒婆正式來提親，翟嬤嬤好歹也要請個親族長輩來駁我吧，哪有乳娘給姑娘作主的道理？」王江氏語氣聽著是客氣，可內容卻盡是嘲諷。

翟嬤嬤倒是不惱，輕言慢語道：「給姑娘作主自是不敢，只是我家大娘子在世時，曾交代過給姑娘的擇婿標準。既有生母遺願，就算親族長輩來了，姑娘也是要守的。」

媒婆陳氏追問道：「請問大娘子的遺願，是想給姑娘嫁去什麼樣的人家？這王家在揚州也算是——」

「翟嬤嬤！」王江氏面色不悅，開口打斷媒婆的話。「妳休拿這話糊弄我！聽說妳家大娘子生了姑娘就撒手人寰，怕是難產血崩而亡吧？這血崩我也曾親眼見過，氣都沒力喘了，哪還有心思交代十幾年後的事？」

此言一出，翟嬤嬤的臉瞬間冷下來。

陳氏尷尬不已，還想打圓場。「王家大娘子心直口快，並不是那個意思，翟嬤嬤別往心裡去。」

允棠再也聽不下去，抬腿進入正廳，厲聲道：「這哪是心直口快，分明是口無遮攔！打著提親的旗號，言語上處處衝撞我亡母和乳母，怕是看我們好欺負才上門的吧？」

王江氏膘肥體壯，擠進那高背椅子實屬勉強，聽到這話，她將兩隻粗壯手臂環抱胸前，一副沒在怕的神色。

陳氏忙擺手否認。「姑娘這是哪兒的話呀，我們真是來提親的！」

允棠冷哼。「您見多識廣，那您說說，上門提親卻如此跋扈、處處貶低，您在別家可曾見過？」

「這……」此時陳氏都快後悔死了，實在不該貪圖王家媒人錢給得多，接了這趟差事的。

王家一向秉承「廣撒網，多斂魚」的作派，附近所有閨中待嫁的姑娘，他王家怕是都提過親了！

可這王家婆娘在十里八街是有名的潑婦，所以即便家底再豐厚，獨子王謙二十有五了，也沒有姑娘肯嫁給他。

「嘖！這陳婆子還說姑娘是高門大戶出身，如今雖落魄卻家訓如山，甚是恭順，如今看來，都是虛言！」王江氏陰陽怪氣地說。

說媒婆說的是虛言，這可是要砸招牌的！陳氏當即坐不住了。「王家大娘子，這話可不要亂講！姑娘仙姿玉色，人就站在您面前，這模樣可是作不了假的；家中沒長輩在外打拚，自然家產都是祖上傳下來的，從一進門您還誇讚這院子是下了本錢的，怎的現在都變成虛言了？您倒是說說，我哪句是虛言？」

「妳衝我嚷什麼？」王江氏眼睛一瞪。「我是找妳來說媒的，不是找妳來質問我的！」

眼看兩人就要吵起來，翟嬤嬤拍案而起。「兩位要吵出去吵吧，不送！」

「翟嬤嬤，今天實在對不起！」陳氏頷首，轉身又從袖口裡掏出銀錢塞到王江氏手裡。「這是妳給我的媒人錢，現在退還給妳，妳另請高明吧！」

眼見陳氏離去，王江氏呸了一聲，咒罵道：「沒用的東西！」

翟嬤嬤眉頭緊鎖，朗聲道：「您也請吧！」

「怎麼著？這是要趕人了？」王江氏費力起身，不屑道：「要不是我家謙兒被妳家這狐媚子迷了眼，以為我願意進妳家門呢？」

允棠不疾不徐道：「怎麼著？惱羞成怒了？」

「妳信口雌黃！我家姑娘的名聲豈是妳這妖婦能糟踐的？」翟嬤嬤氣得直發抖。

正劍拔弩張之時，小滿恰好進門。

允棠雲淡風輕道：「小滿，去把前幾日新打的銅鏡拖來，送給王夫人，讓她一併帶回去！」

小滿心中正納悶何時打過銅鏡，可抬眼見允棠悄悄使了個眼色，便心中有數，應了聲轉身出去。

王江氏一時摸不著頭腦。「妳、妳什麼意思？」

「沒什麼意思。」允棠倒了杯溫茶遞給翟嬤嬤，讓她消消氣，轉頭又道：「能說出我去狐媚王謙這種話，想必是妳府上沒有銅鏡。我家雖非富甲一方，但銅鏡還是送得起的。王家大娘子，這銅鏡可是好東西，人呢，貴在自知，每天照一照吧，免得貽笑大方！」

話音剛落，兩名站在後方伺候茶水的婢女不禁悶笑起來。

翟嬤嬤卻怔在原地，看著允棠的背影出神。

「笑什麼笑？連下人也如此沒規矩！」王江氏平生最不怕拿錢財來說事，因此倨傲地嗤笑道：「妳說的是哪門子的笑話？妳們也不出去打聽打聽，我王家什麼買不起？區區銅鏡——」說到一半，已經有婢女忍不住笑出聲來，王江氏這才覺察出不對，更加氣急敗壞起來。「好妳個巧言令色的小丫頭，今兒看我不撕了妳的嘴！」說罷已經挽起袖口，快步向前作勢要打。

翟嬤嬤大驚失色，生怕姑娘吃虧，放下茶盞剛想起身，卻被允棠一把按下。

允棠不躲反而上前一步，探出臉去，面帶輕蔑挑釁道：「來，朝這兒打！」

「姑娘！」翟嬷嬷的心都提到嗓子眼。
王江氏的手早已高高揚起，見此情形心裡不由得犯起嘀咕，遲遲不敢下手。
若是尋常人家的小娘子，早就嚇得哭爹喊娘了，可面前這個竟毫無懼色，甚至還敢反過來嘲諷自己，擺明這一巴掌下去，要讓自己吃不完兜著走，難不成真的有什麼倚仗？
早前聽說要帶著媒婆來提親，王家官人就曾揚言這樁婚事絕不可能成。
「妳也不想想，光一個小娘子帶著乳娘住那麼大的院子，說是孤女，說不定是哪家高門大戶養的外室所生呢！既然能給她這麼大的院子，擺明了早晚是要領回家去的，怎麼可能看上我們這種商賈人家？」
當時王江氏還對官人的這番話嗤之以鼻，如今想來，似乎不無道理！
想到這兒，這手頓在空中，一時間打也不是，放下也不是。
「怎麼？妳不敢？」允棠戲謔道。
王江氏硬著頭皮，瞪大眼睛。「當真以為我不敢打妳嗎？」話雖如此，可言語間卻已失了底氣。
允棠知道計謀得逞，扯起嘴角又上前一步，直直盯住王江氏的眼睛，一字一句道：「沒錯，我料定妳沒那個膽量！」
幾字鏗鏘落地，翟嬷嬷眼裡沒來由地霧氣氤氳，她緩緩起身，隱約間一個紅衣戎裝的身影彷彿出現在眼前，慢慢地與允棠的背影重疊在一處，她鼻子一酸，險些落下淚來。

允棠的一雙眸子，剛剛還稚嫩無辜，到了眼前卻變得淩厲狠絕，王江氏被盯得渾身不自在，不自覺地吞了吞口水。

知道目的達到，該給個臺階下了，允棠退一步轉身。「王家大娘子，手別一直舉著了，也不嫌累得慌？」

王江氏心中長吁一口氣，高舉的手早就痠脹了，聞言就勢一拂袖，冷哼一聲。

「也不怕告訴妳，我母親在生下我之前，就給我訂了親，夫婿家是魏國公家的小公爺，這次我和翟嬤嬤去汴京，便是受魏國公之邀。」

聽到「魏國公」三個字，王江氏的頭皮一緊，面色變了又變。

允棠努力壓平嘴角。「今天我要是少了一根頭髮，妳猜，那魏國公會如何？」

怪不得！魏國公乃是三次勤王救駕的大功臣！就連朝臣們都趨之若鶩，哪是他們平頭百姓能招惹得起的？

王江氏一陣後怕，剛才要是受這小娘子激將，真的一巴掌打下去，那魏國公府要是發怒……光是想想，她都寒毛直豎。

可是，到底是什麼樣的門戶，連一個外室生的女兒都能嫁入堂堂魏國公府？

難道……是皇帝？

不對不對，皇帝都已經過耳順之年了，還能不能生兒育女都未可知呢！

那……就是皇子們！

是了是了，不然哪能在這裡住這麼久，竟然沒人知道他們家姑娘姓什麼！老天爺呀！

雖然只是心裡想，王江氏還是急忙捂住嘴，生怕自己一個不留神說了什麼不該說的。

允棠見狀，笑問道：「大娘子不信？」

王江氏雖滿腹疑團，卻不敢拿一家老小的性命去賭這一口氣，只得悻悻然道：「若是早就訂親，翟嬤嬤早說便是，何苦讓我多費這番口舌？」

翟嬤嬤深吸口氣，整理好情緒。「我家姑娘的事，為何要與妳這不相干的人來說？」

允棠見她眼圈通紅，只當她是氣著了，伸手去握住她的手。

「既然這樣，那……那我就先告辭了。」王江氏擠出一個僵硬的微笑，轉身要走。

「慢著！」允棠喝道。

王江氏心頭一震。「還有何事？」

「今日妳對我亡母出言不遜，又對我乳母多加侮辱，難道，就這麼走了？」

說話間，院子裡一眾腳步聲傳來，王江氏探頭看去，是七、八個小廝，個個精壯，在院子裡一字排開。

「妳這是要做什麼？」王江氏嚇到失聲。

「大娘子以為我要做什麼？」允棠裝作無辜的樣子。「這些小廝不過是來給我們搬箱子的，不必理會。」

可那幾個小廝一動也不動，眼睛都直勾勾地盯著廳裡，哪像是搬箱子的樣子？

王江氏忿忿道：「那妳想怎麼樣？」

允棠挑眉。「道歉。否則，就等我從汴京回來，讓人綁著妳遊了街再道歉。」

王江氏看了看門口的小廝，又看了看眉頭緊鎖的翟嬤嬤，心中再三衡量下，不情不願地矮身行禮。「翟嬤嬤，多有得罪，還望見諒。」

翟嬤嬤心裡還氣著，只把頭扭向另一邊。

見允棠還盯著自己，王江氏雙手合十，舉過頭頂，嘴裡念叨道：「這位大娘子啊，方才是我出言不遜，衝撞了您，您大人有大量，不要跟我計較，也……也不要來找我，今日過後咱們就再無瓜葛……」

「行了，讓她趕緊走吧！」翟嬤嬤心裡煩躁。

不等允棠說話，王江氏得了大赦似的，趕忙快步向外走。

「小心腳下，別被絆著！」允棠輕聲說。

話音未落，王江氏便不知被什麼絆了個趔趄，肥胖的身軀突然向前衝了好幾步，最後單膝跪地才停下來。

小廝們四散開來，生怕被撞。

只想趕快逃離的王江氏顧不上膝蓋的疼痛，急急起身衝出門去。

小滿咧著嘴進來，喜形於色。「姑娘，她走了，走得可快了！」

「算妳機靈！」允棠笑道。「我還真怕妳不懂我的意思。」

「哪能啊？我天天跟姑娘在一起，姑娘不使那眼色，我也是懂的！」小滿搖頭晃腦，一副得意的神色。

「是是是，妳最聰明！去讓他們散了吧。」

翟嬤嬤一把拉過允棠，嚴肅道：「棠姐兒，以後不許這樣了，她要是真動手可怎麼辦？豈不是白白挨了一下？她那個身板，力氣定是不小……」

「妳放心吧，她不敢的！」允棠寬慰道。

像「遇到無賴，就要比他更無賴，用無賴的邏輯把他打敗」這種話，自然是無法跟翟嬤嬤說的。

「還有，哪有姑娘家胡亂說自己訂過親的？這傳出去還得了？」翟嬤嬤用手指輕點允棠的額頭，嗔怪道：「妳鬼點子這麼多，這魏國公家的小公爺，又是從哪兒聽說的？」

小滿搶著說：「這個我知道！是前些日子，我和姑娘去花市的時候，聽林家小娘子說的！她剛從汴京回來，機緣巧合下見過魏國公家的小公爺，據說那小公爺相貌俊朗，風度翩翩，只要遠遠看上那麼一眼，就會夜夜夢裡遇見……」說起帥哥來，小滿頂著一雙桃花眼滔滔不絕。

眼看翟嬤嬤的臉色越來越沈，允棠幾番清嗓都沒能攔下，只好開口喝止。「還不住口！姑娘家議論外男，成何體統？這要是被人聽去還得了？」

「可、可是姑娘妳剛才還說跟他訂親……」小滿滿腹委屈。

允棠瞪眼。「還說！」

「行啦！」翟嬤嬤並不揭穿她們的小把戲。「快用早飯吧，一會兒還得趕路呢！」

從揚州去汴京走的是水路，客船的房間裡，床榻、桌几一應俱全。

起初還好，允棠東摸摸、西看看，什麼都覺得新奇，可兩、三天下來後，每日推開窗子，除了水還是水，再美的景色天天看也不過爾爾，便開始覺得無趣起來了。

無奈翟嬤嬤帶的那些打發時間的玩意兒她都不喜歡，只好伏在窗邊發呆。

矮桌前，白露正用茶槌搗著茶餅，翟嬤嬤則取了一小塊在茶碾子裡面碾。

「姑娘這是無聊得緊了。」白露看著窗邊笑道。

翟嬤嬤扭頭看，就見允棠正用手指沿著窗櫺的雕花描繪著。「是啊，平日裡還能出去跑跑，如今卻是困在這船上了。」

「姑娘倒是不愛看書了，您給她帶了那麼些書卷，幾日都未曾拿起過。」

翟嬤嬤想起她與王江氏對峙的模樣，喃喃道：「在這之前，我一直以為，姑娘是我帶大的，自然是我最了解她。」

「這話沒錯呀！」

茶釜中的水開了，水花翻湧，蒸騰出白氣。

翟嬤嬤盯著白氣出神。「我曾自責，把她教得過於寡淡怯懦了，遇到事情唯恐避之不及，又終日惶恐，生怕什麼落到自己頭上，若是她母親看到她唯唯諾諾的樣子，定會怪我。」

白露把茶釜從火上取下，安慰道：「您是怕姑娘任性出頭會吃虧，畢竟咱們沒有主子能倚仗，這道理我都懂，姑娘那麼聰慧，也定會明白的。」待翟嬤嬤取了一匙茶末放入茶盞，白露倒入開水後，又繼續說：「姑娘對付王江氏的事，采菊一字一句都給我學了，要我說，咱們姑娘可是有女將之風的，既聰明又有膽識，姑娘之前是藏拙也說不定。」

藏拙？家裡又沒外人，藏拙給誰看？

翟嬤嬤心裡雖這樣想，卻沒開口反駁，只是默默調著茶膏。

「您一個人把姑娘拉拔大，大娘子在天有靈，感激您還來不及，哪裡還會怪罪呢？」白露再次起身，朝茶盞裡緩緩注入開水。

翟嬤嬤用茶筅擊拂，很快便泛起茶末，輕嘆口氣道：「在別人家，即便是個庶出的女兒，家裡至少也有生母，再不濟也有嫡母，棠姐兒是個命苦的。」

「禍兮福之所倚，福兮禍之所伏。咱們姑娘的好日子都在後頭呢！」

隨著翟嬤嬤數次擊拂，茶香四溢。

在一旁伏在榻邊打瞌睡的小滿迷迷糊糊地抬起頭說：「好香啊！」

白露啞然失笑。「說妳是狗鼻子，一點都不冤枉！」說罷將點好的茶端上，送到允棠手邊。「姑娘，喝茶。」

允棠平日是最愛喝翟嬤嬤點的茶的，可今日卻看也不看，只是一味地盯著窗外一個方向出神。

白露好奇地問：「姑娘在看什麼呢？」

「旁邊那艘船，跟了我們很久了。」允棠皺眉。

白露順著她的視線望出去，發現不遠處是一艘華麗的官船。

「瑾王殿下，還要再跟近些嗎？」一個侍衛打扮的男子抱拳問。

「這樣就好，免得他們發現了會慌亂。」瑾王立在船舷一側，眼睛還盯著前面船上窗內的人兒。

像，太像了！

那眉眼、那神情，與記憶中的那個人如出一轍，惹得瑾王一陣恍惚。

他從懷裡掏出一個略顯破舊的畫卷，小心翼翼打開，一個英姿颯爽的年輕女將軍躍然紙上。

侍衛想要幫他拿著，被他搖頭拒絕。

「像嗎？」瑾王百感交集，像是在問侍衛，又像是在問自己。

侍衛不敢遲疑，探頭朝畫上看了幾眼，又抬頭看了看前面船上的小娘子。「回殿下，是有幾分神似。」見他仍目不轉睛地看著，侍衛問：「殿下，要派人過去問問嗎？」

海上驀地一陣風來，鼓起畫卷，瑾王忙背過身去，生怕畫卷被風撕裂了。他輕輕收起畫卷，重新收入懷中，搖了搖頭。「不必了，也不用再跟了，快些趕路吧。」

「是！」

瑾王輕嘆口氣。問了又能如何呢？再像，她也不可能是那個人。

因為那個人早在十五年前，就已經死了。

眼見官船加速超了過去，小滿捧著茶盞抿了一口。「看吧，就只是跟咱們一個方向而已，姑娘妳疑心太重了。」

允棠沈默不語。

不對，這絕不是錯覺！

兩船交錯之時，她分明與那船上一個衣著華麗的中年男子對視了一眼，對方的神情，那叫一個意味深長。

思忖片刻後，允棠開口道：「小滿，去叫船夫再慢些，等那艘官船走遠了再說。」

「欸！」

隨後她放下茶盞，將窗子關好，坐回到榻邊。

之後的幾日，允棠都不再去窗邊，實在無聊的時候，就拿筆畫畫所見過的各式各樣結構的船，有不懂的，便去請教船夫，日子倒也很快便打發過去了。

船到州橋的時候正是傍晚，聽船夫熱情介紹說，因倉場大多建在這裡，所有往來汴京的貨船都會在這裡停靠卸貨，人流密集，天長日久下來，形成了非常熱鬧的夜市，品類繁多的美食會一直賣到三更天。

自認為是個吃貨的允棠自然不會放過這個好機會，等船一靠岸，便帶著小滿衝了下去。

「哇！」允棠和小滿異口同聲驚呼。

華燈初上，人聲鼎沸，好一片繁華景象！

「姑娘妳看！汴京的小娘子們穿的衣裳、梳的髮髻、戴的首飾，一個比一個好看呢！」小滿好奇地打量著經過身邊的每一個人。

允棠口水都快流出來了，哪有心思看行人的穿戴？「我都餓了，我們先去買吃的吧！」

都說京城富貴迷人眼，允棠還曾嗤之以鼻，那一千多年前的古代，能繁華到哪裡去？

如今看來，到底是她淺薄了。

五花八門的美食，像羊脂韭餅、糟蟹、腰腎、雜碎，香味撲鼻；琳琅滿目、賣相奇佳的各色菓子，都用梅紅匣子裝好，好似百花齊放；還有叫不上名字的各色茶水、湯飲……絕不遜色於現代的夜市。

允棠拉著小滿在攤鋪間穿梭，沒一會兒兩人手中便拿滿各種食物。

「唔——真好吃！姑娘，妳嚐嚐這個！」小滿將手中的雞皮遞到允棠嘴邊，看她咬了一口，忙問道：「怎麼樣？很香吧？」

油脂的香味充斥在口腔，允棠無暇開口，只得不住點頭。

「我喜歡汴京！」小滿騰出一隻手掏出帕子，給她擦了擦嘴。「我們要是能留在這兒就好了。」

允棠嚥下食物。「翟嬤嬤曾說過，我們不能在汴京多待，緣由呢，她又不肯說。」

小滿有點失望，不過還是笑道：「聽翟嬤嬤的沒錯，她總是有她的道理的。」

是啊，翟嬤嬤身上的秘密太多了，允棠有一種直覺，自己的身世絕不簡單。

雖然沒有之前的記憶，可就近一年翟嬤嬤對她無微不至的關心和照顧來看，若是身世對她有利，翟嬤嬤絕不會緘口不言。

既然如此，說與不說，她也不強求了。

上輩子她也無父無母，是爺爺跟奶奶把她拉拔大的。她短短的一生，渾渾噩噩，像在急流中的魚，來不及停下來思考，永遠在隨波逐流。

遺憾嗎？不，因為她都來不及知道自己到底想要什麼。

只是這輩子，她不要再那樣活了。

見允棠沈默，小滿以為她不高興了，急忙岔開話題。「姑娘，妳渴嗎？要不，我們去那邊嚐嚐汴京的飲子？」

允棠回過神來，看著小滿晶亮的眸子，笑著點點頭。「好。」
兜兜轉轉，老遠看見一個香飲子的木牌，兩人直奔過去。
只見攤子上擺著十數種湯水，前面都擺著對應名稱的木牌。
小滿輕聲唸著。「豆蔻熟水、香花熟水、無塵湯、木犀湯……這麼多種，姑娘妳喝什麼呀？」
允棠一一掃視過去，最後目光停留在荔枝湯的木牌上，便伸出手指在牌子上點了點。「要這個吧。」
「好嘞！小娘子請稍等。」
小販收了小滿遞過去的銀錢，便轉過身去盛。
「姑娘還有什麼想吃的嗎？」小滿問。
允棠拍拍自己的肚皮。「想吃怕也吃不下了，反正還要在汴京待幾天，有空再來就是。」
小滿格格笑。「也是，那我們這就回去，估計這會兒箱子也搬到馬車上了。翟嬤嬤說了，讓我們還回原處尋她們。」
「嗯。」
「小娘子，荔枝湯好了！」
小滿把木碗捧到允棠面前。「姑娘快嚐嚐！」

允棠接過輕抿一口，頓時雙眼放光。「嗯，好喝！小滿妳也來一碗！」

小販指著旁邊的矮桌。「小娘子可以到這邊，坐下慢慢喝。」

允棠謝過，端著木碗轉身，誰知一回頭便撞上一個堅實的胸膛，一碗荔枝湯灑了個乾淨。

「放肆！」

一聲喝斥把允棠嚇了個激靈，手一抖，碗便脫了手。可碗剛到半空便被一隻大手撈住，又穩穩地交回到她手上。

她順著胸膛緩緩抬頭，對上一雙玩味的眸子，急忙後退兩步，與他拉開距離。

「姑娘！」小滿拉過允棠，替她輕拂襦裙上的水痕。「沒事吧？」

允棠輕輕搖頭。

「怎麼走路的？衝撞了我們小公爺！」

「緣起！」被稱作小公爺的男子喝止住身邊的隨從。

小公爺？不會這麼巧吧？

允棠又抬眼去看，只見那男子年約二十左右，一身月白色帶著銀絲暗紋的交領長袍，胸前已經濕了一大塊；再向上，男子下頜稜角分明，一側的嘴角輕輕揚起，鼻梁高挺，斜插入鬢的英眉下，一雙細長的眼深邃不見底。

人長得有點好看。

「是蕭小公爺！」

人群中隱約傳來一聲女子驚呼。

蕭？那不是國姓嗎？

之前在揚州茶坊，還聽說書人提起過魏國公沈聿風三次勤王救駕的故事，若是魏國公家的小公爺，應該姓沈才對吧！

還好還好，允棠一陣慶幸。

只要不是她編排的緋聞男主角就行，雖然對方不知情，但她多少還是有點心虛的。

允棠來不及多想，眼看圍觀的人越來越多，急急矮身行禮。「對不起，多有得罪！」

蕭卿塵卻不打算這麼快結束對話，追問道：「聽小娘子口音，不是汴京本地人？」

「真的是蕭小公爺啊！」一個衣著華麗、滿頭珠翠的小娘子掩口叫道。

「啊啊啊——他朝這邊看過來了！」另一名小娘子更是激動得無以復加，拉住身邊人的手臂拚命搖晃。

呵！允棠嘴角抽動。面前幾人雙手捧臉，眼神迷離，做癡呆狀，這簡直是古代大型追星現場啊！

不過想來，世家子弟長得比旁人好看些也不奇怪，畢竟彩禮豐厚，娶的媳婦肯定也要挑些更好看的。

也不知道本朝有幾個小公爺？不如組個團體出道，沒事開個巡迴演唱會，讓這些小娘子們在場下搖旗吶喊助威。

在腦海裡胡亂腦補一大堆後，允棠努力壓平嘴角，強忍著不讓自己笑出來。

見周遭陣仗駭人，小滿有些慌亂，拉了拉允棠的衣袖，低聲道：「姑娘，我們、我們還是快走吧！」

允棠朝四周看了一圈，圍觀者已經圍了兩層，後面還不斷有人朝這邊過來，忙收起玩笑顏色，抬頭正色道：「這位公子，實在抱歉弄濕您的衣裳，這樣，您看看衣裳多少錢，我賠給您。」

聞言，緣起嗤笑。「賠？我們小公爺這衣裳布料是官家親賞的蜀錦，上面暗紋更是宮中內府最好的繡娘用銀線繡的雲雁，妳賠得起嗎？」

允棠皺眉，說了這麼多，總結起來就一句話——他這件衣裳，是高奢限量款！

她仇富的情感瞬間炸裂，低聲嘀咕著。「嘁！穿這麼貴的衣裳來夜市，怕是來敲詐的吧？」

「妳說什麼？」緣起皺眉問。

「沒什麼。」允棠挺胸抬頭，直直看向蕭小公爺。「那你想怎麼樣？」

蕭卿塵只覺得有趣，玩心大起，撫著下巴做沈思狀。「也不知道漿洗過後，還會不會有痕跡……」

允棠翻了個白眼，還小公爺呢，這擺明了是要訛她一筆嘛！

蕭卿塵看她面色鐵青，強忍著笑。「這樣吧，妳留個地址給我，能洗掉便罷，若是洗不掉，我再差人去找妳，到時候我們商議賠償事宜，妳看這樣可好？」

小滿不服氣，駁道：「不過是荔枝湯，又不是色料油污，怎麼會洗不掉呢？你們這是故意為難人吧！」

一旁小公爺的傾慕者們頓時不高興了——

「妳這小侍女好不講道理，小公爺怎麼可能會故意為難妳們呢？」

「就是就是！沒直接讓妳們家賠償，小公爺已經是發善心了！」

看著小公爺得意的神情，允棠像吃了蒼蠅一樣，可眼下若是不肯，怕是走不掉，只得老實說道：「我初到汴京，還不知要在何處落腳。」

傾慕者立即道：「撒謊吧妳！」

看著面前稚氣未脫的小娘子，兩腮氣得鼓鼓的，扭著頭瞪人，活像一隻炸了毛的兔子，蕭卿塵忍俊不禁，眼看就要笑出聲來。

忽然，他餘光掃到人群中有一道凌厲目光，扭頭看去，那位置卻空空如也。

小滿急得直跳腳。「是真的啊，我們的船剛到碼頭，看這裡熱鬧才先過來看看的！」

蕭卿塵一臉凝重，叫過緣起耳語了幾句，隨後緣起便擠出人群，不知去向了。

允棠不由得警覺起來，不知道面前這個小公爺，葫蘆裡賣的到底是什麼藥，難道是怕她們逃跑，叫手下去喊人了？

她們兩個小姑娘家的，不至於吧！

「這樣吧，」蕭卿塵恢復雲淡風輕的模樣，咧嘴笑道：「妳留個信物給我，等妳找好住處，差人來取回便是，屆時我這衣裳，也就有了結果了。」

信物有什麼難的？允棠想到頭上那支祥雲紋的羊脂玉簪，便伸手去拔。

「姑娘！這是翟嬤嬤才新買給妳，很貴的！」小滿急急拉住她的衣袖。

對方還未說話，傾慕者先嗤之以鼻了，抱臂道：「真是笑話，難不成小公爺會騙妳的簪子不成？各種稀罕的貢品流水一樣地送進小公爺府裡，小公爺看都不看，怎麼會——」

不等話說完，允棠就扭頭打斷，詰問道：「他看都不看？這位姑娘，妳怎麼會知道？莫非妳在場？妳跟他什麼關係？若是此事與妳沒有什麼關係，就不要再插嘴了，不然讓人以為小公爺聯合旁人一起訛詐我呢！」

「我……妳……」傾慕者一時語塞，抬手指了半天，也沒想出什麼話來反駁她。

蕭卿塵的笑意更濃了。

允棠也不囉嗦，一把拔下簪子，豪氣地遞出去。「小公爺說得也有理，這簪子你拿去！」

蕭卿塵卻搖搖頭。「隨手就能給出去的東西，恐怕小娘子也不會放在心上。我想要……」說罷，他指了指允棠腰間繫著的玉珮。

允棠低頭一看，下意識攥緊。「這個不行，這是我母親給我留下的唯一一樣東西。」

蕭卿塵一愣，這倒是他沒想到的。

想到同樣過世的母親，他收起戲謔的表情。「算了，妳走吧。」

允棠愕然，懷疑自己聽錯了。

剛才還百般刁難，一副不死不休的樣子，如今就這麼讓她走了？

見她不動，小滿輕推她。「姑娘，那我們快走吧！」

允棠看向小公爺的胸前，淺褐色的污漬在月白色布料上尤其扎眼。

那荔枝湯的製作方法她也清楚，除了荔枝，還加了烏梅、甘草等帶有顏色的輔料，若想衣裳毫無痕跡，確實要費一番功夫。

她又低頭去看自己從懂事起就佩戴的玉珮，上輩子父母走得突然，沒來得及給她留下什麼東西，這輩子好歹有這個當作念想，就這麼交給一個陌生人她也捨不得。

想到這兒，她把簪子硬塞到小公爺手中，盯住他的眼睛，認真地說：「我明天一定會去取的，我發誓！」說罷，拉著小滿匆匆離開。

蕭卿塵看著手裡的簪子，啞然失笑，這誓發得猝不及防，也不知道能不能當真？

眾人見再沒什麼看頭，漸漸地都散了。

之前一直維護蕭卿塵的兩個小娘子剛想上前與他說話，他卻想到什麼似的，快步走向河邊，登上一早便等在附近的船。

過沒多久，待緣起登上船坐穩，船夫才將船撐離岸邊。

蕭卿塵在船上半倚著，懶洋洋地問：「查到了嗎？」

「是楚家的人。」緣起低聲說：「那人賊頭賊腦的，在人群中特別扎眼，我跟了一會兒，發現跟他接頭的是瑾王妃身邊那個嬤嬤。也不知是瑄王妃還是瑾王妃，又在搞什麼鬼了。」

「有什麼區別嗎？」蕭卿塵冷哼。「她們姊妹倆，為了那個不成器的弟弟，真是無所不用其極。」

緣起點頭。「那楚翰學的確是扶不起的阿斗，科考數年沒中，兩個姊姊給他出錢買了酒坊，他卻成日花天酒地，無心經營，光酒曲錢就欠了一千三百貫。」

「汴京城裡誰人不知，楚家三姊弟三個腦子，瑄王妃占了兩個半，瑾王妃有半個，那楚翰學卻是個沒腦子的。」

「不過，找人跟蹤我們做什麼呢？」緣起不解。「調查賤貿一案，是皇太孫命我們暗中進行的，她們怎麼會知道？」

蕭卿塵搖頭。「這個我暫時也沒想明白。若這也是瑄王妃提前部署的，那我只能稱她是再世諸葛了。」

「三司使張臯剛買了宅子，第二天就被臺諫官參了一本，若說不是設了圈套等張臯往裡鑽，連我都是不信的。」緣起見左右並無船隻，又道：「誰都知道，這張臯是太子殿下的人，明明值兩千貫的宅子，卻只售他一千三百貫，偏這邸舍主人還是楚翰學寵妾的哥哥，這一切未免也太過巧合了。」

「雖然所有的線索都指向楚家，這一步的意圖也很明顯——要拔了太子殿下在朝中的勢力。可我們依舊沒有證據能證明張阜是被逼，或者是被陷害的。」蕭卿塵頓了頓又說：「我唯一能確認的事就是，這個主意並不是出自瑄王妃，不然不會這麼明顯。」

緣起笑了。「那大概是，加起來只有半個腦子的瑾王妃和楚翰學姊弟倆，自作聰明了吧！只希望他們能露出些馬腳來。」

蕭卿塵也笑著點頭。「但願吧！」

「不是說，跟楚翰學那寵妾的哥哥要好的小寡婦，就在這州橋夜市擺攤嗎？可我們腿都要走斷了，也沒見到她人，今天算是白來了！」緣起揉著腿。

蕭卿塵隔著衣裳的布料，摸著那支簪子，喃喃道：「也不算是白來……」

「您說什麼？」

「沒什麼，今天回國公府住吧。」

緣起瞪大眼睛。「我沒聽錯吧？您都多長時間沒在國公府住了，今兒個怎麼……」

「怎麼？我做事還得向你解釋一番？」蕭卿塵沒好氣，白了他一眼道：「我還沒說你呢，剛我讓你把人留住，你可倒好，吼得人家姑娘都要嚇死了，現在搞不好以為咱們是什麼斗筲之輩呢！」話剛說完，腦中一道靈光閃過。他倏地坐起，惹得船身搖晃起來。「緣起，派人去瑾王府盯著，有什麼風吹草動，都迅速報給我！」

第二章

「哎喲，姑娘，妳們可回來了！」白露遠遠看見她們兩個，忙迎上前。「可叫我們好等啊！」

小滿嘟起嘴。「本來是要回來的，結果被——」

允棠急忙打斷她。「小滿！」

好在白露也沒心思追問。「快上車吧，翟嬤嬤在車上等著呢！」

翟嬤嬤等得本有些睏倦了，聽到允棠的聲音，急忙掀開帷幔，笑著問道：「怎麼樣？好玩嗎？」

允棠忙不迭地點頭。

小滿卻是低頭不語。

「小滿這是怎麼了？可是發生什麼事了？」翟嬤嬤有些疑惑。

「沒有，她嫌沒玩夠就要走，有些耍小性子了。我答應她，過些天有空，還帶她來。」允棠笑著解釋道，說著還用肩膀撞了撞小滿。

小滿強扯起嘴角，點了點頭。

翟嬤嬤恍然大悟。「原來是這樣啊！我們還要在汴京待上幾日，倒也不必急於一時。棠姐兒，快上車吧，到了住處還得安頓呢！」

「欸！」允棠應聲，乖巧地爬上馬車。

「這衣裳怎麼濕了？」翟嬤嬤用手帕在她身上拂了拂。「等明兒，帶妳們上白礬樓去吃，那裡的吃食是汴京一絕呢！」

隨身帶的幾個箱子裝滿了另一輛馬車，兩輛馬車一前一後，朝汴京內城駛去。

其實州橋附近就有好多旅店，可翟嬤嬤說，那附近來來往往，人多口雜，不如內城裡肅靜。

允棠是第一次來汴京，原地轉一圈，方向都難辨，可翟嬤嬤卻對汴京的街道、名店如數家珍，想來曾在汴京生活過不短的日子。

難道，她的父母之前也是住在汴京？

沒一會兒，馬車在一家名叫「久住趙員外家」的旅店門口停下。允棠下車去看，這裡應該是特意避開了最繁華的幾個街道，又不至於太過偏僻。

老闆趙員外和老闆娘面容和善，熱情地將她們迎了進去。

這家店的頂層是一整套上房，足夠她們幾個人住。

折騰了好些天，幾人一夜好眠。

「姑娘，該起了。」

允棠迷迷糊糊地翻身，用被子蓋住頭，想要再睡一會兒，忽然，自己曾說的話迴響在耳邊——

我明天一定會去取的，我發誓！

她瞬間驚醒，趕緊起身，如海藻般的長髮糊了一臉，也無暇去撥，急急問道：「什麼時辰了？」

「哎喲，嚇我一跳！」小滿撫了撫胸口壓驚，又格格笑起來。「剛到辰時，難得喊一聲姑娘就起了！」

翟嬤嬤也笑。「棠姐兒是長大了，知道今日要去拜祭母親，貪睡不得。」

今日？拜祭母親？

允棠可不記得之前說過這些話，可既然被架到孝順的制高點上，她也騎虎難下，只得尷尬地笑笑。「也不知這大堯山遠不遠……」

「不遠。」翟嬤嬤掐了幾下指頭，算了算。「酉時之前就能回來。」

酉時，那太陽都要落山了。

允棠長嘆口氣，看來只能回來之後再去了，反止說了是今天去，又沒說是什麼時候，不能算是食言。

翟嬤嬤只道她是惦記著白礬樓的吃食，寵溺地幫她攏了攏頭髮。「放心，我們一回來就去白礬樓，保准讓妳吃個痛快。」

對喔，還要去白礬樓！

允棠重新攤倒回床上，心中暗想：這可怪不得我了！那簪子也價值不菲，仔細算起來，應該也不能算作是賴帳吧？

吃過早飯，帶上提前讓老闆幫忙準備好的供品和紙錢後，一行人乘著馬車，出了望春門，直奔大堯山。

因為是要去拜祭，大家都著了素色的衣裳，翟嬤嬤還特意選了一朵白色的絹花，給允棠簪上。

經過一個多時辰的顛簸，馬車終於停下來。

允棠下車一看，她們所在的位置，乃是大堯山的半山腰，在山路急轉彎處有一塊數十尺寬的平地，再往前，就是那數十丈深的懸崖。

故地重遊，翟嬤嬤早已紅了眼眶，哽咽道：「就是這兒了。」

允棠幾人茫然四顧，這裡別說墓碑了，就連個木牌都未曾看到。

只見翟嬤嬤步履踉蹌，撲到平地邊一個不起眼的石頭堆旁，嚎啕大哭起來。

白露急忙去攙扶，留允棠和小滿愣在原地。

「姑娘啊，我帶著棠姐兒來看您了！」翟嬤嬤聲聲悲壯，惹得小滿和白露也偷偷抹淚。

允棠愣愣地上前幾步，她曾無數次臆想，若是真的到了母親的墳前，要說些什麼？

可真的到了這裡，腦子卻是一片空白，尤其是看到這麼蒼涼的一幕。

她本以為，能給她留下那麼多莊子、田產，母親必會是高門顯戶，即便是橫死不能入祖墳，也該是風風光光地下葬，哪能是眼前這片亂石堆呢？

「棠姐兒，快過來給妳母親磕頭！」翟嬤嬤哭喊。

允棠腦子亂亂的，聽到這句話，本能地幾步上前，直挺挺地跪下，將額頭重重地磕在遍布砂石的地上，連磕了三個響頭。

白露和小滿也急忙俯身，跟著一起磕頭。

沒了人攙扶，翟嬤嬤索性撲在地上，失聲痛哭起來，抽泣到極處，幾乎都快要昏厥過去。

若真要較起真來，四個人當中，只有翟嬤嬤是與允棠的母親從小一起長大，有著很深的感情的。

可在那萬分悲痛的情緒感染下，她們另外三個人腦海裡雖沒有過世人的音容笑貌，卻也一樣淚如雨下。

不知過了多久，翟嬤嬤才漸漸平靜下來。

囑咐小滿和白露多燒點紙錢後，翟嬤嬤拉住允棠。「棠姐兒，很多事以前不告訴妳，是怕妳年紀小，出門在外口無遮攔，會引來禍端。如今妳也大了，該讓妳知道了。」

允棠只覺得喉頭哽住，機械式地點了點頭。

「妳母親，名叫崔清珞，清白的清，瓔珞的珞。」翟嬤嬤雙眼猩紅，遙望向天邊。

「十五年前，崔家還是三代抗敵、滿門忠烈的名門，妳外祖父崔奉更是當朝第一武將，曾官至正二品節度使，數百次征戰從未吃過敗仗。那些年，作亂的外邦只要遠遠看到崔家軍的大旗，都會聞風喪膽，落荒而逃。

「崔家後代，無論男女，都自小習武，到了年紀便跟隨長輩一起上戰場，妳母親自然也不例外。她天賦異稟，精通騎射之術，小小年紀便屢立戰功，多次把敵將射於馬下。官家更是對她讚賞有加，特封她為永平郡主。」

允棠扭頭看了看，她很難將郡主與那一堆亂石聯想到一起。

翟嬤嬤依舊直直看著前方，嘴角勾起淺淺的微笑。「那個時候，妳母親在汴京城裡，應該是最風光的小娘子了，就算是長公主也要略遜一籌。無數王爵功勛上門求娶，妳外祖父都不曾應允，他說了，我崔奉的女兒，要嫁就嫁最好的！」

這汴京城裡誰家的兒郎最好？自然是官家的。

莫非外祖父是想和官家做親家？

允棠滿腹疑團，而翟嬤嬤接下來的話，讓所有的問題都有了答案。

「妳母親與當今六皇子瑾王殿下青梅竹馬，情投意合。瑾王殿下為了配得上妳母親，勤學苦練，也帶兵出征，為立下戰功險些丟了性命，一直未敢上門提親。」

「那，瑾王殿下可是我父親？」允棠急急問道。

翟嬤嬤輕輕搖頭。

「那……」

「妳母親後來猜測，許是她風頭太盛遭人嫉恨，又許是朝中勢力盤根錯節，有人怕瑾王得了崔家助力會有能力攪動風雲，總之……」翟嬤嬤強壓著情緒，努力說下去。「有一天，有人給妳母親下了迷藥，毀了她的清白。」

允棠心頭一震。

「第二天，她裝作若無其事，跟著崔家軍出征。她紅著眼睛說，國家需要她，她還不能死。」翟嬤嬤再也忍不住，眼淚撲簌簌地掉。「可駐守邊關八個月後，她、她竟然戰前產子……我的老天爺啊，她是那麼好的一個人，她不該是這個下場啊！

「她未婚產子的消息傳遍了整個汴京，包括當時對戰的遼國也全都知曉，一時間流言蜚語不堪入耳，說……說出征的女將，看著英姿勃發，其實……其實都不過是軍妓而已！」說到這兒，翟嬤嬤已經泣不成聲。

允棠的心就好像被尖刀剜過一樣痛，那意氣風發的少年女將，一朝跌落神壇，遭萬人唾罵，而罪魁禍首竟然是自己！

如果自己從沒來到這個世上就好了。

那樣的話，即使母親沒了清白，也不會只剩這淒慘的亂石堆。

允棠忽然覺得很冷，她抱住雙膝，將頭埋進去。

「官家一怒之下下令，女子不得再出征，並褫奪她的封號，命令她即刻返回汴京。可背後的那群人喪心病狂，連襁褓中的妳也不打算放過，在半路數次截殺，終於在這大堯山……」翟嬤嬤淚眼婆娑，將目光投向那深淵。

允棠明白了，為了保護自己，母親葬身在這懸崖了。

屍骨無存。

「妳外祖父一氣之下，自請貶職，攜家眷駐守邊關，永不回汴京。他是那麼驕傲的一個人，即便妳母親已經慘死了，他也不肯原諒，以至於到現在，妳母親連個墳塚都沒有。不過，妳外祖父應該不知道妳還活著，當年是一個叫萬起的小將軍，見妳嗷嗷待哺，於心不忍，偷偷放了我們，我這才能帶著妳死裡逃生。

「在回汴京的途中，妳母親給妳取了現在的名字，並且曾說過，要是自己不是這將門小娘子就好了，那樣，也許就能平平淡淡地過完一生。她希望妳一生順遂，所以這麼多年來我硬是自己帶著妳顛沛流離，也沒去尋妳的外祖父。如今妳也大了，能自己判斷，妳想怎麼做，都沒人會怪妳……」

翟嬤嬤後面的話，允棠已經聽不清了。

信息量太大，她需要緩一緩。

魏國公府。

「小公爺，要我說啊，您就別等了，她不會來了。」緣起說道。

蕭卿塵捧著書皺眉。「誰說我在等她了？我這不是在看書嗎？」

緣起癟嘴。「您啊，全身上下就嘴最硬！您都有一年沒回過國公府了，要不是在等夜市那位小娘子來取簪子，您幹麼一直待在這兒不走啊？」

「這是我家！」蕭卿塵氣得把書扔在書案上。「我就算多久沒回，這也是我家，我願意待多久就待多久！」

「是是是，您說的都對！」緣起敷衍道。「可這都快申時了，她要來早來了。」

蕭卿塵沒來由地煩躁起來。「就你話多！我讓你派人監視瑾王府，可有什麼動靜啊？」

緣起搖頭。「沒什麼動靜，要是有，不早就來稟報了嗎？」

砰！蕭卿塵拍案。「緣起，我看你的差事辦得是越發的好了！」

見主子發怒，緣起縮了縮脖子，收起討打的模樣，趕緊認輸。「小的錯了，小公爺您大人有大量……」

「閉嘴！」

「欸！」

蕭卿塵從懷裡掏出簪子，那簪子上還帶著他的體溫。

這狡猾的小娘子，當時明明言之鑿鑿地說了要來，還發了誓，怎的說毀約就毀約，一點誠信都沒有？

要是下次再讓他遇見，絕不能輕易放她走了。

也不知……還有沒有機會再見。

乘著馬車搖搖晃晃一個多時辰，從大堯山又回到汴京內城，已是酉時了。一路上允棠都呆坐著，閉口不言。

翟嬤嬤幾次欲言又止，終究也沒開口。

大家心情都很低落，誰也沒再提去白礬樓的事，徑直回了趙員外的旅店。

「姑娘這都坐了大半個時辰了，連口水都沒喝，這麼下去也不行啊！」小滿頗著急。

「要不，我出去買點姑娘愛吃的？」

白露扭頭，看著坐在窗邊一動也不動的允棠，輕輕嘆氣。「也好，妳去吧，我在這兒看著。」

小滿提起襦裙，轉身便跑。

「翟嬤嬤，妳也去歇著吧。」白露走到翟嬤嬤身邊攙扶。「這兒有我呢。」

翟嬤嬤此時心力交瘁，早就支撐不住了，不過是放心不下允棠，聽白露這麼說了，遂微微點頭。「那我去躺一會兒，棠姐兒要是有什麼，妳就喊我。」

「欸！」

剛伺候翟嬤嬤和衣躺下，門外就傳來叩叩的敲門聲。

白露以為是小滿丟三落四忘了什麼東西，一邊開門一邊道：「成天毛手毛腳的……」一抬眼，卻是一個面生的夥計。「你……有什麼事嗎？」白露疑惑地問道。

夥計賠笑道：「是趙員外看娘子們從外面回來了，差我來問問，要不要吃什麼菓子、茶水的，好叫廚房準備。」

白露雖有些納悶，還是禮貌地回絕。「替我謝過趙員外，我們已經叫人去買了。」

「那飲子、湯水呢？瓷枕、被褥？驅蟲香囊？幾位娘子還有什麼需要的，儘管提就是了，我們有求必應。」夥計嘴上說著，眼睛卻不住地往屋內瞟。

白露眉頭微蹙，下意識用身子擋住他的視線。「不用了，多謝，我們姑娘要休息，就不麻煩了。」

「喔，好、好！」夥計見狀點頭賠笑，轉身跑走了。

目送他下樓後，白露略一遲疑，才重新把門關好。這個人，說不出哪裡怪怪的……

啪！

是茶盞落地的聲音。

白露快步到屋內查看，就見允棠正蹲在桌旁。

聽到腳步聲，允棠抬頭，勉強扯起嘴角。「我渴了，想喝點水，一不小心就……」

「沒事沒事，姑娘妳別動。」白露扶起她，將她按坐在椅子上，又倒了杯水給她。「我來收拾就好。」

「對不起啊……」允棠的聲音微微抖動，輕聲說道。

白露一怔。「姑娘，妳、妳沒事吧？」

允棠用力搖頭。「沒事，我沒事。」

可白露看她雙手交握，指甲深深嵌進皮膚裡，竟也沒察覺，不由得鼻子一酸，起身將她攬進懷裡，一下一下地輕撫著她的背。「要是實在難受，就哭吧。」

允棠卻一滴眼淚也沒掉，只是輕輕搖頭。

上輩子，因為無父無母，小時候沒少被別的孩子嘲笑；這輩子，畢竟心智是二十多歲，一些幼稚的言語倒是傷不到她。

可今日聽了這樣一個故事，彷彿在她額頭上印了兩個大字：累贅。

上輩子，她是爺爺、奶奶的累贅，讓本該在退休年紀享受生活的老人，為了她的生活學習而辛苦奔波，搞不懂的手機交作業，他們要戴著老花眼鏡去請教年輕人；這輩子，她是母親的累贅，毀了母親的一世英名，更要了母親的性命。

這兩個字太重太重了，壓得她抬不起頭來。

門外不合時宜地，又響起了敲門聲。

白露道：「應該是小滿回來了，她出去買了吃食，妳多少吃點。」說罷便快步前去開門。

門「吱呀」一聲開了，允棠卻沒聽到小滿那標誌性的大嗓門，只聽到先是悶哼一聲，隨後撲通一下，像是身體倒地的聲音。

「白露？」允棠瞬間警覺起來。

沒人應聲。

允棠緩緩起身，努力不發出一點動靜。

可老舊的木質地板吱吱呀呀的，明顯是有人躡手躡腳朝屋裡來了，而且還不止一個！

這偌大的屋子，卻沒有什麼地方可以躲藏。

她努力讓自己鎮靜下來，白露已經倒下了，生死未卜，自己若迅速跑到窗邊大聲呼救呢？

不，沒什麼用，還很有可能會逼急歹徒，畢竟翟嬤嬤還在那屋裡睡著。

多半是她們剛到汴京時，就被人盯上了！

應該只是求財吧？允棠身形晃了晃，急忙用手撐住桌子。

不要怕，不要亂。

求財的話很簡單，值錢的東西任由他們拿就是了，只要不傷及性命就好。

現在只希望小滿的腳程再慢些，千萬不要跟這些人迎面撞上。

只幾個呼吸間，來人轉過屏風，與她打了第一個照面。

見她直直看過去，兩個黑衣人對視一眼，其中一個一點頭後，兩人便一起朝她撲來！

允棠見狀向後急退兩步，躲到圓桌後，厲聲問：「你們是求財嗎？我有錢，有很多錢，不要傷害我！」

兩人卻不作聲，一人到了桌前，手一揚，一把白色粉末脫手而出。

不好！允棠急急退後，可還是有些粉末落在面頰上，她下意識屏息，但可能太過緊張，不過幾秒便破功，只得又趕忙用手掩住口鼻。

「廢物！」另一人見狀大聲喝斥，說話同時飛身向前，大手朝允棠抓去。

允棠轉身就跑，可跑沒兩步，就被黑衣人扔出的繩鏢絆倒，重重摔在地上！

她吃痛，倒吸一口冷氣，隨即便感到一陣暈眩。

好厲害的迷藥！

她顧不得身上的疼痛，手腳並用，費力起身，可剛一抬腳便身子一軟，讓黑衣人抱個正著。

恍惚間，她像麻袋一樣被扛到肩上，隨著黑衣人劇烈奔跑，她垂著的手臂不受控制地搖晃。

經過門口時，她撐起眼皮朝地上的人兒看了一眼——

還好，還好，沒有血……

隨後，眼皮越來越重、越來越重，最後她徹底昏死過去。

魏國公府。

「小公爺！」緣起從屋外跑進來，氣都來不及喘勻。「小公爺，瑾、瑾王府有動靜！」

「什麼？」蕭卿塵猛地起身。「快，說來聽聽！」

緣起調整呼吸，吞嚥了一下口水，說道：「是瑾王府後院一個不常用的小門，剛才來了輛馬車，下來兩個黑衣人，看身形舉動像是練家子，肩上扛著個小娘子進了門，再沒出來。」

「小娘子？」

「沒錯，我再三確認過，小武原話是：身材纖瘦，定是個小娘子，應該是暈過去了，一下也沒掙扎。」緣起自顧自說著。「按說瑾王的兩個兒子都在外征戰，總不能是瑾王殿下自己強擄個民女回家吧……」

書案旁的蠟燭，「啪」的一聲，爆了燈花。

蕭卿塵聞聲望去，目光卻落在書案上的羊脂玉簪上。

原來如此！

那天在州橋，那人根本就不是跟蹤他和緣起，而是一早就盯上了那個小娘子！

蕭卿塵登時心急如焚，喝道：「緣起，備馬！隨我去瑾王府！」

緣起見他面色凝重，知曉事關重大，轉身一溜煙小跑出去準備。

出了國公府，蕭卿塵飛身上馬，雙腿一夾馬肚，大喝一聲，飛馳而去。

傍晚時分，汴京城內正是熱鬧的時候，街上行人熙熙攘攘。

「讓開！快讓開！」緣起在馬背上大吼。

行人見了紛紛避讓，生怕一不小心被踩在馬下。

瑾王府。

瞥見前廳蕭卿塵蹺著二郎腿坐在那裡，瑾王妃不由得犯起嘀咕。

「大晚上的，他來做什麼？剛才的事，沒被人瞧見吧？」

李嬤嬤搖頭。「沒有，這黑黝黝的，走的又是後院的小門，沒人瞧見。再說了，即便看見了，我們只說是抓回一個逃走的粗使丫頭，他也管不著咱們。」

瑾王妃聽了才鬆口氣，又突然想到什麼似的，忙抓住李嬤嬤的袖子，急問道：「難不成是為了翰學的事來的？」

李嬤嬤安撫道：「王妃，咱可不能自己嚇自己，先亂了陣腳。查案也該是開封府和大理寺，他一個遊手好閒的小公爺，能查什麼案？」

「也是。」瑾王妃點頭，隨後又皺眉。「妳說大姊怎麼就總想著把慧兒嫁給他呢？他除了模樣中看些，哪還有什麼優點？我看那通議大夫葛獻家的嫡長子，叫什麼呢？反正比他強百倍！」

「王妃糊塗！那通議大夫不過四品不是？那魏國公可是世襲的，食邑一萬戶！」李嬤嬤直直舉起一根手指。

瑾王妃盯著那根手指遲疑了下，又生氣道：「萬戶有什麼用？妳看那蕭卿塵，連自己老子都不放在眼裡，簡直一個混世魔王，慧兒嫁過去還能有好日子過？到時娶一堆小妾，再養些個外室……」

李嬤嬤笑道：「這偌大的汴京城，誰不知道蕭卿塵的性子？他在家待得住嗎？他要是不在家，什麼小妾、外室的，還不是任由咱們郡主處置？」

「哎呀，還得是妳，總能把話說到點子上！」瑾王妃終於放寬心，可是一想到眼下要跟蕭卿塵應酬，又發愁。「他呀，難對付得很，我這心裡就跟打鼓似的。」

李嬤嬤拍拍瑾王妃的手。「怕他做什麼？這是瑾王府，他還敢在這裡撒野不成？反正王爺不在，咱們出去，隨便說幾句把他打發就是了。」

瑾王妃信心大增，喜道：「妳說得沒錯！走，咱們去會會他！」說罷整了整衣裳，昂首闊步進了前廳。「喲，我當是誰呢，原來是小公爺啊！」瑾王妃提高音調，笑著說道。

蕭卿塵起身行禮，半開玩笑道：「給王妃請安。如此說來，王妃可要好好管教下人了，我明明早已讓人通傳，怎的這麼久了，竟還不知道來人是誰呢？」

瑾王妃的笑容凝固在臉上，扭頭看了看李嬤嬤，見她輕搖頭，遂尷尬地笑道：「呵呵，是了，我平日對下人疏於管教，他們沒規矩慣了，讓小公爺見笑了。」

「見笑倒是不怕，別給王妃闖下什麼大禍，無法收拾就好。」蕭卿塵意味深長地說著。

瑾王妃心跳都漏了半拍，不自然地清了清嗓子。「咳咳，這麼晚了，小公爺突然來訪，所為何事啊？」

「倒也沒什麼。」蕭卿塵將瑾王妃所有的細微表情都看在眼裡，輕描淡寫道：「不過是皇太孫殿下給我出了些題，我百思不解，便出來轉轉想找些靈感，恰巧經過瑾王府，進來討杯茶喝而已。」

明知道這些話都是順嘴胡謅的，瑾王妃也不得不應承。「那你可來對了，我這兒別的沒有，茶呀，管夠！」

「那……」蕭卿塵側身，伸手示意身邊空空如也的桌面。

瑾王妃故作驚訝，佯裝訓斥道：「妳們都是幹什麼吃的！來了客人不知道上茶嗎？傳出去不得說我們瑾王府沒規矩？」

門口候著的侍女聞言，急急退了出去。

「那就煩勞王妃了。」蕭卿塵也不客氣，徑直坐下，靜等茶來。

瑾王妃見他沒有要走的意思，只得也坐下來陪著，眼睛不住地瞟向李嬤嬤求助。

李嬤嬤笑問道：「也不知是什麼題難倒了小公爺？我們王妃從小也是跟了學究讀書的，不如您說出來，讓她幫您想想，也好幫您交差不是？」

蕭卿塵的身子倚在一側的扶手上，斜眼看著李嬤嬤，笑而不語。

他雖笑著，眼睛裡卻好似射出寒星。

李嬤嬤被盯得心裡發毛，思來想去急忙俯身認錯。「奴婢多嘴，請小公爺恕罪！」

瑾王妃端起剛送進來的茶盞，還未等送到嘴邊，見情況不妙也來不及喝，急忙又放了回去，又假裝咳了兩聲，道：「小公爺莫見怪，最近我這嗓子呀，總是不舒服，好多話都是李嬤嬤替我說了，呵呵呵。」

蕭卿塵一副恍然大悟的表情。「王妃和這位嬤嬤還真是心意相通啊！既然這是王妃的意思，那我便說來聽聽。」說完端起茶，輕吹兩下，又抿了一口，整個過程慢吞吞的，吊足她們的胃口。

瑾王妃又去看李嬤嬤，可剛才的下馬威，讓李嬤嬤也不敢再胡亂開口。

緣起知道小公爺在故意拖延時間，遂捂著肚子，小聲開口。「小公爺，我可能吃壞東西了。」

「啊？」蕭卿塵放下茶盞，故作驚訝地轉頭。「你你你，說你點什麼好？怎地這麼丟人現眼？」

緣起不作聲，只是把身子俯得更低了。

瑾王妃一臉嫌惡，彷彿已經聞到夜香的味道，抬手用熏香過的手帕輕掩住鼻子，用眼神示意一旁伺候的婢女去帶路。

「這邊請。」

緣起捂著肚子向外跑去，一邊跑一邊扯著那名婢女，催促著。「快點，再走快點！」

蕭卿塵大笑。「也讓王妃見笑了，我們扯平了。」

瑾王妃放下手帕。「小公爺還沒說，皇太孫到底出了什麼題？」

「喔對，您看我這腦子！」蕭卿塵一拍大腿。「是這樣的，我有個好友，看中一個小娘子，幾番傾訴不成，情急之下，他就把小娘子擄去。」

瑾王妃剛要去拿茶盞，聽到「擄」這個字頓時心一驚，手一抖，茶盞「啪」的一聲傾倒。

「王妃，您怎麼了？」蕭卿塵明知故問。

「啊？呵呵，沒什麼，年紀大了，手抖而已。」瑾王妃眼神閃爍，乾笑幾聲。

蕭卿塵見狀，心裡更加篤定，那小娘子是在這瑾王府沒錯！

不知怎的，他竟有些沾沾自喜，原來她並非想毀約，不過是遭毒手，身不由己罷了。

待他將她救出，這份恩情，可不得讓她好好償還嘛！

瑾王妃卻被他笑得發毛。「小、小公爺笑什麼呢？」

「哦，提起小娘子啊，我突然想起一位美人來。」蕭卿塵笑得合不攏嘴。

瑾王妃心裡暗罵，果然是個風流貨色，這還當著長輩的面呢，竟絲毫不加掩飾。

「剛才說到哪兒了？」蕭卿塵輕啜一口茶。「喔對，擄走小娘子。他如此行徑，不小心被人發現了，告到皇太孫殿下那裡。皇太孫殿下便問我，你可知，擄良家女子，按律該如何啊？可我對明法科並不擅長，所以答不上來。」

瑾王妃脫口而出。「這還不簡單？你找本法典一查便知，或者隨便找個明法科的學究、進士問一問，也就知曉了。」

話說到這個分兒上，李嬤嬤算是明白了，抓人來的事情，定是叫這小公爺知道了！見王妃還毫不知情的樣子，李嬤嬤急忙開口道：「王妃，您衣裳濕了，我幫您換一件吧。」

瑾王妃跟她一對視，見她眼色有異，也瞬間領悟，起身道：「那煩勞小公爺稍等片刻，我去去就來。」

蕭卿塵點頭。「我與王妃相談甚歡，王妃可要快些回來。」

瑾王妃努力擠出一個微笑，便急急拉著李嬤嬤朝內院走去。

緣起適時跑進來，低聲道：「外院的雜物間我查看了一些，都是些小廝、下人，人雜得很，怕是在內院。」

蕭卿塵眉頭緊鎖，探子說看到時，也是直接從後院小門進入王府的，可他們兩個是外男，想進內院不是件容易的事。

他努力拖延時間，就是不想讓瑾王妃騰出空來處置小娘子，可如今時間越來越晚，若是瑾王再不回來，他怕是再沒藉口死賴在這裡不走了。

剛一拐過迴廊，李嬤嬤見四下無人，便拉過瑾王妃道：「看樣子，抓人的事情被蕭小公爺知道了！」

瑾王妃一怔。「妳剛不是還說沒人看見嗎？」

李嬤嬤心焦。「那李煉確實一口咬定，絕沒人看見。可蕭小公爺的話都說到那個分兒上了，王妃您怎麼還沒聽出來呢？」

「一開始我也嚇了一跳，可妳看他，若無其事的樣子……」

「哎呀，哪有那麼巧的事？我們前腳剛把人抓進府，後腳這個祖宗就來了，還問什麼擄走良家女子是什麼罪，這不明擺著在點我們嘛！」

瑾王妃心虛起來，頓腳道：「那……那怎麼辦啊？」

李嬤嬤思索片刻，抬頭道：「這樣吧，反正今天時辰不早了，咱們就陪著，他總不能住下吧？等到他一走，我們就把人藏到別的莊子去，到時候就算他去告狀，只要在府裡搜不到人，就治不了咱們的罪。」

有了主心骨，瑾王妃忙不迭點頭。「對，就這麼辦！」說完便轉身要回去。

「王妃！」李嬤嬤急忙攔住她。「既然說了要出來換衣裳，總要換一件才能回去啊！」

正廳裡，蕭卿塵正在冥思苦想，右手拇指和食指不自覺地在衣袖上搓著。

「不然咱們就直接跟她們要人呢？」緣起出主意。

蕭卿塵搖頭。「她們若咬死沒這回事，我也不能拿她們怎麼樣。瑾王正直，這件事定是瑾王妃自己的主意……」話沒說完，便聽到一陣急促的腳步聲傳來，蕭卿塵沒再說下去。

「卿塵哥哥！真的是你！」

一個十三、四歲的明豔少女跑進門，她身著鵝黃色提花錦緞襦裙，頭上的珍珠瓔珞頭飾格外搶眼。

蕭卿塵見到她，先是皺眉，隨後又喜笑顏開，起身行禮。「見過襄寧郡主。」

襄寧郡主提著裙子跑到跟前，一把扯住他的袖子，驚喜問道：「卿塵哥哥，你怎麼來了？是來找我的嗎？」

蕭卿塵回頭與緣起對視一眼，兩人都抿起嘴。

正愁進不去內院，這不，機會就來了！

雖然蕭卿塵紈袴的名聲在外，可襄寧郡主心悅他的事，也是人盡皆知。

一個眾星捧月般長大的郡主，又在稚氣未脫的年紀，對於想要得到的人和東西，自然都是不加掩飾的。

平日裡蕭卿塵對她都是避之不及的，因為瑾王妃就這麼一個女兒，嬌慣得很，一言不合就會耍性子哭鬧，讓人頭大。

可今日……嘿嘿！蕭卿塵忽然很感謝爹娘，給他生了這麼一張招小娘子喜歡的臉。

想到這兒，他隨口誇讚道：「妳這珍珠瓔珞，很好看。」

襄寧郡主欣喜若狂，歪頭輕撫頭飾。「真的嗎？這是我姨母瑄王妃送的，還一起送來好多稀罕玩意兒呢，你要去看看嗎？」

蕭卿塵不費吹灰之力便得償所願，開心得咧開嘴。「好啊！」

許是第一次見到他有這樣的好臉色，襄寧郡主癡癡地看呆住了。好一個「陌上人如玉，公子世無雙」！

只這一笑，襄寧郡主連大婚那日要戴什麼首飾都想好了。

「那也別耽擱了，我們現在就走吧？」蕭卿塵催促道。

襄寧郡主在前面帶路，臉上難掩雀躍之色，還不時回頭去看，生怕她的卿塵哥哥會突然消失不見。

基於使用美男計的基本素養，蕭卿塵在她每次回頭時都報以微笑，這更是讓襄寧郡主心頭小鹿亂撞。

跟在最後的緣起可沒忘記自己的任務，眼睛不住地左右瞟著，可這內院實在太大，又有多處影壁通廊阻擋，根本望不出去，加上天色已經暗了，不由得焦急起來。

蕭卿塵自然也有同樣的想法，快走幾步拉住襄寧郡主，笑道：「不然，郡主帶我四處逛逛吧？都說瑾王府內院是園林大家設計的，今日可否讓我大飽眼福？」

「當然沒問題！這有什麼難的？」襄寧郡主從一旁喊來一名婢女。「去，把所有的燈籠都點上，要把院子照得亮亮的，讓卿塵哥哥看個清楚！」

蕭卿塵滿意地點頭，不忘給點甜頭。「相識多年，卻不知襄寧郡主如此善解人意。」

襄寧郡主臉頰泛起紅暈，嬌羞道：「卿塵哥哥之前少與我獨處，不知道也是有的。」

本是小女兒家忸怩撒嬌的神態，落在蕭卿塵眼裡，卻沒來由地惹起一身雞皮疙瘩，看來這美男計，也要注意尺度問題啊！

自嘲過後，他擠出一個禮貌的微笑。「我們邊走邊說吧？」

瑾王妃換過衣服回來，卻發現正廳空盪盪的，早沒了人影。

「人呢？」

侍女答道：「剛才襄寧郡主來過，說要帶小公爺去看瑄王妃送的新鮮玩意兒。」

「糟了！」李嬤嬤一拍大腿，驚呼道：「他這是自己去尋人了呀！」

「啊？」瑾王妃大驚失色。「快快快！」

李嬤嬤急忙攙扶著瑾王妃，主僕二人火燒火燎地奔向內院。

「妳說這蕭卿塵，怎麼就盯住咱們不放了呢？」瑾王妃腳下不停，憤懣道。

「有了咱們的把柄，那還不是要什麼有什麼？」

瑾王妃心裡越急，手上的團扇搧得便越快。「可是他一個小公爺，什麼都不缺呀！能向咱們要什麼？」

李嬤嬤心下一驚，腳步放緩。「難道……」

「難道什麼？」

李嬤嬤試著捋清楚來龍去脈，因此神情嚴肅卻不開口。

瑾王妃著急了。「哎呀，妳倒是說呀！難道什麼？」

「李煉之前無意間提起過，在州橋跟蹤這小娘子時，曾遇到蕭小公爺，怕被他發現才早早便退出來，後來還是見那小娘子初到汴京，在碼頭蹲守，跟了車才知道她們在哪裡落腳。而且我們行事這麼隱蔽卻被那蕭卿塵瞬間識破，他又在此糾纏不休，難不成這小娘子是蕭小公爺的什麼人？」

瑾王妃倒吸一口冷氣，用團扇遮住自己驚得閉不上的嘴巴。「姘頭？外室？」

李嬤嬤先是一驚，隨後搖頭。「蕭小公爺一直在汴京，那小娘子又是初次來，怎麼可能是養在外邊的？」

「妳忘了？」瑾王妃煞有介事，提醒道：「前段時間他不是南下了？去的是揚州還是杭州？走了大半年呢！」

李嬤嬤登時面如土色，慌道：「如果真是這樣，我們可闖了禍了！」

等瑾王妃主僕二人趕到時，蕭卿塵已經尋到允棠所在的雜物間。

還好允棠及時醒來，雖然被縛住手腳，嘴裡又勒了布條，但她蜷縮在地上，不住地用腳一下下踢著廢舊的織機，本就要散架的織機禁不住這樣的折騰，終於「嘩」的一聲，散下一些零件來，將附近的襄寧郡主及蕭卿塵等人吸引來了。

命人開門後，襄寧郡主看著地上捆得跟粽子似的人兒，不禁傻眼。「這……怎麼會有個人在這裡？」

瑾王妃遠遠跑來，也顧不得許多，當即大喊道：「來人啊！還不快把人帶走？」

幾名侍女匆匆跑來，忙伸手去抓蜷在地上的人。

「慢著！」蕭卿塵喝道。

允棠聞聲費力撐起身體，抬頭看到他的臉卻怔住了。

小公爺？他怎麼會在這兒？

瑾王妃急道：「快啊！」

見她兩手被牢牢捆住，嘴裡還勒著粗麻繩一般的布條，頭髮散亂不堪，蕭卿塵只覺得心都揪在一起，盛怒之下大吼。「我看誰敢動她！」

襄寧郡主被吼得一個激靈，眼淚在眼眶裡打轉。「這、這是怎麼回事啊？母妃，她是誰啊？」

「她、她……」瑾王妃語塞。

李嬤嬤搶話說道：「她不過是一名想要逃跑的粗鄙侍女，剛抓回來，為了防止她再次逃跑，只得綁起來，讓郡主和小公爺受驚了。」

蕭卿塵三步併作兩步上前，小心翼翼除去她口中的布條，隨後掏出匕首割斷她手腳上的繩子。

做完這一切，他輕聲問道：「妳沒事吧？」

允棠臉上淚痕未乾，輕輕搖頭。

見狀，瑾王妃驚恐地看向李嬤嬤。

蕭卿塵又問：「能走嗎？」

允棠的手輕捏不住打顫的腿，咬牙點點頭。

蕭卿塵將她扶起。

可長時間的過緊捆綁，讓她的兩隻腳早就沒了知覺，允棠身子一歪，下一秒整個人被騰空抱起，她下意識緊緊抱住他的脖子。

襄寧郡主見他們如此親密，氣得發抖，手朝女子一指，質問道：「卿塵哥哥，她到底是什麼人？」

瑾王妃也嚷道：「你不能帶她走！」

蕭卿塵目的達到，也懶得再裝了，冷哼道：「如果瑾王妃執意要攔我，我也不介意闖出去！」

「你！」瑾王妃強壓怒火，氣道：「小公爺在外喝酒、狎妓就罷了，怎的如今都到我瑾王府裡來搶人了？」

「王妃慎言。」蕭卿塵緩緩抬眸，眸子裡帶著讓人不寒而慄的陰冷。「到底是妳搶我的人，還是我搶妳的人，妳我都心知肚明。」

允棠心裡暗想：我什麼時候成了你的人？

隨即又拂去這個念頭，這個非常時刻，不過是應急的說辭罷了。

允棠看著他的側顏，此刻院子裡的燈籠光亮，為他刀削般的輪廓描了金邊，竟有些神聖的意味。

正胡思亂想著，一列府兵舉著火把小跑進來，將眾人團團圍住。

蕭卿塵沈下臉。「王妃當真要這麼做嗎？」

「我府裡的奴婢，絕不能讓你帶走！」瑾王妃喝道。

李嬤嬤之前有句話點醒了她——只要沒證據，就沒人能治她的罪！

今日即便是綁了他，來日換個粗使女婢串供，他蕭卿塵就算全身是嘴，也說不清楚。

「口口聲聲說我是妳府上的奴婢，」允棠緩緩開口。「妳當我是死了嗎？放我下來，我可以了。」最後面一句當然是跟小公爺說的，可這傢伙卻跟沒聽到一樣，反而抱得更牢了。

「一個賤婢而已，一身狐媚子功夫，不知道什麼時候勾搭上小公爺，死也不足惜！」襄寧郡主不明所以，破口大罵。

瑾王妃附和道：「沒錯，為了個賤婢，小公爺當真要與我們瑾王府作對嗎？」

聽到這毫無壓迫感的威脅，蕭卿塵眼都不眨一下。「緣起！」

緣起應了一聲，來到他身前，對著府兵擺出架勢。「來吧，讓小的見識見識瑾王府府兵的實力！」

「住手！」

一個中氣十足的男聲驀地傳來。

瑾王妃聽到喊聲回頭，瞬間呆住。「王、王爺！」
院子裡一干人等，見到瑾王越走越近，紛紛行禮。
待允棠看清瑾王的臉，不由得瞳孔一震。
竟是在官船上看到過的那個中年男人！

第三章

瑾王劍眉冷豎，雙手負在身後，對著瑾王妃冷哼。「妳平日就是這樣教慧兒的嗎？」

瑾王妃當著這麼多人的面被訓斥，自然掛不住臉，小聲道：「王爺，今日的事，我回頭再跟你解釋。」

「是這賤婢的錯，為何又要怪罪我母妃？」襄寧郡主不服氣。

「妳先回屋禁足思過，等回頭我再跟妳算帳！」瑾王白了女兒一眼，轉頭又對蕭卿塵抱歉道：「本王教子無方，讓小公爺見笑了。」

這話聽著倒是耳熟，不過多少要給瑾王些薄面，因此蕭卿塵把那些譏諷的話嚥回肚子裡，剛要開口，懷裡的人動了動，掙扎著要下來。

「放我下來。」允棠輕聲說。

蕭卿塵只好輕輕將她放在地上，見她站穩才鬆開手，恭敬地向瑾王行禮。「事出有因，迫不得已才闖進王府內院，請瑾王殿下恕罪。」

聽到「瑾王」二字，允棠錯愕地抬頭。這個人，竟然是瑾王？

瑾王點點頭。「去正廳吧，我了解一下事情的來龍去脈，也好給你們個交代。」

隨後擺手遣散了府兵，引蕭卿塵去往前廳。

路上，蕭卿塵想要攙扶她，卻被拒絕，只好默默地跟在她身後。

大概是頭髮亂了有些難堪，一路上她不住地將散落下來的碎髮別在耳後，蕭卿塵注意到她的耳朵，小小的，耳垂被點翠的耳墜拉長，耳後的皮膚白皙細嫩，像剝了殼的雞蛋。

她的裙襬也髒了，可那污漬的圖案竟好似一朵海棠花，隨著她的腳步舞動，撥動他的心弦……

「小公爺請！」

聽到瑾王的聲音，蕭卿塵才回過神來，伸手示意她先行一步，之後才跟進去。

瑾王妃並沒落坐，只是低著頭站在瑾王身後，家庭地位一目了然。

「瑾王殿下，這位小娘子是我的舊識，今日莫名被王妃擄到王府，我救人心切，不得已才來府中周旋，還望瑾王殿下作主，放我們離開。」蕭卿塵開門見山道。

瑾王妃心虛地抬眸，剛好對上瑾王充滿怒氣的雙眼，急忙重新把頭低下。

瑾王見了，心中已經了然，重重地嘆口氣，轉頭去看那位姑娘。「這位小娘子，可受了什麼傷？」

允棠撥開碎髮抬頭。「不曾。」

瑾王看到她的臉，自是又驚又喜。

瑾王妃等了半天也等不到下一句話，不禁偷偷抬頭，結果也一起愣在當場。

人剛抓回來，她還沒來得及去看，就被蕭卿塵阻攔了，只聽李嬤嬤說，這個小娘子與慧兒十分神似，只是年歲稍長那麼一、兩歲。

適才在院中，燈光昏暗又一片混亂，她哪有心思去看對方的臉？如今看清了，這哪裡是像慧兒？明明是像崔清珞！簡直是一個模子刻出來的！嫁給瑾王這麼多年，瑾王妃當然知道瑾王和崔清珞青梅竹馬的舊情。她忙向前一步去看瑾王的表情，果然驚喜萬分、如獲至寶！

瑾王妃心中絞痛，這麼多年的夫妻情分，竟然抵不過一個死了十幾年的人！

「妳、妳是誰？」瑾王妃聲音發抖。

允棠輕笑。「王妃不知道我是誰就隨便抓來了嗎？」

「妳姓什麼？」瑾王也急切地發問。

允棠不卑不亢地反問道：「瑾王殿下覺得我應該姓什麼？」

蕭卿塵只覺得三人的反應奇怪，明明說的是今日被擄的事，怎麼突然問都變臉，還過問起家世了？

瑾王也顧不得許多，扭頭問蕭卿塵。「她姓什麼？」

蕭卿塵語塞，說是舊識，可實際與她只有一面之緣，拿了簪子約定再見面，卻不曾問起她姓什麼，可此時又不能說不知道，只能敷衍道：「瑾王殿下還是問她自己吧。」

瑾王倒沒再急著開口，只是眼睛盯住她不斷上下打量，似乎有千言萬語，又不知該從何問起。

「我能問問王妃，為什麼抓我嗎？」允棠問。

瑾王妃見瑾王的模樣，悲從中來，冷漠道：「認錯人了。」

允棠苦笑，這麼輕描淡寫的一句話，就抵消了她受的苦。「那我能走了嗎？」

瑾王的目光不曾離開她，聞言點頭。「當然，時間確實不早了。妳在何處落腳？我送妳回去吧！」

瑾王妃兩隻手用力絞著手帕，嘴唇咬得快要滴出血來了。

允棠冷冷回道：「不必了，現在的地方，我也不敢再住了。」

瑾王面露尷尬。

蕭卿塵適時起身。「瑾王殿下放心，我自會送她回去的。」

「也好、也好。」

這個地方，允棠一刻也不想多待，扭頭便走，不料卻聽到小公爺開口問——

「不知瑾王殿下，準備如何給我們交代？」

瑾王沒想到他會這麼問，一時竟答不上來。

允棠嗤笑一聲，快步向門外走去。

點到為止，蕭卿塵頷首示意，帶著緣起轉身追了出去。

出了瑾王府，看著寬敞熱鬧的街道，允棠有些茫然。她是被迷暈帶過來的，根本不知道回趙員外旅店的路。

「我送妳吧。」蕭卿塵看了看緣起牽著的馬。「曾騎馬嗎？」

允棠搖頭。

「那妳等我趕輛馬車來。緣起……」

「我想快點回去了。」允棠轉身便走。

翟嬤嬤的故事裡，瑾王殿下對母親一往情深。可今日她被王妃無故捉來，瑾王也並沒打算為她作主，只是貪戀她這張與母親相似的臉。

那襄寧郡主看上去與她年紀相仿，說明母親屍骨未寒時，他可能已娶了現在的王妃，這樣的深情，簡直令人作嘔！

在這個地方多待一秒，她都快要吐出來了。

蕭卿塵追了兩步拉住她，也不多問，將她托上馬，隨後自己也坐上去。

「緣起，你先回去！」說完一拉韁繩，馬頭掉轉，直奔城西。

馬的速度並不快，可允棠還是被風吹得睜不開眼，馬背顛簸，渾身像是要散了架。

風吹得狠了，她終於流下淚來，為福薄的母親，更為自己。

蕭卿塵注意到懷中那瘦削的肩膀不住顫動，也沒開口問，只是放緩速度讓她哭個痛快。

哭完了，旅店也到了。

發洩過後，允棠如釋重負，在他的攙扶下下了馬，欠身道：「今天多謝你了。」

蕭卿塵終於等來這句話，狡黠地一笑。「這就完了？沒有什麼以身相許的承諾嗎？」

允棠知道他在開玩笑，噗哧一下笑出聲來。「你的衣裳怎麼樣了？」

「便宜妳了，我府上的漿洗嬤嬤可洗了好一陣呢！」蕭卿塵掏出簪子。「喏，還給妳。」

允棠伸手接過，簪在頭上。「我得上去了，我不見了這麼久，她們該著急了。」

蕭卿塵點頭。

允棠轉身進了旅店，留他一人在風中傻笑。

「棠姐兒！」翟嬤嬤見允棠安然無恙回來，忍不住淚如雨下。「回來就好、回來就好！」

小滿也撲過去哭喊。「姑娘！我以為再也見不到妳了！」

允棠四處看了下。「妳們都沒事吧？白露呢？她怎麼樣了？」

小滿答道：「沒什麼事，她被人打暈又受了點驚嚇，已經看過郎中，喝了安神湯睡下了。姑娘，我一回來都要嚇死了！」

翟嬤嬤點頭抹淚。「等我起身，他們已經帶著妳跑出去了，我衝下樓時，連個影子都沒看到……」

「妳們不要自責，我這不是好好的回來了？」允棠攤開雙手，示意自己沒事。

翟嬤嬤眼尖，看到她手上繩子勒過的痕跡，一把抓過，心疼道：「這是他們綁的？真是下了狠手啊！他們到底是什麼人？」

允棠扯下袖子蓋住勒痕。「是瑾王府的人。」

「什麼？瑾王府?!」翟嬤嬤吃驚。「他們抓妳做什麼？」

「看情形，應該是瑾王妃的意思，瑾王並不知情。」

「那姑娘妳是怎麼逃出來的？」小滿剛問完，隨後眼尖地看見她頭上的羊脂玉簪子，驚呼道：「難不成，是那個小公爺？」

翟嬤嬤一頭霧水。「什麼小公爺？」

小滿怪自己嘴快，求助地看向允棠。

允棠也知道瞞不住，如實道：「是蕭小公爺。」

「蕭小公爺……」翟嬤嬤皺眉。她們常住揚州，對朝中的事不甚關心，印象中並沒有這樣一位姓蕭的小公爺。

蕭姓是國姓，大多都是皇子、皇孫，封個親王、郡王的，怎麼還出了位國公？

既然說破了，小滿乾脆慶幸地道：「幸虧小公爺也在瑾王府，說來還真是巧呢！」

允棠容色一斂，之前混亂，沒想過他出現在瑾王府的原因，看上去他與瑾王也不熟絡。

總不會是特地趕去救她的吧？

想到這兒，允棠自嘲地笑笑，他又怎麼會知道自己被擄的事呢？

隨著年紀增長，自己這臉皮倒是越來越厚了。

「妳們怎麼會認識什麼蕭小公爺？」翟嬤嬤疑惑地問。

小滿把在州橋的事，原原本本地說了一遍。

聞言，翟嬤嬤的眉頭鎖得更緊了。

「昨日怎麼沒聽妳們說？」

允棠解釋道：「是我不叫她說的，這不是怕妳擔心嘛！」

翟嬤嬤不悅地說：「我們出門在外，萬事都要多加小心，妳們年紀小，還不懂得分辨，人心隔肚皮，壞人不是都長著獠牙等著妳們去認的！」

後半段開始，小滿就在一旁繪聲繪色地對著嘴形，顯然對這段話再熟悉不過了。

若是以前，允棠一定會被小滿的鬼樣子逗笑，可在得知母親的故事之後，她才知道，翟嬤嬤這番念叨，是生怕她再被壞人所害，走了母親的老路。

所以翟嬤嬤不厭其煩，一遍一遍，也要囑咐清楚。

允棠握住翟嬤嬤的手。「嗯，我知道了。」

沒有不耐煩，沒有敷衍，而是認認真真，誠懇地給予回應。

這下輪到翟嬤嬤愣住了，隨即又欣慰地紅了眼眶。「我們棠姐兒啊，是長大了。」

「今日也不會再有什麼事了，就先歇下吧，明日我們就離開汴京。」允棠說完，扭頭看向窗外，想最後再看一眼這繁華的汴京城。

瑾王府。

李嬤嬤看看瑾王，又看看王妃，幾次試圖開口打破這駭人的沈默，最後還是把話嚥了回去。

半晌，瑾王終於開口。「今日之事，妳有沒有什麼想跟我說的？」

「我……」王妃怨氣十足地剛要埋怨，抬頭看見李嬤嬤輕搖頭，不禁頓了頓，語氣隨即軟下來。「王爺，我做這一切，還不都是為了我們慧姐兒啊！」

瑾王冷哼。

王妃繼續說道：「整個汴京城都知道，遼國來使要求和親，這郡主當中，未嫁的只有三位，一個還年幼，自然不用擔心，剩下我們慧姐兒和瑄王家的蓉姐兒，豈不是兩個當中選一個？咱們慧姐兒從小含著金湯匙長大的，我怎麼忍心讓她嫁去苦寒之地？我不能不早做打算啊！」

「和親的事，父王並未應允，還都是些捕風捉影的事。即便要和親，與今日的小娘子又有何干係？」

提起她，王妃的面色倏地覆上一層寒霜，但還是解釋道：「我只說讓人去尋和慧姐兒樣貌、身形相似的小娘子，請到家裡來——」

「笑話！把人捆成個粽子，有妳這麼請的嗎？」瑾王不耐煩地打斷，一巴掌把几案拍得啪啪作響。「平日妳與妳那大姊盡折騰些見不得人的事，我也都由著妳去了，誰知妳不知收斂，如今竟公然擄人回家，還叫慧兒撞了個正著！」瑾王越說越氣憤。「那蕭卿塵平白無故上門，妳也不用腦子想一想，他要人，便是給妳臺階下了，妳非但不領情，還命人圍了他！妳一意孤行，四處樹敵，還口口聲聲為了慧兒！」

王妃不服，剛要張口申辯，被李嬤嬤悄悄按住。

「蕭卿塵好歹也是魏國公家的嫡子，妳吃了熊心豹子膽了，竟然要拿下他？且不說他身邊的緣起武功高強，能以一敵十，今日妳若是傷了他分毫，魏國公會與妳善罷干休嗎？」

王妃再也忍不住，撥開李嬤嬤的手，反駁道：「他都改了姓，哪還是魏國公的兒子？」

瑾王氣得險些背過氣去。「妳說這話是認真的？蕭卿塵不過是氣沈聿風續弦，才求官家賜了國姓，明眼人都知道是父子倆賭氣，怎的到了妳這兒就不是沈家人了？那沈卿禮再出類拔萃，也不過是個庶子！不然怎麼沒人叫他小公爺？」

王妃根本沒考慮這許多，支支吾吾道：「我也不過是想嚇嚇蕭卿塵……」

「妳嚇他？」瑾王都快要氣笑了。「那個不怕死的小子什麼場面沒見過？當年為了出口惡氣，堵在金明池門口，硬是把得罪他的那人打了個半死，官家把他屁股都打開花了，他鬆過口嗎？妳那點陣仗就想嚇倒他？」

王妃不語，恨恨地絞著手帕。

「再說，那小娘子剛從揚州來汴京，就被妳捉去。我且問妳，若今日蕭卿塵不上門，妳打算如何處置她？」

王妃的耳朵卻沒聽到別的話，反問道：「王爺是如何知道她從揚州來的？」

「我……」瑾王遲疑一下，隨即氣急敗壞道：「那小娘子明顯是揚州口音，妳聽不出來嗎？妳且回答我，莫要岔開話題！」

王妃半信半疑，去看李嬤嬤。

「說！」瑾王怒喝著，又伸手去拍几案。

「養在府裡便是！」王妃也來了氣，一甩手帕。「說就說，王爺嚷什麼？是想讓下人們都聽見嗎？」

「現在知道丟臉了？」瑾王翻了個白眼，聲音卻不自覺地低了些。「明日命人挑些東西，送去那小娘子的住處，權當是賠罪了。」

「什麼?!」王妃簡直不敢相信自己的耳朵。「我堂堂當朝王妃，去給她賠罪？」

瑾王頓時青筋暴起。「事到如今，妳是一點也不知悔改啊！好，就任由那小娘子報官去開封府告狀吧！」

「讓她告去吧！她若有證據，大可抓我下獄！」王妃破罐子破摔。「若那賤蹄子長得不像崔清珞，你還會讓我去給她賠罪嗎？」成親這麼多年，她從未敢在瑾王面前提起這名字。

「妳……妳簡直不可理喻！」瑾王氣得發抖，拂袖而去。

王妃也氣得不輕，呼哧呼哧喘著粗氣，脖頸還不服氣地梗著，嘴裡嘟囔道：「早知道就不要費盡心思嫁進來了，省得還要受死人的氣！」

見瑾王走遠了，李嬤嬤在王妃身前蹲下，苦口婆心道：「王妃糊塗啊！」

「妳總說我糊塗，我今日清醒著呢！」王妃拿帕子抹淚。「十幾年夫妻，我為他生了慧兒，還盡心盡力操持整個王府，他倒好，心心念念地記著那個死人！」

李嬤嬤趕緊去掩她的口。「王妃不要張口閉口死人的。」

王妃把手擋開，委屈至極，眼淚撲簌撲簌地掉。「都死了十幾年了，還不是死人嗎？這崔清珞真是可惡，活著的時候搶盡風頭，死了還要變作魚刺卡在我胸口！」

「王妃明知她是根刺，又何苦總去撥弄呢？」李嬤嬤嘆氣。「這麼多年來，王爺對王妃如何，我都看在眼裡，王爺這塊冰，也是在慢慢融化啊！」

王妃眼裡還含著淚。「真的？」

「可不就是真的！當年王爺對崔清珞情根深種，這是誰都知道的，可最後明媒正娶嫁進來的不還是王妃您嗎？說起嫉妒心，若崔清珞還活著，她最嫉妒的也該是王妃您了。」

王妃破涕為笑。

李嬤嬤繼續說道：「不要總和王爺硬碰硬，碰來碰去終歸是兩敗俱傷。誰對誰錯又有什麼要緊呢？過日子嘛，又不是開封府斷案。都說女子是水做的，水就應有千變萬化之態，管他是豆腐還是磐石，咱們都能包容得下才是。」

王妃用帕子擦了淚痕，點點頭。

李嬤嬤起身。「剛說的是對待夫君，但對待別人，就另當別論了。」

「妳也覺得有蹊蹺？」王妃吸了吸鼻子。

李嬤嬤點頭。「那小娘子的口音根本不是揚州的，倒像是很多地方混合的，王爺竟一下子就聽出來，著實有些牽強。」

「莫非那賤蹄子與王爺也暗度陳倉？」王妃猛地起身。「不然她怎麼毫不畏懼，甚至還敢頂撞王爺？」

「單憑她那張臉，足以讓王爺動心了。王妃啊，我們不能坐以待斃。」

王妃咬著後槽牙。「是啊，這世上有一個崔清珞就夠了！」

魏國公府。

蕭卿塵坐在藤椅上，雙腳搭在書案上輕輕搖晃，回想起與她一同騎馬之事，嘴角不自覺地泛起笑意。

她是那樣輕，不費吹灰之力便能把她舉到馬上。

她連哭都那麼美，眼角含淚，鼻尖微紅，像受傷的小獸，惹人疼惜。

要是能每天都見到她就好了……

緣起在門口看著他的花癡樣，不住地搖頭。

「卿塵這是怎麼了？」

緣起被突如其來的聲音嚇得一縮脖，回頭看清來人，急忙行禮。「見過國公爺。」

沈聿風一擺手，學著緣起的樣子探頭瞧了半天，疑惑地問道：「他可是吃錯了什麼東西？或者未熟的菌子？」

緣起實在很想翻個白眼，這爺兒倆果然是親生的。

「回國公爺，小公爺這是在思春呢！」

「思春?!」沈聿風大驚。

蕭卿塵聽到門口的動靜，知道沈聿風來了，便收起笑容，不情願地把腳從書案上挪下來。

沈聿風嘿嘿一笑，捋著鬍子進門。「卿塵啊，我一直在等你一起用晚膳呢！」

蕭卿塵眼都不抬地說：「我吃過了。」

「吃過了可以再吃點嘛，難得回來一趟，我讓廚子做了你最愛吃的——」

「吃不下了。」蕭卿塵不等他說完便打斷。

沈聿風也不惱，笑著點頭。「那陪為父下盤棋如何呀？」

蕭卿塵乾脆轉過身去。「國公爺還是找沈卿禮下吧，畢竟他文武雙全，琴棋書畫也樣樣精通，不像我。」

「這是哪裡的話呀？卿禮他——」

「緣起，送客！」

緣起抱歉地看著沈聿風。「國公爺，您看……」

「無妨、無妨！」沈聿風極有自覺地走出房門，還不忘隨手把門帶上，轉身便一臉打探地問緣起。「可知是誰家的小娘子啊？」

緣起歪著頭想了想。「不知道姓什麼，只知道是剛從揚州來的。」

沈聿風默默記下，又問：「那她現居何處啊？」

「我離得遠，聽得也不十分真切，好像是說……住在趙員外的旅店。」

沈聿風又湊近了些，壓低聲音問：「相貌如何？」

緣起嘿嘿一笑。「可好看了！我覺得，比襄寧郡主還好看！」

「是嗎？」沈聿風喜上眉梢，塞給他一枚金錠，又拍了拍他的肩。「好好照顧小公爺，好處少不了你的。」

緣起捧著金錠，笑開了花，點頭如搗蒜。「放心吧國公爺，我定萬死不辭！」

「哎，不對不對！」沈聿風連忙擺手。「千萬不要去做什麼危險的事，真要有什麼需要涉險的，你就想辦法通知我，我會派人處理的。」

「好的國公爺！」

沈聿風剛要轉身，又想到什麼似的回頭。「對了，卿塵最近在忙些什麼啊？」

緣起剛要張嘴，想起蕭卿塵囑咐過，不要什麼事都跟魏國公說，可又看了看手裡的金錠，一時不知該如何是好。

「沒關係，我懂我懂。」沈聿風一副了然的樣子。「行了，你忙吧，我走了。」

「恭送國公爺。」

沈聿風走出院子，七拐八拐進了遊廊，心裡正盤算著，也就沒抬頭，結果經過轉彎處時，和迎面來的人撞了個正著。

「哎喲！」來人驚呼。

沈聿風定睛一看，竟是夫人沈連氏。

沈連氏撫著胸口壓驚，嗔怪道：「國公爺怎麼走得這樣急？可把我嚇著了。」

「知春，妳來得正好！」沈聿風拉上她，邊走邊說：「卿塵有了心上人，妳快跟我去庫房，找些小娘子喜歡的首飾、釵環，好生送過去。」

沈連氏被扯得一路小跑，一頭霧水道：「什麼小娘子？」

「世人都說卿塵流連煙花之地，可我兒子我最知道，他對那些歌舞樂妓，從未放在心上過。剛才我瞧他魂不守舍的樣子，可不就是有了心上人？」沈聿風樂得合不攏嘴。「也好也好，卿塵也到了弱冠之年，等給他過了冠禮，就上門提親！」

沈連氏頓住腳步，茫然地問道：「這……這就要提親了？」

「哎喲，不是現在！妳快走兩步！」沈聿風又去扯她。「看樣子啊，八成是剛認識不久，正是牽腸掛肚的時候呢！」

「剛認識不久就說提親的事，是不是太草率了呀？這麼急著要嫁人，怕是另有企圖？塵哥兒不諳世事，可別叫人騙了。」

「妳走快一點嘛！」沈聿風催促著。「這提親是我說的，小娘子我還沒見著呢！若是郎有情、妾有意，可不就是快了嗎？」

沈連氏聞言，翻了個白眼，無奈道：「這事你問過麈哥兒沒有？別八字沒一撇呢，咱們再鬧得無法收場。」

沈聿風不以為然。「有什麼無法收場的？送禮還能出錯了？」

沈連氏說不過他，只好任由他拉扯著去。

兩人親自在庫房翻了好半天，終於選了十幾樣珍貴稀罕的首飾擺件，用錦盒裝了，讓沈聿風的心腹鄧西帶隊，又找了十幾個模樣周正的侍女跟車，浩浩蕩蕩地出發了。

允棠剛沐浴完躺下，只覺得能重新躺在舒服柔軟的床上，實在幸福。

她剛閉上眼，門口就傳來「叩叩」的敲門聲。

經過之前的事，幾人都受了驚，聽到敲門聲急忙起身聚在一起。

小滿驚恐，低聲說：「又、又有人來敲門了！」

允棠蹙眉，按理說瑾王妃剛遭了訓斥，加上蕭小公爺這麼一鬧，所謂燈下黑，今天應該不會再有人上門了。

難道自己推斷錯了？

允棠四處掃視，躡手躡腳跑到窗邊，抄起撐窗子的叉竿，站在門後，隨後點頭示意小滿開口。

小滿壯著膽子問：「誰呀？」

「小娘子，抱歉這麼晚打擾了，我們是魏國公府的人，奉魏國公的命，前來送禮。」

魏國公府？幾人面面相覷。

翟嬤嬤帶著詢問的神情看向允棠。

允棠攥著叉竿，茫然地搖頭，表示毫不知情。

小滿跑到窗邊，朝下望去，見店門口停著的馬車，上面掛著寫有「沈」字的燈籠，隨即轉頭對翟嬤嬤點點頭，輕聲道：「沒錯，是沈家的車。」

門外的人朗聲道：「小娘子請放心，還沒人敢冒充魏國公府上的人。」

翟嬤嬤緩緩將門打開一條縫，瞥見門外的侍女統一服裝，畢恭畢敬頷首站成兩排，手裡都舉著大小不一的錦盒，而為首的男子沈穩老練，目光謙和，這才將門大開。

翟嬤嬤疑惑地問道：「請問有什麼事嗎？」

鄧西笑道：「這些都是魏國公親自挑選的禮物，還望小娘子喜歡。」說罷一揮手，成隊的侍女魚貫而入。

允棠三步併作兩步躲到屏風後面，從縫隙偷偷向外看。

每個侍女都將手中的錦盒放到桌上，不一會兒，便高高疊起來，最後的兩人還拿了字畫，實在放不下，只得放到一旁的几案上。

「這……無功不受祿，我們家姑娘與國公爺素昧平生，怎麼能收如此大禮？」翟嬤嬤有些驚慌失措。

鄧西笑道：「這不過是見面禮而已，這位嬤嬤莫要放在心上。」

小滿差點驚叫出聲，悄悄問允棠。「姑娘，難道妳謊稱跟魏國公家小公爺訂親的事，傳到正主兒耳朵裡了？」

嗄？等等！允棠覺得腦子不夠用了。自己隨隨便便扯的謊，怎麼可能就這麼成真了？可翟嬤嬤的想法卻不一樣，她面色凝重地攔住來人。「大人還是把話說清楚吧，免得我們家姑娘糊裡糊塗成了別人的外室。」

鄧西哭笑不得。「這位嬤嬤想到哪裡去了？國公爺當然是為了小公爺來的。」

「小公爺？」翟嬤嬤的眼睛不自覺地瞟向屏風一側。「小公爺我們也是未曾見過的呀！」

鄧西頓時疑惑了。「妳們家小娘子沒見過小公爺嗎？小公爺姓蕭，名叫蕭卿塵，相貌俊朗，大概這麼高。」他用手在頭上比劃著。「他平日出門都是騎馬，身邊總跟著個小廝，叫緣起……」

小滿和允棠在屏風後，不約而同地捂住嘴巴。

原來蕭小公爺是魏國公家的！

翟嬤嬤心裡有數，退後兩步，正式地行了個女了禮。「原來是蕭小公爺，多謝小公爺救命之恩。姑娘已經睡下，多有不便，我便替姑娘謝過了。只是這禮，確實不能收。」

鄧西大笑。「那便沒錯了！我已奉命將禮送到，還望收下好讓我回去交差。至於感謝救命之恩，還是讓姑娘親自說給小公爺聽吧，在下就不多打擾了，告辭！」

沒等翟嬤嬤再開口阻攔，鄧西領著一眾人等，陸續離開。

門一關，小滿便迫不及待地撲到桌前，打開最上面一個紫檀木錦盒，裡面是一枚精美的白玉伏獸珮。

「哇！姑娘妳快來看！」小滿驚嘆。

翟嬤嬤卻愁容滿面，扯過允棠。「棠姐兒，妳實話跟我說，妳跟這蕭小公爺到底是什麼關係？」

允棠如實作答。「就是小滿說的那樣，在州橋有過一面之緣，在瑾王府碰到他實屬巧合，我也不知道他為何會在那裡。出了王府，是他送我回來的，道了謝他就走了。除此之外，再沒有接觸過了。」

「那他對妳如何？」

允棠遲疑片刻。「救命之恩，自然是好的。」

「那妳呢？」翟嬤嬤追問。

「我？」允棠目光躲閃。「我怎麼了？」

「妳可喜歡他？」

允棠急了。「不過才見了兩次面，怎麼就能說到喜歡和不喜歡呢？」一見鍾情這種事，她向來是不信的。兩個人從來沒接觸過，不知道對方的品性如何，只是看臉，就認定終身，這樣能夠幸福到老的概率，大概比中彩票還要低吧？

翟嬤嬤稍稍放心，不過愁容卻未褪去。「剛見面就送這麼大禮，看樣子，那蕭小公爺是心悅於妳了。」

「心悅我……」允棠琢磨著這句話。

小滿又翻到一支鑲珍珠的金花筒橋梁釵，樂顛顛地拿過來，別在允棠的頭上。「我們姑娘這麼好看，他心悅也是正常！」

允棠急忙拔下。「別瞎說！」

「這禮我們要是收了，怕是不妥。」翟嬤嬤從她手裡接過金釵，起身放回盒子裡，又囑咐小滿。「別亂動了，若碰壞了，明日無法還回去。」

「啊？」小滿瞬間垮下臉。「這麼好的東西，幹麼要還回去啊？」

允棠道：「拿人的手短，知不知道？我們本就欠他人情，再收他這麼多禮，於禮不合，也叫他白白誤會。再說，我們離開汴京城後，還要去周邊的莊子及鋪子看看，帶著這麼多貴重的東西也不安全。」

提到安全，小滿想起那天歡天喜地拎著各種吃食，一進門就看到白露躺在地上不省人事的情景，急忙幫翟嬤嬤把東西裝回去，盒子也蓋好。「那還是都還回去吧，再來一次我真的要嚇死了！」

允棠笑笑。「好了，收拾收拾就睡吧，明天還要趕路呢！」

小滿有些捨不得，噘嘴嘟囔道：「白礬樓還沒去過呢……」

「明日就去吧！」翟嬤嬤輕嘆口氣。「我們以後大概也不會再來了。」

允棠重新躺回床上，盯著床頂的紗幔。

其實她跟小滿一樣，還滿喜歡汴京的，只是這才短短兩日，就經歷了這麼多事。

比起這滿眼的繁華，她更喜歡安穩日子，什麼執拗的外祖父，之前的十五年沒這個人，不也過得挺好的？

許是真的乏了，才沒一會兒，她便沈沈睡去。

恍惚間，一人背對著允棠，負手而立。

「允棠、允棠……」

那人輕喚允棠的名字。

「妳是誰？」允棠問。

那人不回答，依舊輕喚著。

「允棠……」

那人一襲紅衣，英姿颯爽，頭上一頂帷帽覆著紅紗，身後揹著一把纏著紅線的短弓。聲音清脆悅耳，允棠從未聽過，可卻覺得親切無比，只是那人怎麼也不肯轉過頭來。

「母親，是妳嗎？」允棠向她走去，明明沒多遠的距離，卻無論怎樣走都無法近她的身。允棠急了，喊道：「母親，妳回回頭，讓我看看妳！」

半晌，那人才緩緩轉身，抬起一隻手，掀開擋在面前的紅紗。

允棠定睛一看，帷帽下面的那張臉，分明和自己一模一樣！

呼！允棠自睡夢中驚坐起，呼吸急促，額頭布滿了細汗。

正在收拾行李的小滿見了，立刻跑過去，伏在床前關切地問：「姑娘怎麼了？作噩夢了嗎？」

允棠搖搖頭。

這樣的夢算是噩夢嗎？

白露拿了帕子細心為她擦汗，柔聲道：「時辰還早，姑娘要不再睡會兒吧？我們再輕一些收拾，儘量不發出聲響。」

「妳怎麼樣了？」允棠問。

白露撫著後頸，自責道：「沒事，就是挨了一下，都怪我沒防備，才放了賊人進來。」

「那些人想抓我，妳即便不開門，怕是晚些也要從窗子進的。」允棠安慰道。「這件事我們誰都沒有錯，不要想太多了。」

小滿憤懣地道：「是啊，沒想到這天子腳下，賊人竟如此猖狂，還不如我們揚州安全呢！這趙員外也是，從他店裡大搖大擺扛走人，竟是一聲也不吭！」

翟嬤嬤放下手裡東西，寬慰道：「不要這麼說，在汴京開店也不容易，且不說瑾王府的人他不敢得罪，即便是普通賊人，要是將那些亡命之徒惹惱了，以後的生意還怎麼做？」

小滿才不管那麼多，賭氣道：「反正我對趙員外沒了好印象，虧我之前還誇他待客熱情，若是回揚州有人問起，我定要說千萬不要去趙員外家的旅店，省得被擄走都沒人知曉。」

允棠皺眉。「小滿，千萬不要跟任何人說起我在汴京被擄的事，以免惹了不必要的麻煩。」

「那我就說趙員外店裡缺東少西，又有蛇鼠蚊蟲。」小滿哼了一聲，轉身去幫翟嬤嬤收拾東西。

白露輕笑著搖頭。「像小滿這樣愛憎分明，倒也是暢快。」

允棠也笑，小滿就是孩子心性，全憑自己好惡作決定。

可成年人的世界哪有那麼簡單？於她而言，這世界早就不是非黑即白的了。

「不過一想到就這樣忍氣吞聲地算了，心裡還是氣的。」白露悶聲道，隨即起身去裝允棠用的小物件。

「我又沒受傷，算不得忍氣吞聲。若是與他們糾纏，會吃更大的虧。」白露點頭。「我要是也像姑娘這樣豁達就好了。」

允棠苦笑。她哪裡是豁達？不過是對現實妥協罷了。

瑾王是當今皇子，即便夫妻感情再不好，那瑾王妃也是瑾王的正室妻子，即便自己有能耐鬧到官家面前，只要對方一口咬定抓錯人、是場誤會，八成也是要不了了之的，又何苦去浪費那個時間和精力呢？

她一心想要遠離是非，等這次行程結束，便回到揚州的宅子生活，吃很多好吃的，閒來無事時研究建築和船隻的木質構造，甚至可以做出些模型來擺在房間裡。

也不一定非要嫁人生子，反正祖產豐厚，不用為生計勞苦奔波，這一點若是放在二十一世紀，不知道要羨煞多少人呢！

就這樣安靜地過完這一生，就很好。

吃過早飯，翟嬤嬤雇了馬車，又請店裡的小廝幫忙，把錦盒都搬到車上，約定好等允棠還了這些東西回來，她們去白礬樓吃午飯，之後就離開汴京。

馬車不大，坐了兩個人又擺了那麼多東西，略顯擁擠。

小滿撫著手邊的盒子，不捨地道：「好多我都還沒打開看呢，就這麼送回去了。」

「沒發現妳還是個小財迷呢！」允棠笑道，隨手掀開遮在窗前的簾子，看到街邊一家接一家的茶坊，想起上輩子夢想要是中了樂透，就開一家擺滿了書的咖啡廳，頓時心血來潮。「不然我們回揚州後，開個茶坊吧！」

「開茶坊？」小滿目瞪口呆。「姑娘妳這話可別跟翟嬤嬤說，商賈人家是最被人看不起的，好端端的，為什麼要從商啊？」還沒等允棠回答，小滿猛地坐直身體，瞪圓了眼睛。「姑娘，難道我們的錢都花光了？」

允棠哭笑不得。「放心，花不完，我們還有好多錢呢！」

小滿這才放下心來，小心翼翼地打開一個盒子，摸了摸裡面的汝窯天青釉茶盞。「開茶坊多久能賺到這樣一個茶盞呀？」

允棠不語。

小滿無意間的一句話，道出了這樣一個事實——

她與蕭卿塵，一個天上、一個地下，即便她衣食無憂，可魏國公府隨隨便便送出的東西，就已經快接近她的家產了。

魏國公府。

「小公爺，有位小娘子求見。」有小廝通傳。

蕭卿塵猛地起身，驚喜地問道：「小娘子？」問完也不等小廝回答，立即大步流星地向府門外跑去。

出了門，果然見到她領著侍女站在馬車旁，他三步併作兩步跑過去，喜笑顏開。「妳來了！」

允棠點頭，轉身一指馬車。「這些東西我不能收，還是請小公爺收回吧。」

「東西？什麼東西？」蕭卿塵丈二金剛摸不著頭腦，順著她手指的方向望過去，看到敞著的馬車裡堆滿了錦盒。

「這不是昨晚小公爺命人送來的嗎？」小滿問。

「昨晚？」

跟著跑出來的緣起急忙假裝撓頭，用手遮住臉，試圖躲避小公爺殺人的目光。

「緣起！」蕭卿塵扭頭喝道。「怎麼回事？」

「這……」緣起面露窘色。「昨日國公爺問起，可我……我也沒說什麼呀……」

蕭卿塵無語望蒼天，深吸口氣後，轉頭說道：「可能是魏國公誤會了我與妳有什麼，不過東西妳收下便是，不必退還的。」

「既然是個誤會，就更要送回來了。」允棠語氣輕柔，眼神卻無比堅定。

「相識一場，送妳一點東西也是平常事，所謂禮尚往來嘛！」

允棠搖頭。「小公爺的禮太過貴重，我小門小戶人家，還不起的。」

蕭卿塵急了。「我又沒說讓妳還，妳就安心收下不行嗎？」

「不行。」

蕭卿塵見拗不過她，嘆了口氣。「緣起，把東西搬進去。」

允棠正式行了個女子禮。「謝過小公爺救命之恩。今日我就要離開汴京了，也算是來正式道個別。」

「什麼？妳要走？」蕭卿塵心急如焚。「不是剛來嗎？妳若擔心瑾王府的人，我可以派人日夜保護妳……」

允棠笑著搖頭。「來汴京本就是為了祭拜母親，沒打算多待的。」

「那、那我去哪兒能找到妳？」

允棠怔住，隨即喃喃道：「小公爺找我做什麼？」

「我……」

「哎呀，怎麼全都送回來了？」沈聿風的聲音從府門內傳來。

小滿輕扯允棠。「姑娘，我們快回去吧，還要去白礬樓呢！」

允棠點頭，轉身對蕭卿塵頷首。「告辭。」

「那、那……」蕭卿塵絞盡腦汁，突然靈光一現。「那救命之恩妳準備如何報答啊？」

允棠一愣。

蕭卿塵搶先一步坐進馬車裡。「不是要去白礬樓嗎？那妳走之前，請我吃頓飯總行吧？」

「這……」小滿傻住。「哪有這樣的？」

允棠咬著嘴唇想了一會兒後，抬頭道：「可以，不過小公爺還是騎馬吧，我們共乘馬車有些不方便。」

沈聿風此時追出門來，剛要張口，見兩人正在說話，便豎起耳朵聽。

蕭卿塵在馬車裡賴著不動。「有什麼不方便的？我們都共騎過一匹馬了。」

「你……」允棠急忙四處看看，恨不得去捂他的嘴。「你不要亂說！」

「我哪裡亂說了？」

小滿驚訝地看看蕭卿塵，又看看允棠。「姑、姑娘……」

「別聽他胡說！」允棠怕他再說出什麼話來，急忙上車，壓低聲音對他說：「不許再提這件事。」

蕭卿塵得償所願，自然高興。「好好好，不說就不說。」

小滿猶豫片刻，還是把馬車的門關好，吩咐車夫直奔白礬樓。

見馬車走遠，沈聿風嘴巴都快咧到後腦勺了，嘿嘿直笑，哼著小曲回了府。

馬車裡氣氛有些緊張，東西都搬了出去，可允棠還是覺得有些擠，不動聲色地朝外挪了挪。

「再挪都要掉出去了。」蕭卿塵調侃道。「見了妳幾次，我都還不知道怎麼稱呼妳。」

反正也不會再見了，她想著，遂道：「我叫允棠。」

「允棠……」蕭卿塵輕唸。「真是好聽的名字。」

話雖如此，可心裡早就樂開了花。

要知道，女子的閨名一般是不讓外人知道的，除了地契、打官司，就是下聘時的問名、納吉了。

「我叫蕭卿塵，客卿的卿，塵土的塵。」

「我知道。」

蕭卿塵又向前俯身問道：「妳家鄉是哪裡？我怎麼能找到妳？」

允棠向後躲了躲。「有緣會再見的。」

「那若是再見，妳就告訴我妳住哪裡，行嗎？」

允棠看著他的眼睛，清澈透亮，一點也不像那日在瑾王府準備大殺四方的那個人。

「嗯。」她輕點頭。

蕭卿塵高興得像個孩子，笑道：「去妳住的地方，把人都叫上吧，我們一起吃。」

「恐怕不妥，我還有一個乳娘、一個侍女，平日我嫌一個人吃飯寂寞，都叫她們陪我一起吃，在家沒規矩便罷，跟小公爺同桌共食怕是不合規矩。」

「不過是吃飯而已，我都不介意，妳怕什麼？」說完，蕭卿塵大喊：「車夫，去趙員外的旅店！」

緣起和小滿一左一右跟在馬車旁，聽到這一喊聲，緣起抿著嘴偷樂，小滿的眉頭卻皺得更緊了。

第四章

很快來到旅店門前，小滿一路小跑上樓去跟翟嬤嬤說明情況。

翟嬤嬤沈吟許久，轉身帶著白露和小滿下樓。

「姑娘，不然妳和小公爺去吧，我們在這裡等著便是。」翟嬤嬤在馬車外說道。

沒等允棠開口，蕭卿塵一掀簾子。「那可不行！妳們既然說好要吃了白礬樓再走，豈能因為我而耽誤了？一起去便是。」

翟嬤嬤一怔，急忙行禮。「見過小公爺。」

「緣起，再去叫輛馬車。」蕭卿塵吩咐。

「是！」緣起應聲。

允棠從窗子探頭，輕聲說道：「一起去吧，小滿都盼了好久了。」

「即便是小公爺恩典，我們做下人的也不能沒了規矩。」翟嬤嬤脆生生地道。

身後的小滿欲言又止，一臉委屈。

允棠見狀想了想，道：「不然這樣，妳們在一旁另開一桌，既合了規矩，妳們也能吃到了。」

小滿雀躍地拍手。「這個主意好！」隨後瞥見翟嬤嬤回頭瞪過來，又把嘴巴重新閉好。

緣起帶著車夫過來，笑道：「這位嬤嬤，請上車吧！再磨蹭，一會兒到了晌午，白礬樓怕是要沒位子了。」

「去吧？」小滿央求道。「這次走了，不知何年何月才能再來了。」

翟嬤嬤輕嘆氣。「好吧，那謝過小公爺了。」

待翟嬤嬤上了車，緣起對小滿說道：「兩位小娘子也上車吧，我們走快些。」

趙員外的旅店離白礬樓本就沒多遠，只一會兒的工夫，便聽緣起喊：「白礬樓到了！」

幾人陸陸續續下車，一抬頭就被白礬樓的氣派震住了。

尤其是允棠，看著那屋頂的巨大飛簷，只覺得北方的建築比起江南的，更顯渾厚。

蕭卿塵先行一步進了門。

小二忙上前招呼。「見過小公爺！您可有陣子沒來了，快裡邊請！」

允棠、小滿和白露三人，好像劉姥姥進了大觀園般，看什麼都新鮮。

進了內院，順著天井向上看去，樓上有幾名樂妓憑欄吹拉彈唱，旋律悅耳動聽；東西廂房都是雅間，偶爾傳出推杯換盞的聲音。

小二在前面引路，殷勤詢問道：「小公爺還是坐老位子嗎？」

蕭卿塵點頭。「另外再開一桌給這位嬤嬤。」

「欸，您放心，小心臺階。」

小二將眾人引上了三樓，帶到一個靠窗的位置。

「哇，這裡能看到皇宮吔！」小滿驚呼。

允棠順著窗子看出去，果然能看到一排排重簷廡殿，即便是離這麼遠，簡繁高低之分還是清晰無比。

小二笑道：「上到頂樓，看得更加真切呢！小娘子吃過之後，可以到上面再看看。」

見允棠感興趣，蕭卿塵給她指認道：「看到前面那個最大的殿了嗎？那就是大慶殿，是皇宮的正殿，也是舉行大典的地方，它前面是大慶門，後面是宣佑門。進了宣佑門，第一個是紫宸殿，那裡是官家視朝的前殿。」

允棠癡癡看著那些宮殿，腦海裡浮現身穿各色朝服的臣子們振臂高呼萬歲的畫面。

「小公爺這麼熟悉，是去過皇宮嗎？」小滿歪著頭問。

緣起大笑。「我們小公爺可是皇太孫洗馬，平日要陪皇太孫讀書的，好多時候都直接住在宮裡了，自然如數家珍。」

「洗馬？」小滿聽岔了，嘟囔著。「能給皇太孫洗馬，應該是不錯的差事吧？」

蕭卿塵聽了不禁莞爾，並未多解釋。

翟嬤嬤帶著小滿和白露，剛在允棠的隔壁桌坐下，便有小二適時遞上菜單，又有提瓶人給眾人倒上茶水，擺幾道簡單的菓子。

「看看妳愛吃什麼。」蕭卿塵翻開菜單，送到允棠跟前。

允棠一個個菜名看去，饞得直嚥口水。

小滿唸道：「蓮花鴨簽、羊頭簽、鵝鴨蒸排、蔥潑兔……」而後又想到什麼似的，附到翟嬤嬤耳邊輕聲問：「小公爺說了，這頓飯是要姑娘謝他救命之恩的，那是不是要咱們請客啊？」

翟嬤嬤無奈地道：「妳想吃什麼就點吧，誰請客都是可以吃的。」

小滿頓時眼睛一亮。「那我要這個，還有這個……」抬頭看小二只是俯身笑著，不禁疑惑地問道：「你不拿筆記下來嗎？」

小二大笑。「若是我記錯了一道，這頓飯便不要錢了。」

「這麼厲害？」小滿合上菜單。「那我可要好好看看。」

允棠喜歡吃海鮮，便點了洗手蟹和炒蛤蜊，蕭卿塵推薦道：「他們家的斫鱠可是一絕，片出的魚肉薄如蟬翼，要不要嚐嚐？」

「好啊。」

說是請他吃飯，可處處都是他做東道主的模樣。

允棠翻了翻菜單上的菜價，心中暗暗盤算，這一頓少說也要七、八貫錢，果真不是普通老百姓消費得起的。

見蕭卿塵又點了十幾道比較有名的菜色，允棠急忙阻攔。「這麼多菜，我們幾個人吃不完的。」

「每樣都嚐嚐，不一定都合妳們口味的。」蕭卿塵輕描淡寫。

既然是請客，也不好再多說，允棠硬著頭皮點頭，想到剛才算的錢數又要翻倍不止，心都開始滴血了。

見她眉間還有愁緒，蕭卿塵只當她是擔心安危，遂認真道：「其實妳們真不必急著走的，有我在，瑾王妃也不敢把妳怎麼樣。」

「多謝小公爺美意。」允棠淡淡道。「可這畢竟不是長久之計，況且我們在汴京並無要緊事要做，離開便是了。」

蕭卿塵卻不贊同。「可妳都不知道她為什麼要抓妳，又怎知妳離開汴京她就會善罷干休呢？」

「我與她一無仇、二無怨，應該不至於……」

「應該？」蕭卿塵輕笑。「性命攸關，妳卻只靠推測？」

允棠有些惱了。「不然我應該如何？那日我問了，你也聽到了，她只說認錯人。」

「妳相信她的鬼話？」

「自然是不信，可不信又能如何？」允棠反問。

蕭卿塵眉一挑，手一攤。「查啊！弄清楚她為什麼抓妳，想要達到什麼樣的目的，到了何種境況她才會罷手？」

「小公爺說得輕巧，我人生地不熟，自身都難保，怎麼去查那戒備森嚴的瑾王府？」允棠眉頭緊鎖。

蕭卿塵拍了拍胸脯。「我呀，我可以幫妳查，還可以保護妳。」

繞了一圈，又回到最初這一句。

允棠有些賭氣似的，不再開口，只是直直看著他。

蕭卿塵繼續說：「人生在世，總有一個人解決不了的難題，所以才有『幫助』這個詞的出現。妳需要幫忙，而我願意幫，就這麼簡單。」

「可我不習慣依靠他人。」允棠冷聲道。「把所有希望都寄託在他人身上，在我看來，是極愚蠢的事。」

「不依靠他人……」蕭卿塵重複道。「那妳現在所花的錢財，可是妳自己賺的？若沒有祖產，妳可有錢買侍女伺候妳？」見她恨恨地不說話，蕭卿塵又道：「這些祖產，令尊令堂願意留給妳，妳欣然接受，也是很簡單、很自然的事。我幫妳，查到了自然好，查不到妳也不會損失什麼。」

「小公爺為何執意要幫我？」允棠質問。「可是見我像路邊的小貓、小狗一樣，被人欺負了無還手之力，這才心生憐惜，想幫我討回公道嗎？」

蕭卿塵這才發覺她已經動了氣，心中忍不住懊惱。

雖不過幾面之緣，但那日無意間得知她喪母，從瑾王府出來時，又見她哭得那麼凶，想必也是命途多舛之人，他頗有些同病相憐的意味，這才好言相勸。

可一句一句的話趕到現在，也算不得什麼「好言」了。

沈默間，小二陸陸續續將一盤盤色香味俱全的菜，擺滿了桌子。

「算了，我沒別的意思，只是真心希望妳能無虞。」蕭卿塵用筷子挾了魚片放入她面前的盤中。「這道是這家店的招牌，快嚐嚐。」

允棠也覺得剛才言語間有些過激，便不推辭，將魚片送入口中，舌尖立即傳來一股鮮甜。

「唔，好吃！」小滿一臉滿足。「白露姊，妳快吃這個！」

「小哥，」翟嬤嬤去喚緣起。「你也過來坐，一起吃吧。」

緣起扭頭看向蕭卿塵，見他點頭，這才挪了椅子入座。

氣氛總算稍微活絡起來，蕭卿塵看她吃得開心，不敢再多說，只是不停地給她挾菜、添湯。

酒足飯飽後，眾人靠在椅背上休息。

「小公爺！」緣起指著不遠處一張桌旁的身影，驚呼道：「程僧！」

蕭卿塵扭頭看去，猛地起身。

被喚作程僧的人聽到動靜，撒腿就跑，慌亂間撞到正上菜的小二，菜翻湯灑，一時間混亂不堪。

緣起撐住椅背輕輕一躍，躍過障礙朝程僧飛奔而去。

蕭卿塵剛要抬腿，又扭頭看向允棠。

允棠心裡也猜出了七、八分，朝他點頭。「快去！」

蕭卿塵稍一遲疑，從懷裡掏出一物塞到允棠手裡，急道：「我們一定會再見的！」說完跑到窗邊，一躍而下。

眾人不由得驚呼！

允棠急忙趴窗去看，只見他落到二層的飛簷上，輕跑幾步後，飛身撲向一面寫著「白礬樓」三個字的大旗，滑落到地面，就地一滾起身。

那程僧剛從白礬樓大門跑出來，見到蕭卿塵落地，趕緊急轉方向，向另一邊跑去。緣起和蕭卿塵緊追其後。

「讓開！讓開！」

「站住！」

三人先後衝入人群中，轉了個彎，再也尋不見蹤影。

允棠的心怦怦直跳，這才想起攤開手掌查看，竟是一枚魚形的黃玉玉珮。

「發生什麼事了？」翟嬤嬤走過去，驚慌地問道。

允棠悄悄把玉珮緊緊攥在手裡，輕輕道：「大概是在抓捕逃犯吧。」又去問小滿。「吃完了嗎？我們該走了。」

為了不留遺憾，幾人在小二的帶領下，上了白礬樓的頂層，眺望了那威嚴肅穆的皇宮後，便離開了。

已是芒種，晌午的日頭曬得馬車內悶熱。

馬車顛簸，又不得動，比起水路要辛苦不少，翟嬤嬤只得叫車夫行一、兩個時辰便歇一歇，一來飲飲馬，二來讓大家也活動活動僵麻的手腳。

這樣一來，行進的速度就慢了許多。

起先路邊還有茶肆和行館，隨著越走越偏僻，休息的時候就只能躲到樹蔭下，席地而坐了。

「還沒到嗎？這都走了兩天了。」小滿見允棠額頭上都是細汗，忙掏出手帕給她擦拭。

翟嬤嬤探頭看看前面的路，道：「趕一趕，今天晚上應該就能到莊子了。」

白露手執團扇，一下下為允棠搧著，好奇地問道：「翟嬤嬤，這莊子好生偏僻，是不是一年也收不了多少租啊？」

「這已經算是能留下的田莊裡，最大的一處了。」翟嬤嬤打開食盒，拿起一塊菓子遞給允棠。「當初龍顏大怒，那些隨郡主名號封賞的大莊園，大部分都被收回了，只剩下些不起眼的。虧得大娘子心細，把這些都留了下來，不然我們連這些收入都沒有。」隨後又給小滿和白露遞上菓子。「其他的田莊，確實收不了多少，畢竟多年無暇顧及，疏於管理，交上來多少全憑管事、莊頭的心情。可這一處的莊頭是我親弟弟，他從小老實，不會那些偷奸耍滑的把戲。」

允棠拿了手上的菓子，輕咬一口，聽翟嬤嬤說完，才悵然道：「這麼多年，真是辛苦翟叔了。」

翟嬤嬤搖頭。「姑娘這是哪兒的話？當初我們姊弟孤苦無依，是崔將軍好心收留，我們才有一口飽飯吃。能為姑娘出一份力，是他的福氣。」

允棠起身。「那你們姊弟也是許多年未見了，我們就早些上路吧，到了莊子再歇也不遲。」

「也好。」翟嬤嬤重新蓋好食盒，臉上難掩笑意。「我上次見他，還是他成親的時候呢，這一晃都十多年了。他家的女兒算來該有十歲了，每每來信他都要誇讚一番呢！」

兩輛馬車到達東臨莊外時天剛擦黑，還未等到跟前，老遠的便有家丁跑來問話，問是否迷了路？

得知是主人家親臨，家丁不敢怠慢，轉頭去報信時還絆了個趔趄，說是手腳並用、連滾帶爬一點兒也不誇張。

馬車進了院，翟嬤嬤率先下車，見到已經而立之年的弟弟，不禁一愣。這十多年的時光，印在臉上，令人唏噓。

「長姊啊！」翟青訓皮膚黝黑，身材健壯，儼然已經是個拔山扛鼎的漢子了。

只這一聲，翟嬤嬤就忍不住濕了眼眶，可卻來不及敘舊，忙回頭去扶允棠，給弟弟介紹道：「青訓，快來見過姑娘！」

允棠雙足落地，微笑著抬頭。

翟青訓卻一怔，脫口而出。「三、三姑娘？」

翟嬤嬤輕捶他一下。

翟青訓這才回過神來，忙作揖道：「見過姑娘！小的一時失神，還望姑娘見諒。」

允棠自然知道他喊的是母親，一時好奇，忍不住問道：「我跟母親，真的很像嗎？」

翟青訓忙不迭地點頭。「像，像極了！簡直是一模一樣！」

「要我說倒沒那麼像，棠姐兒更顯嬌弱些。」翟嬤嬤道。

「也是，三姑娘英氣十足，一點兒都不輸兒郎呢！」翟青訓哈哈大笑，言語間盡是欽佩之意。

允棠也跟著笑了笑，又問：「剛才我們來時，有家丁來問是不是迷了路，這又是為何啊？」

「回姑娘的話，是這樣的，前面岔路口的另一邊有個莊子，叫西臨莊，主人家好像是朝裡的大官，不時就有人趕著馬車來送禮，不過十個有八個都要送到我們院子來。」翟青訓撓頭憨笑道。「而且還都是天擦黑才來，解釋應酬煩得很，我就乾脆叫人在那路口守著。」

允棠笑著點頭。「倒也不失為一個好辦法。」

「瞧我，光顧著說話，淨讓姑娘在這兒乾站著，姑娘快進屋！」翟青訓側身讓路，又轉頭吩咐。「老劉，喊幾個人把姑娘的行李搬進屋裡去！」

這一言一行間，盡顯莊頭風範，翟嬤嬤見了心生安慰，忍不住出手在他背後拍了拍，果然壯實得很。

「行了，我也乏了，今日就先歇下了。」允棠道。「翟嬤嬤，讓小滿和白露伺候就行，你們姊弟倆好好說說話。」

「多謝姑娘。」

折騰了幾天，大家都又睏又乏，小滿給允棠準備一大桶溫水，又在上面撒了些花瓣，伺候她舒舒服服泡了個澡，這才睡下。

翟嬤嬤則拉著弟弟、弟媳，說了大半宿的話，眼看要三更天了，這才依依不捨地回房。

次日清晨，小滿見允棠睡得香，便沒叫她，結果她竟然直接睡到晌午。

剛睜眼的時候，見了屋內擺設陌生，允棠還一陣恍惚，後來聽到鳥鳴和流水聲，才想起身在東臨莊，不禁自嘲地笑了笑。

她坐在床上伸了個大大的懶腰，這一覺睡得安心又滿足，醒來覺得心情都好了幾分。

莊子給她們準備的午飯十分豐盛，據說用的蔬菜瓜果都是田裡種的，吃起來格外清甜；做菓子用的麵粉也是自家麥子磨的，麥香味撲鼻。

允棠不禁胃口大開，比平時多吃了不少。

吃的時候過癮，起身時只覺得胃脹，反正也閒來無事，她便準備獨自到田裡轉轉，誰知剛出門就被一陣爭吵聲吸引了。

那是一間處在莊園角落的磨坊，敞開的門窗不斷向外飄散著麵粉。

「你這是把我們當驢使啊！」一個老漢咒罵著。「那幾頭驢都病死了，你就讓我們拉磨，劉旱生，你還是人嗎？」

劉旱生憋得臉通紅。「主人家姑娘來了，讓你給磨點麵粉吃，怎就像是要了你的命一樣？你在地裡不幹活嗎？何苦說這些話來！」

「你們都少說兩句吧！」翟青訓從中勸和。「毛叔，若是平時，老劉也不會讓您做這些，這不是趕上了……」

「莊頭，你讓我幹什麼都行，唯獨這圍著磨盤拉磨不行！」毛叔一擺手。「我在這裡累死累活，白禿子那邊卻到處跟人說我是毛驢！」

聞言，翟青訓也跟著罵。「這白禿子也是太不像話了！我一會兒就去說說他，您消消氣！」

好說歹說把毛叔勸好了，翟青訓剛一出門，就看到允棠站在門口，急忙解釋道：「姑娘，您別往心裡去，毛叔嘴上雖抱怨，平日活兒卻是不少幹的！」

允棠笑著搖搖頭，問：「怎麼驢都病死了？」

「是啊，說來蹊蹺，也不知怎的，莊子裡的七頭驢先後都病死了。」翟青訓嘆氣。「這陣子忙著收麥子，沒時間出去買，附近莊子的驢也都正用著，根本借不到，那驢販子又好久都沒來了，所以最近都是人在拉磨。」

允棠指著流經莊園的一條小河。「我看這條河落差還挺大的，有水車嗎？」

「有是有，不過荒廢許久了。」翟青訓指著河的下游。「還是官家剛賜這莊子時候建的呢，壞了也沒人會修。」

「能帶我去看看嗎？」

翟青訓遂將允棠帶到廢棄的水車邊。

果然，年久失修，水車斜斜歪在一邊，一部分還浸泡在水裡。

見允棠蹲下去翻看那堆破敗的木頭，翟青訓有些不好意思地撓撓頭，解釋道：「我們現在灌溉都是挖了水渠，引水入田，這個便用不上了。」

允棠點頭，起身順著河流看去，又有一處草棚，裡面也有類似的東西。

「那是什麼？」

「喔，那也是之前留下來的，是畜力的筒車。」翟青訓回答。

允棠眼睛一亮，快步向草棚走去。

之前曾在書上看過這類水車和筒車的構造圖，相比較來說，那個畜力的筒車更接近她想要的東西。

筒車因為在草棚中，少了許多風吹日曬，看上去只是有些髒，零件還是完好無損的。

允棠心下一喜，咧嘴笑道：「翟叔，能不能叫人把這個筒車和那個水車，都給我搬到院子裡去？」

翟青訓不知她要做什麼，茫然地點點頭。

回到房間後，允棠就開始畫起設計圖。

上輩子在大學畢業之前，她和同學們一樣，幻想著有朝一日能設計出某個城市的地標建築，青史留名。

可現實總是啪啪打臉，沒有想像中的大筆一揮、靈感乍現，有的只是千篇一律的高層住宅，她成了一個只會機械聽令的畫圖狗。

為了碎銀幾兩，她賤賣了自己的夢想。

苦逼的生活中唯二的慰藉，便是奶奶逢人便說「我孫女是個建築師」，還有拿到那為數不多的工資時，爺爺的笑臉。

現在脫離了電腦和CAD，改用毛筆製圖，竟無意間燃起她心中的熱情。

允棠叼著筆頭，時而冥思苦想，時而奮筆疾書，那沈浸的模樣惹得小滿和白露都不敢進去打擾。

看著地上無數揉成團的紙，小滿撓了撓頭。「姑娘這是在寫什麼呢？」

「我看倒像是在畫畫。」白露也伸長脖子看，又想到什麼似的，扭頭問道：「今天姑娘出門都幹什麼了？」

小滿搖頭。「我也不知道啊！用過了午飯，看到翟叔的女兒茯苓在縫衣裳，姑娘就讓我去幫忙，說是自己出去轉轉。」

「之前只知道姑娘喜歡畫一些房子、船的圖，怎的來到這莊子，卻好像著了魔似的？我看這莊子也沒什麼特別的啊！」白露搖搖頭，走開去忙了。

晚飯是小滿送到屋裡吃的，允棠邊吃，眼睛還邊斜向圖紙。

小滿好奇地拿起一張看，只見上面是一些形狀各異的圖形，細部還標了尺寸。

又拿起一張，是一個奇怪的水車，說奇怪是因為位於下側的圓盤好似水車放平了，通過一個粗粗的木桿連到上方，聯動了兩個石杵和一個磨盤。

「這……這是什麼呀？」小滿把那張圖翻過來又翻過去，頭也跟著歪，仍是沒看出端倪來。

「唔……」允棠嘴裡還含著食物，急忙擺手示意小滿放下，好不容易嚥下了，才趕緊開口道：「妳別亂動，待會兒順序該亂了！」

小滿忙小心翼翼地放回原位，嘟囔道：「姑娘妳慢點吃，畫什麼還不能等吃完了再畫呀？有什麼我能幫忙的嗎？」

允棠想了想，吩咐道：「妳去找翟叔，讓他明早找幾個會木工活兒的佃農來。」

「欸！」終於能幫上忙，小滿樂顛顛地跑了。

第二天一早，幾個佃農站在院子裡，你看看我、我看看你，誰也不知道主人家叫他們來是要做什麼？

允棠叫翟叔在院子中央支了一張大木桌，又叫幾人都圍過來，她指著鋪滿桌子的圖紙問道：「各位，且看看我畫的這些圖紙，你們能不能看懂？」

幾人都覺得新奇，紛紛拿起圖紙琢磨起來。

就連翟青訓也忍不住跟人頭挨著頭，擠在一起相看。

「這……這是磨坊？」一名面色暗黃、額頭溝壑縱橫的中年佃農，抬頭疑惑地問道。

允棠很驚喜，忙不迭地點頭。「沒錯，就是磨坊！」

得到鼓勵後，幾人更細心去看，又有人驚呼道——

「這下面，可是連著水車？」

「還有杵！」

允棠指著圖紙，耐心地解釋道：「這一個個削尖的木條，要在圓盤上插一周，之後要和另一個較小圓盤上的木條咬合，從而完成轉動的動作，而這個中間的轉軸，則需要用金屬的，塗上油，摩擦力會更小些。」

「摩擦……力？」

「呃……就是轉起來會更順暢些。」允棠笑道。「我想建造水力磨坊，這樣只要水流經這個水車，使它轉動起來，它就能帶動上面的杵，上下運動，幫助小麥脫殼，接著這個磨盤也會轉動起來，就不用人來推磨了。」

「小的之前也曾聽說過這種水力磨坊，但卻未曾親眼見過！」那名中年佃農雙眼放光。「姑娘可真是見多識廣，連這麼複雜的圖都能記下來！」

允棠很想說，好多書上的圖，都是水車立在房子側面的，是自己稍加改造才成了現在的樣子，但想想還是笑了笑，沒說什麼。

她的靈感，來自於莊子裡的一座枕流亭。所謂枕流，就是架在河上空的意思。那座亭子建在二層，可以遠眺，底層架空，腳下潺潺流水，景色宜人。

可莊子裡的人除了佃農就是家丁，沒人再上去觀景，也就可惜了這亭子。

如今這亭子可以用上了，只要把四周封好，留下門窗，再把磨坊放進去，水車則放在水面上，就成了。

「好多零件可以從水車和筒車上拆，可這些是沒有的……」允棠從一落圖紙中間抽出幾張，俐落地攤開來。「這些便需要我們按尺寸做出來。這是局部放大圖，尺寸精細，做出的成品誤差不能太大……」

幾位佃農對新鮮事物還是十分感興趣的，只是聽著聽著，好像又變成聽不懂的樣子。見幾人不停抓耳撓腮，面露茫然之色，允棠苦笑。「每人拿一張，我們先試試吧？」

瑄王府。

「蠢貨！」瑄王妃身著嫩黃色常服，髮間點點珍珠裝飾，盡顯尊貴之氣。此時她秀目圓瞪，顯然正在氣頭上。

瑾王妃和楚翰學一同低著頭，誰也不敢言語。

瑄王妃見了，更加氣不打一處來，氣道：「我說過多少次了，你們兩個不要擅自行動，凡事都要問過我，可你們呢？如今鬧出這麼大的事，倒知道尋我來為你們善後了！」

楚翰學低眉順眼道：「大姊莫要生氣了，這有什麼不好嗎？反正現在御史中丞皇甫丘咬住張皐不放，官家怕也是頭疼得緊。無論如何，太子這枚棋子算是保不下了，我為瑄王姊夫拔掉眼中釘，怎的都不誇讚我……」說到後來，已有委屈之色。

瑄王妃大怒。「你腦子是賣了還債了？王爺能在朝堂上與太子平分秋色，憑的是什麼？是官家的恩寵！你讓官家頭疼，倒上我這兒邀功來了！」

「大姊，別罵他了，他也是——」瑾王妃想從中勸和。

「我還沒說妳呢！」瑄王妃矛頭一轉，厲聲質問。「這主意是妳給他出的？妳自作聰明的毛病什麼時候能改改？讓他小妾的哥哥賣宅子，又剛好賣了他欠的錢數，妳是生怕別人不知道，是我們楚家要拉張皐下水的？」

「我、我這不也是為了我們楚家好嗎……」瑾王妃喃喃道。

瑄王妃冷哼。「妳若是再這樣亂來，怕是楚家將來也沒有後人讓妳照拂了！」

瑾王妃的眼淚在眼眶裡打轉。「大姊之前忙著幫瑄王殿下出謀劃策，也顧不上翰學，他欠了酒曲錢，急得夜不能寐，嘴巴上都起了好幾個大水疱。我本想貼補，可妳也知道，我體己錢不多，我們王爺又讓那個林秀娥管帳，我要是想動這麼大一筆錢，怕是要被王爺追問，我……」說著說著，瑾王妃癟嘴，用手帕抹起淚來。

楚翰學見了，急忙安慰。「二姊，我知道妳疼我，也知道妳的難處，我從未怪過妳！」

瑾王妃聽弟弟這麼說，委屈之意更濃了，忍不住又抽泣起來。

兩人姊弟情深的戲碼，瑄王妃算是看夠了，她無語地閉起雙眼，心裡不由得埋怨，母親怎麼留了這麼兩個蠢貨給她？

瑾王妃見大姊生氣，想賣慘把眼前的事搪塞過去，遂哽咽道：「前段時間，到處都嚷著要跟遼國和親的事，我本想找個跟慧兒身形、樣貌都相像的小娘子，替她嫁過去，誰知……」

楚翰學追問。「怎麼了？」

「誰知找來的那小娘子竟跟崔清珞長得一模一樣，撩撥得我家王爺又起了心思！我這也是一波未平，一波又起，哪能事事都想得那麼周全呢……」瑾王妃說完，眼睛瞟向瑄王妃。

聽到崔清珞的名字，瑄王妃猛地睜開眼瞪向她。「然後呢？」

瑾王妃被她瞪得腦子一片空白，微怔道：「什、什麼然後？」

瑄王妃秀眉緊蹙，有些不耐煩。「那小娘子呢？」

「自然是放了，我家王爺還口口聲聲讓我去給她賠罪呢！」瑾王妃這麼說，本是想聽到「這麼過分？」、「他怎麼能這樣？」這種同仇敵愾的話，誰知……

「放了？」瑄王妃冷聲嗤笑。「楚妙君啊楚妙君，讓我說妳什麼好呢？」

突然被直呼姓名，瑾王妃知道，自己好像又做錯了。為了不再被訓斥，瑾王妃急著解釋道：「我雖是放走了，但一直派人跟著呢！」

「所以妳準備怎麼做？」瑄王妃問，她明豔的臉上，看不出一絲情緒。

瑾王妃卻從那張臉上讀出了殺氣，琢磨著擠出了幾個字。「我必除之而後快！」

某處私獄。

一名犯人被綁在十字形樁上，頭綿軟地垂下，看不清臉，身上的衣裳破爛不堪，破口處皆是血肉模糊，凝固成黑色血痂，看樣子是受過刑了。

蕭卿塵眯眼，一揚下巴，緣起便舀起一瓢水，徑直朝那人臉上潑去。

那人一個激靈驚醒，待看清眼前人，忍不住脊背一涼，牙關打顫。

「程僧，你咬死了不鬆口，我敬你是條漢子。」蕭卿塵放下沾了涼水的鞭子。「可你的堅持毫無意義，因為許戈那廝已經受不住，全招了。他說了是你們大哥周書尹收了瑄王的金瓜子，於是勾結官妓呂詩詩，誣告兵部侍郎趙贊狎妓。」

程僧瞪大布滿血絲的雙眼，怒吼道：「不可能！」

蕭卿塵冷笑。「那你覺得，這些細枝末節的事，我是如何知曉的？」

程僧不再開口，只是咬著後槽牙，怒目而視。

「不怕實話告訴你，許戈已經遭不住刑，死了。」

「你們竟敢濫用私刑！」程僧喝道。

「是又如何？你若能從這裡走出去，大可以去開封府告我，或是去敲登聞鼓喊冤。」蕭卿塵輕描淡寫地說。「不過周書尹被出賣了，自然不會放過你，不知到時候，你還有沒有這個心思？」

程僧瞳孔一縮，辯駁道：「可我從未透露過半句！」

蕭卿塵大笑。「等他把刀架到你脖子上時，你大可以說這句話給他聽。」

程僧不語。

「你不想活，可也要想想你那快要臨盆的妻子。」

「你！」程僧青筋暴起。

蕭卿塵走近幾步，與他只剩一拳的距離，目光如炬，沈聲道：「你要弄清楚，要殺你全家的人，是周書尹，我是在給你生路。」

程僧緩緩垂下眼眸。

「太子乃官家的嫡長子，東宮之位又是官家親自冊封，且太子為人賢德勤勉，並無不足之處。」蕭卿塵回到椅子前坐下。「可即使這樣，還是有人懷有不臣之心，總是妄想動搖國之根本。周書尹之流是貪財，你呢？又是為了什麼？」

「我……」程僧語塞。

「我知道，有些事你是受周書尹所迫，不得已而為之。現在我給你一個將功贖罪的機會，選擇權，在你。」

程僧再抬頭時，目光已沒了之前的凌厲。「你為什麼要跟我說這些？」

蕭卿塵咧嘴一笑。「因為我要收了你。」

東臨莊。

原本好好的院子如今堆滿了木材，佃農們……喔不，如今應該是木工們，有的拿尺在測量，有的拿鋸子在切割，一片繁忙景象。

而允棠就蹲在一地的廢木料中，專心致志地翻著圖紙，不時還提筆改上幾下，裙襬上沾滿木屑也不自知。

翟家姊弟見了，有些不知所措。

「姑娘她……一直是這樣嗎？」翟青訓問得模稜兩可，可憐他絞盡腦汁也沒想出，該如何形容這親眼見到的一幕。

翟嬤嬤看著允棠，木然地搖頭。「以前只知道她喜歡琢磨些小玩意兒，卻從不知她有這麼大的能耐。」

翟青訓饒有興趣地看了半晌後，抱臂嘆道：「長姊妳看，在這麼大的日頭下曬了一天了，姑娘是一聲也不吭，比起那些嬌滴滴的小娘子，不知道強了多少呢！姑娘這性子，我是喜歡得緊。」

翟嬤嬤聞言不禁回憶起十五年前，當初允棠剛出生時，算了日子是未足月的，自己帶著那貓崽似的女娃逃出來時，幾乎都以為這孩子活不下來了。

先天不足，加上平日總是被囑咐著躲災避禍的，她也就沒吃過什麼苦，大家心裡自然也認為她是吃不得苦的。

如今看來，畢竟是那蒼松的種子，再怎麼當花朵嬌養著，也是無懼風霜雪雨的。

翟青訓又樂道：「長姊，妳還不知道吧？姑娘說了，這幾個佃農幫她做工，耽誤了農活，要我按天給他們折算工錢呢！他們聽了，幹得更起勁了。」

「有這等事？」翟嬤嬤一怔。

「可不是？這些佃農們哪，對姑娘可是讚賞有加，說姑娘才貌雙全不說，性子還好，他們回去一傳十、十傳百的，好多人都搶著要來看一看咱們的神仙姑娘呢！妳瞧──」翟青訓往門外一指。

翟嬤嬤眺望出去，果然有一些佃農和農婦們，正探頭探腦地往裡瞧，還交頭接耳的，不知在議論什麼。

「這成什麼樣子？畢竟是未出閣的姑娘。」翟嬤嬤皺眉。

翟青訓這才覺得不妥，忙道：「長姊放心，我這就去把他們趕走。」剛一抬腳，他又低聲笑道：「大夥兒們都說，也不知道是什麼樣的郎君，才配得上我們家姑娘呢！」說罷，喜笑顏開地向門外走去。

翟嬤嬤看著允棠纖瘦的背影出了神，是啊，姑娘如今已經及笄，再過幾年，便要尋個夫家成親了，自己這個乳娘自然是不會跟著去的。

想到這兒，翟嬤嬤心裡驀地一陣酸楚。

像是有心靈感應一般，允棠突然回頭笑笑，翟嬤嬤見了，也急忙彎起嘴角回應。

幾個人起早貪黑地忙了四、五天，水力磨坊終於落成。

中間過程到底有多曲折，只有允棠自己知道。

受工具和材料的諸多限制，她臨時改了好幾次圖紙來應對狀況。

製圖師加班趕圖外加現場交代，還要兼做團隊領導來協調資源，最後還要在施工現場監督管控品質，這酸爽程度可想而知。

好在是不太大的工程，在這樣的竣工日，還是成就感滿滿的。

早早地交代翟叔殺一隻羊來犒勞眾人，允棠又特意備上一條紅布，在中間繫成了朵花，讓白露和小滿扯著兩頭，站在磨坊入口。

這畢竟是她平生第一件正式作品，總要隆重些。

允棠站在中間，煞有介事地用剪刀剪綵，門外的佃農們遠遠見了，按之前的吩咐，紛紛點燃焰火，翟青訓適時抽出別住水車的粗木棍。

激動人心的時候到了，大家緊張得不由屏息起來。

只見水流流經水車的葉片，使得水車緩緩轉動起來，越來越快；粗木軸上方，一大一小兩個齒輪也跟著運動起來，帶動二層的兩個石杵，一上一下地，在石臼裡不住搗動；最後巨大的磨盤隨即也轉了起來。

「成了！」二層有人從窗子探頭出來驚呼。

「啊啊啊啊！」小滿激動到跳腳，不住地搖晃允棠。「姑娘妳好厲害！」

眾人見了，皆振臂高呼。

允棠也咧著嘴，能看著自己的作品變成現實，那種自豪感油然而生。

「院子準備了炙羊肉和好酒，大家都去用點吧！」翟嬤嬤笑道。

翟青訓一把攬過幫允棠幹了好幾天活兒的佃農。「老王，今日咱們不醉不歸！」

老王大笑著應聲。

眾人也附和。「不醉不歸！」

院子一片狼藉，根本來不及收拾，就勉強擠著，擺了幾桌酒席。

眾人大聲說笑，推杯換盞，觥籌交錯。

白露道：「姑娘，屋裡翟嬤嬤給留了羊臉，洗了手快去吃吧！」

小滿聽到羊臉，已經開始嚥口水。

允棠卻狡黠一笑，拎上一小袋曬好的小麥，拉上小滿和白露，來到磨坊。

她先把小麥倒入石臼，隨著石杵上下振搗，不少小麥都脫了殼；她又舀出來，把殼輕輕撥開扔掉，剩下的一股腦兒倒在磨盤上。

磨盤一圈一圈不停歇，允棠的心也跟著一圈一圈蕩起漣漪。

小滿仍舊是個好奇寶寶，這摸摸、那碰碰。

白露不放心地囑咐道：「小心些，別軋了手！」

小滿滿不在乎。「之前我還覺得，姑娘說要回揚州開茶坊只不過是一時興起，如今我倒覺得姑娘厲害，幹什麼都是能成的。」

「開茶坊？」白露眼睛一亮。「姑娘說的可是真的？」

允棠在窗邊坐下，輕輕點頭。「不過也只是剛有這個想法，還沒敢跟翟嬤嬤說。」

白露笑道：「翟嬤嬤肯定是要說上兩句的，不過她呀，嘴硬心軟，若是姑娘執意要做的事，大抵她是不會反對的。」

「那妳呢？妳怎麼想？」允棠雙腳來回盪著，歪著頭問。

「我？」白露沒想到她會這麼問，思索了好一會兒。「姑娘做什麼，我就做什麼。」

允棠開懷地說：「妳比小滿細心，應該學著管帳。」

小滿用指頭捻起一小撮還未磨好的麵粉，抹在白露的臉頰上，嘻笑道：「我看行，到時候就管白露姊叫帳房先生！」

「讓妳說我！」白露轉身去追她。

兩人笑著鬧著跑下樓，允棠聽著「吱吱呀呀」木頭轉動的聲音，腳下潺潺流水的聲音，還有不遠處大家喝酒說笑的聲音，突然意識到，這就是她想要的生活。

酒過半酣，天早已黑了。

佃農們吃醉了酒，互相攙扶著，東倒西歪往家裡走。

允棠和小滿坐在門口乘涼，溫度適宜，偶有微風拂過，愜意得很。

遠遠地，聽到門口的家丁喊著——

「路口又來人了，我去問問！」

翟青訓也醉得不輕，他的夫人翟薛氏身材嬌小，根本扶不起他，急忙又喚了一名家丁來幫忙。

家丁小心翼翼將他架起，翟青訓滿臉通紅，拍著家丁的臉，噴著酒氣問：「小李，你有沒有吃炙羊肉啊？」

小李忙點頭。「吃了吃了！我送您回房間！」

允棠和小滿看著翟叔憨態十足，雙雙笑出聲來。

笑著笑著，允棠沒頭沒腦地冒出一句。「怎麼問了許久，還不回來？」

「嗯？姑娘妳說誰？」

「剛說要出去問的那名家丁。」

話音剛落，一陣馬蹄聲越來越近，允棠只覺得奇怪。

這時翟青訓已經搖搖晃晃來到允棠跟前，經過時還不忘打招呼。「姑、姑娘，您真是我見過最最最、最最最聰明的小娘……嗝，小娘子了！」

翟薛氏一臉尷尬，賠笑道：「驚著姑娘了，他呀，灌了些黃湯就胡亂言語了。」

允棠笑著搖頭。「誇我嘛，高興還來不及呢！」

「那我先帶他回房了。」翟薛氏矮身行了禮，轉身在前面帶路。

翟青訓擺手，含糊道：「我、我還沒……」

「噗嗞」一聲，一股溫熱的液體，突地濺了允棠一臉。

允棠怔在當場，她緩緩抬眸看去，翟青訓的胸口，一枝箭頭已然破胸而出！

沒等眾人反應，又有幾枝箭羽破空而至，其中有一枝，就釘在允棠身旁的木柱上，箭尾震動，發出嗡鳴聲。

小滿失聲尖叫。「翟叔——」

聽到淒厲的叫喊，翟薛氏驚愕地轉頭，卻看到小李和翟青訓都已經倒在血泊中。

「快進屋！」允棠拚命招呼其他人。

翟薛氏哀號著撲到跟前，手伸到丈夫腋下，拚命向屋內拖，可無論她怎樣用力，那沈重的身軀都紋絲不動。

允棠也去幫忙，一邊扯還一邊繼續朝院子裡喊：「快找掩蔽！快躲起來！」

可是已經晚了，那群騎馬而來的黑衣蒙面人已闖到院子裡來，有逃跑不及的家丁，一下子被刺了個對穿，又直挺挺地倒地。

「快來幫忙！」允棠大叫。

小滿這才回過神來，戰戰兢兢地一起去拉翟青訓，他身體拖過的地方，在地上劃出一道長長的血跡。

好不容易把翟青訓拖進屋，允棠又轉身想去拖小李，到了身前剛一探手，一枝羽箭又射在小李背上，允棠急忙縮手，伏在地上。

「姑娘，快回來！」小滿驚慌失措地喊著。

那種金屬刺入皮肉的聲音，讓允棠胃裡翻江倒海，她強忍著噁心，俯低了身體跑回屋子裡。

小滿和另一名家丁急忙一邊一個，把門關好，又插上門閂。

「訓郎、訓郎！」翟薛氏不住地搖晃丈夫的身體，一聲聲呼喊著。

從刺入的位置看，不是肺就是心臟，允棠知道凶多吉少了，可她還是撲過去，用力扯下裙襬當作布條，堵在羽箭周圍，讓翟薛氏死死按住，儘量減少出血。

翟青訓的身體抽動了兩下，嘴裡開始流出血沫。

白露剛帶著茯苓從裡屋出來，來到正廳，看到這一幕，急忙將小茯苓的雙眼捂住，攬進懷裡。

翟嬤嬤也踉蹌著衝過去看，見翟薛氏滿手是血，當即雙眼發黑，身體失衡，險些摔倒。

還好允棠眼疾手快，一把將人扶住。

「白露姊姊，我爹爹怎麼了？」茯苓的頭埋在白露胸前，怯懦地小聲問道。

沒等白露回答，數枝羽箭又破窗而入。

那名家丁沒防備，被射穿了腿，悶哼一聲，忙匍匐到柱子後面。

眾人如驚弓之鳥，四下躲藏。

允棠倉皇起身，將一旁的桌子放倒，擋在她們身前。

桌子才剛立好，鐺鐺數聲，已有羽箭沒入桌面！

如果她手再慢些，後果不堪設想。

如此驚嚇，翟薛氏哭得更凶了。

茯苓聽到，也跟著大哭起來。

允棠感覺到手腳都在發抖，腦子也一片空白，她強迫自己鎮靜。

究竟是什麼人？難道還是瑾王妃派來的？

她想起了蕭卿塵的話——

可妳都不知道她為什麼要抓妳，又怎知妳離開汴京她就會善罷干休呢？

允棠死死咬住嘴唇。他說得沒錯，性命攸關，可自己卻漠然置之，一心去求安穩的日子，如今害死了好多人！

怎麼辦？怎麼辦？

允棠的腦子一片混亂，耳邊哭嚎聲不斷，讓人無法思考。

「別哭了！」她喝道。

翟薛氏被吼了一個激靈，眼中噙淚，愣在當場。

另一邊，白露不停地小聲勸慰，茯苓也漸漸安靜下來。

外面混亂的腳步聲逼近，屋子裡的人都屏息著，豎起耳朵聆聽門外的動靜。

隱約間，允棠聽到一些液體潑灑的聲音。

糟了！他們要放火！

第五章

「這莊子可有什麼暗室，或者暗道？」允棠急急去問翟薛氏。

翟薛氏茫然四顧，六神無主，顯然已經無法回答她的問題了。

「妳看著我。」允棠扳過翟薛氏的雙肩。「妳別怕，深呼吸，冷靜下來我們才能逃出去。」說罷，她帶頭做著深呼吸。

起先翟薛氏還跟著她的節奏，可一斜眼瞥到丈夫，又忍不住抽泣起來。

「先別哭了，快說啊！」翟嬤嬤含淚催促道。

「有條暗道……」一個怯生生的聲音說道。

是茯苓。

允棠大喜。「妳知道在哪兒嗎？」

茯苓蜷在白露懷裡，輕聲點頭道：「知道。」

「好孩子！」翟嬤嬤俯身跑過去，用手簡單幫茯苓攏了攏散亂的頭髮。「帶姑母去找，好不好？」

「嗯！」茯苓重重點頭。

此時外面已經沒了動靜，可越是安靜，越讓人不安。

幫翟青訓將身子翻過來，允棠伸手探了探他的鼻息。

果然，已經十分微弱了。

屋內唯一一名家丁還傷了腿，憑她們幾個女人想要帶走奄奄一息的翟青訓，幾乎是不可能的事。

「火！著火了！」小滿忽然指著一處燃著的窗子大叫。

整座房子都是木質結構，賊人們又潑了猛火油，只幾個呼吸間，火勢便蔓延開來。

沒時間傷春悲秋了，允棠一把扯起翟薛氏。「跟我們走！」

翟薛氏卻用力掙脫，俯身死死抱住丈夫不肯撒手，還搖著頭哭喊道：「不，我不走！我不能丟下他！」

允棠揮手，示意其他人先走。

翟嬤嬤被茯苓拉著起身，走了幾步又頓下，扭頭看向允棠，對上允棠那雙堅毅無畏的眸子。

允棠輕輕點了點頭。

翟嬤嬤心一緊，這情景與十五年前，崔清珞讓抱著孩子的自己先走時的模樣如出一轍！

「姑娘——」翟嬤嬤失聲喚道。

「姑母……」茯苓輕搖翟嬤嬤的手。

小滿心裡雖害怕，但也幫允棠去扯翟薛氏。「嬸嬸快走吧，再不走，我們都要死在這兒了。」

此時屋頂已經布滿滾滾濃煙，眾人都被嗆得咳嗽起來。

「你們先走，快！」允棠大喊：「先去找路！」

白露去扶那名家丁。

翟嬤嬤一咬牙，領上茯苓，率先走了出去。

允棠從身上扯下一些布料，又從一旁的花瓶裡取了水浸濕，分給小滿和翟薛氏。

許是翟薛氏因為哭得太劇烈，吸入大量濃煙，沒幾下便被嗆得幾乎暈厥，允棠忙示意小滿跟她一起將翟薛氏架起。

允棠扭頭看了看地上一動也不動的翟青訓，想起他跟自己說的最後一句話——

姑娘，您真是我見過最最最、最最最聰明的小娘子了！

一連六個「最」，她數得清清楚楚。

允棠咬咬牙。「走！」

茯苓領路，進了翟青訓的房間，暗道的入口竟然藏在床榻下。

眾人先後進入暗道，除了受傷的家丁和幾近昏厥的翟薛氏費了一番周折外，其他人進入時都還算順利。

因為入口的蓋子是上掀式的，她們進入之後能把蓋子蓋好，卻無法把上面的被褥恢復原樣。

不過估計很快地火就會燒到這裡，也就無所謂了。

暗道在地下，陰暗潮濕，茯苓抓緊翟嬤嬤的手臂，還不住地回頭去看娘親。翟薛氏此時正由小滿獨自架著。

暗道狹窄，無法容納三個人同時行進，允棠便拿了暗道入口一早準備好的火把照明。

「茯苓，這個暗道是通向何處的？」翟嬤嬤問。

茯苓歪著頭想了想。「出口就在新修的水力磨坊附近。」

允棠在心裡盤算著路程，暗道蜿蜒，不過按他們行進的速度，這麼久也應該快到了。

果然，很快來到了暗道的盡頭，出口也是豎井式的，這下子她們都犯了難。下來容易，上去難。家丁勉強可以自己攀爬，可翟薛氏卻是沒有辦法的。

允棠急道：「白露，妳先出去，磨坊裡有繩子！」

白露聽了忙點頭，手腳並用，順著牆壁上的梯子爬上去。

接著是茯苓，在翟嬤嬤的催促聲中來到梯子前，雙手剛扶上梯子，又想到什麼似的扭頭問道：「姑母，我爹爹……他是死了嗎？」

翟嬤嬤的眼淚再也止不住。「好孩子，聽姑母的話，快上去。」

茯苓像是明白了，輕輕點頭，乖巧地爬上梯子。

白露很快扔了繩子下來，允棠先把家丁的傷口上方繫緊，隨後讓他把繩子纏在腰上，好能借一些力。

可他的腿每每用力，便會滴滴答答地滴出血來，沒多大會兒，梯子下面便積了一小片血。

他強忍著，還是發出悶哼，好不容易到了地面，眾人連拉帶拽，終於把他拉了上去。

繩子重新扔下來，允棠和小滿將繩子穿過翟薛氏腋下，繫牢。

待眾人都上到地面，宅子已經火光沖天了。

遠遠地，有點點火光，允棠正瞧著，家丁卻忽然驚呼——

「糟了！佃農們見這邊走了水，怕是要趕來援救哇！」

不能再死人了。

允棠扯住小滿。「小滿，妳去攔住他們，叫他們千萬不要來！」

「可是……」

「快去！」允棠用力推搡。

小滿一跺腳，轉頭朝火光跑去。

「在那邊！」院子裡有黑衣人看到這邊有人影，立即一聲高呼。

允棠仰頭看到磨坊裡飄出的麵粉，心裡頓時有了主意。

她一把架起翟薛氏。「快，從磨坊裡走，過河去！」

眾人來不及多想，互相攙扶著登上磨坊。

磨坊裡，磨盤和石杵還在工作著，允棠把翟薛氏交給翟嬤嬤，讓她們先一步下去。

「姑娘，妳要做什麼？」翟嬤嬤回頭，焦急地問道。

允棠關起窗子和門，扯起一旁磨好的麵粉，一把把揚在空中，答道：「阻攔他們。妳帶他們快走，越遠越好。」

「可是——」

「翟嬤嬤，聽姑娘的吧！」白露硬生生打斷，說罷便攙扶著家丁下樓。

翟嬤嬤一步三回頭，見允棠動作乾淨俐落，一點慌張的樣子也不見，這才輕嘆口氣，拉著茯苓，架著翟薛氏離開了。

空氣中已經瀰漫了相當濃度的麵粉，允棠兩手空空，再無東西可揚了，也不知道夠不夠。

做完這一切，她最後又看了一眼磨坊，轉身匆匆離開了。

四、五名黑衣人策馬來到磨坊前，見水流湍急，天色昏暗看不清水的深淺，不敢貿然下水去追，只得抄了火把，下馬上樓。

轟！

他們開門進入磨坊的一瞬間，整個磨坊轟然爆炸開來！

允棠剛跑出去十幾米，便被一股強大的氣流掀翻在地。

白露等人聽到巨響，愕然回頭。

翟嬤嬤更是帶著翟薛氏一起癱坐在地上。「棠姐兒——」

耳邊尖銳的嗡鳴聲不斷，允棠費力支起身體，回頭望去，那磨坊已經焦黑一片，面目全非了。

麵粉爆炸的威力竟然如此巨大，她也吃了一驚。

可沒給她喘息的時間，河對岸又有幾名黑衣人舉著火把追來。

為首者見到驚得四散的馬匹，已經猜到發生了什麼事，只聽他氣急敗壞地喝道：「給我追！今夜見到的所有人，都給我格殺勿論！」

「是！」眾人齊喝。

接著，就有人策馬下了水。

允棠顧不得許多，爬起來拚命向前跑去。

她跌跌撞撞地進了收割後的麥田，深一腳、淺一腳地跑著。

一跑起來，耳朵更加聽不真切，無法判斷賊人的舉動。可她更加不敢回頭去看，生怕賊人就近在咫尺，因此只能用盡全力，以最快的速度向前奔去。

也不知跑了多久，前方忽然竄出一個黑影，一把將她拉住。

允棠定睛一看，竟是白露。

她氣喘吁吁，驚魂未定，還不忘問道：「他們呢？」

「姑娘放心，他們和小滿都躲在王叔家裡。」

「什麼？」允棠不禁焦灼起來。「我分明說了，不要再牽扯其他人！」

「是，該說的都說了。」白露拉著她，朝旁邊一個方向邊走邊說。「可王叔也說了，他都活了大半輩子，用他快入土的命換姑娘的，值！」

允棠聽了，鼻子一酸。

白露又說：「況且，我們也實在跑不動了。」

允棠輕嘆口氣，點了點頭。「那快走吧，他們要追來了。」

就在枕流亭上游不遠處，河床收窄，且伴有落差，河水湍急。

那名黑衣人策馬入水後，走到一半就淹沒了膝蓋，那馬便說什麼也不肯再往前走了。等在岸邊的其他黑衣人見了，只得繞道去尋木橋，這為允棠爭取了不少時間。

由白露帶路，來到老王的農舍，老王等她們進門，便把院子和屋子的門都關好，回到屋裡又吹滅了油燈。

屋內一片漆黑，允棠好半天才適應黑暗的環境。

見到她平安無事，翟嬤嬤和小滿都圍過來，抱著她痛哭。

「看到磨坊爆炸，我還以為……」翟嬤嬤不敢大聲，只得壓抑著抽泣聲。

小滿也一把鼻涕一把淚的。「姑娘，妳的磨坊，就這麼沒了……」

「都什麼時候了，還顧得上磨坊？」白露為允棠輕輕拂去臉上的血跡和頭上的麵粉，又輕聲問：「姑娘，沒受傷吧？」

允棠搖搖頭。

看到王嬸在一旁照顧翟薛氏，想到剛剛黑衣人放出格殺勿論的話，她心裡又不安起來。

黑衣人的目標是她，那麼只要她離開，傷員留在這裡就是安全的。

想到這兒，允棠說道：「你們留在這兒，我出去找個地方躲一躲，等風頭過了我再回來找你們。」她現在已經顧不上自己的性命了，只要不再連累其他人就好。

「不行！」翟嬤嬤、小滿和白露都異口同聲地拒絕。

「這外面田地空曠，妳又能躲去哪兒？」翟嬤嬤急急問道。

白露拉住允棠的手，語重心長地說：「姑娘，我們從小一起長大，不要想什麼連累不連累的。」

小滿還是哭。「姑娘，我……我害怕！」

「他們不過是想抓我，上次也是把我迷暈鎖在雜物間裡，許是留著我有用。妳們放心，我不會有事的。」允棠道。

白露搖頭表示不贊同。「東臨莊的漫天箭雨，姑娘，妳覺得這次還只是要抓妳回去嗎？」

允棠語塞。

「姑娘若堅持，我跟妳出去躲，讓其他人留在這兒。」白露說道。

「不行！」這次輪到允棠不同意了。

「哎呀，不要爭了，妳們就安心留在這兒。」老王忍不住開口。「不就是毛賊嘛，我們村子以前也趕走過毛賊，他們若是敢進村，大家抄傢伙把他們趕出去就是了！」

「這可不是普通的毛賊。」允棠面色凝重。「雖然我不能確定，但是很有可能是親王府的人。」

「親、親王府?!」老王瞠目結舌。

王嬸在一旁沈默許久，緩緩開口問：「姑娘可是得罪什麼人了？」

「我們初到汴京，瑾王妃就曾派人抓我回府，後來得貴人相救，問起緣由……」允棠頓了頓。「瑾王妃也只說是抓錯人了。」

「抓錯人了？」王嬸身材臃腫，目光卻銳利，扭頭問老王。「前些日子，我入京去採買，曾聽說官家要與遼國和親之事，在汴京城內鬧得沸沸揚揚的，難不成瑾王妃是滿城去尋那與襄寧郡主相像之人？」

老王的思緒沒那麼快，還在琢磨著，沒開口。

允棠覺得王嬸言語間完全不像個普通農婦，邏輯清晰，思維敏捷。雖然她對老王叔印象不錯，但像王嬸這樣的人才委身於這樣一個佃農，著實可惜了。

「那襄寧郡主的相貌，可與我家姑娘相似？」小滿問道。

王嬸搖搖頭，自嘲地笑笑。「我一介粗鄙農婦，哪能有機會見到郡主？」

「既然是要替嫁，那應該留活口才是，如今怎的又痛下殺手了？」白露想不通。

小滿猜測道：「許是見替嫁不成，惱羞成怒了？」

允棠慢慢將前後發生的事、每個人說過的話都理了一遍，答案再清晰不過。她不由得冷哼道：「因為我長得像我母親，瑾王妃覺得有威脅。」

翟嬤嬤聽了怒火中燒，罵道：「只這樣看上一眼，便從汴京追殺到這裡來，這瑾王妃好狠毒的心腸！」

允棠苦笑，果然不是一家人，不進一家門。一個薄情郎，一個怨毒婦，實乃絕配！

一直等到子時，外面也沒有任何動靜。

小滿坐在牆角，依偎在白露肩上睡著了。

老王本就半醉半醒，早已靠在一旁打起鼾來。

王嬸輕拍允棠。「姑娘到蓆子上去睡吧，想來也不會有什麼事了。」

允棠起身，只覺得雙腿綿軟無力，大概是累了一天，又跑了太久的緣故。

可還未等她坐到蓆子上，院子外高高低低的哭喊聲便傳來，瞬間劃破夜的寂靜，沈睡的人都先後被驚醒了。

「屋裡的人都給我聽著！」一個男子放聲大喊道。「交出那個小娘子！不然，每燃盡一炷香，我就殺一個人！」

允棠衝到窗邊，透過窗上封的油紙，隱約看到幾名黑衣人控制了二十幾名農戶的人，其中不乏年邁的老翁和不諳世事的孩童。

「來，從小的開始！」

黑衣人從農婦手中搶過一名幼童，孩子被嚇得哇哇大哭。

孩子的母親趕忙跪地求饒，可剛碰到孩子，就被黑衣人踢倒在一邊。

可惡！允棠再也忍不住，轉身想要衝出去。

翟嬤嬤一把拉住她，跪在地上哀求。「姑娘，別去！妳不能去啊！」

允棠的手腳不停地發抖。這輩子又要草草結束了嗎？她好不甘心。

可即便再不甘心，也不能眼睜睜看著那孩子為她送命。

何況只要她不出去，他們還會殺第二個、第三個，等外面的人全殺光了，還會再去別的屋裡抓，早晚會殺到這裡來的。

她逃不掉了。

「翟嬤嬤，我知道妳疼我，可……」允棠的淚像斷了線的珠子。「可若讓這麼多人為我喪命，即便今日我能僥倖逃脫，以後的日子，我都要在自責中度過。」

「我不管！自責也好，愧疚也罷，活著就比死了強！十五年前我能護妳周全，今日照樣能！」翟嬤嬤歇斯底里地喊道。「我把妳養大，不是為了讓妳在這窮鄉僻壤喪命的！」

朝夕相處十五年，翟嬤嬤早把她當作親生女兒一般看待，允棠不是鐵石心腸，又怎麼會不知道？

「小滿！」允棠喊小滿拉開翟嬤嬤。

可小滿卻拚命搖頭。

「白露！」

白露也低頭不語。

允棠只得把希望寄託在王嬸身上，她於王嬸並不是至親，旁觀者更能看清現在的局勢。

「王嬸，我再不出去，就來不及了！」她言辭懇切。

「妳敢！」翟嬤嬤剛要回頭，後頸就挨了一下，整個人暈了過去。

王嬸從身後托住翟嬤嬤，嘆氣道：「她醒了絕不會原諒我的。」

允棠頷首。「多謝王嬸深明大義。」

此時黑衣人已沒了耐心，又把孩童扯得大哭，怒吼道：「還不出來是吧？好！」

「住手！」允棠開門喝道。她緩緩走到為首的黑衣人跟前，沈聲說：「放了他們，我跟你們走。」

為首的黑衣人嘿嘿一笑，朝允棠身後的手下遞了個眼色。

瑾王妃是讓他們來殺人的，又不是抓人。何況折騰了大半宿，早就疲乏了，既然彼此打了照面，還不動手？也免得夜長夢多。

那人心領神會，從腰間抽出佩劍，二話不說就朝允棠後心刺去！

噗嗞！

允棠驚愕地轉頭，卻見白露朝她撲來，日光驚詫，胸口一片鮮紅。

「白露——」允棠驚呼著伸手去接。

白露撲過來的力道極大，她被撞得失去平衡，兩人一同栽倒在地上。

那人見未得手，果斷地拔出劍又向允棠刺去。

允棠緊緊摟住白露，認命地閉起雙眼。

咻！

有破空聲傳來，那劍卻沒如約而至。

允棠重新睜開雙眼，只見一枝紫金色羽箭從黑衣人的左耳射進，右耳射出，那人甚至都沒來得及哼一聲，就直挺挺地倒了下去。

黑衣人們頓時如臨大敵，再也顧不得那些佃農，紛紛拔出腰間佩劍戒備。

佃農們得了機會，趕緊轉身逃離。

一名黑衣人蹲下查看了那枝扎入同伴頭上的羽箭，待藉著火光看清後，瞬間大驚失色。

「頭兒，是暗衛！」

「暗衛?!」為首者一驚，看向箭來的方向，然而對方完美地隱在黑暗裡，完全看不到蹤影。

其餘黑衣人心悸對視，隨後看向四周，頓覺草木皆兵，握著劍的手不由得開始發抖。

暗衛建立之初，是專門為了還是太子的官家掃清障礙的。

官家雖早早被立為太子，可數位親王分庭抗禮，對東宮之位虎視眈眈，其中不乏陰險狡詐之輩。
即便是官家並無害人之心，可為自保，不被拖下水，還是會有很多迫不得已。這其中，便有見不得光的事。
然官家繼位之後，暗衛便再沒了音信。
這麼多年過去了，世人皆以為暗衛沒了存在的意義，早就被解散了，誰知今日竟然重現，還是在這荒郊野外，怎能不令人膽戰心驚？
為首者見形勢不妙，瞥見允棠還坐在地上，想一劍了結她，好趕緊離開這是非之地。
可他剛一探手，兩支紫金色羽箭就接踵而至，一枝射穿他的手腕，另一枝則從他的眼窩射進了頭顱。
其餘黑衣人見狀，皆嚇得冷汗直冒，再也顧不得許多，紛紛作鳥獸散。
又幾枝羽箭射來，黑衣人們應聲倒地，無一倖免。
允棠卻不知道這些，她正低頭看向懷裡奄奄一息的人兒，淚流滿面。
「姑娘……」白露長吐一口氣，嘴角帶血，虛弱地道：「妳沒事，可太好了……」
「白露——」
雖然平日與允棠寸步不離的是小滿，可這次來汴京後，她卻發現，白露才是最懂她的人。
翟嬤嬤有母親的擔憂，小滿似孩子般單純，只有白露能真正理解並支持她所有的決定。

白露胸前的血洞還在汩汩流出鮮血，允棠慌亂地用手去捂，可血很快又從指縫中溢出來。

「沒事的，姑娘……」白露面無血色，笑著說道。

允棠哭著搖頭。「妳不要死，我們說好了要開茶坊，妳還要當帳房先生呢！」

白露輕笑，隨後又劇烈地咳嗽起來，每咳一下，嘴角都要噴出一股股的血來。

允棠慌亂地去擦，可那血卻怎麼擦都擦不完。「白露，妳別嚇我，妳會沒事的……」

白露眼角流出一滴晶瑩的淚，哭道：「姑娘，我……我怕是……不能跟、跟妳回家了……」

「不會的、不會的！」允棠拚命地搖頭。

「姑娘……我、我好冷啊……」

允棠將白露緊緊抱在懷裡，一邊哭一邊道：「妳會沒事的，我會給妳找最好的郎中，我、我要帶妳回揚州！」雙手又感覺到溫熱黏膩，她心頭一緊，裝作若無其事地繼續說：「妳不要睡，我們、我們這就回揚州，再也不來這汴京了！白露，妳忘了嗎？妳答應過我，即便是我嫁了人，妳也要跟我去管院子的，到時候我讓妳做領頭侍女，手下有一百個丫頭供妳使喚，每日妳就坐在椅子上，搖著扇子指使她們幹活就成！等妳想嫁人了，我就給妳備上一份厚厚的嫁妝，讓十里八鄉都知道妳是個小富婆，誰也不敢輕視妳！到時候妳再生一堆娃娃，得空了，就帶著娃娃回來看我和小滿……」

白露聽著、笑著，閉上了雙眼。

感覺到懷裡的人兒卸了力，允棠用力將白露緊緊摟在懷裡，不肯放手。

忽然，有人攬上了允棠的肩。

允棠轉頭，看到蕭卿塵跪坐在她身側。

「放手吧。」

她再也忍不住淚如雨下。「我把她害死了，我把他們都害死了！」

蕭卿塵忙搖頭，輕聲道：「聽著，這不是妳的錯。」

「不，都是我的錯！」允棠拚命搖頭，哭道：「你說得沒錯，都怪我一心逃避，才釀成今日大禍！」

「我……」蕭卿塵從來沒有這樣恨過自己這張嘴。

「都怪我、都怪我！」

「允棠，妳聽我說，有人要追殺妳，那下令之人才是罪魁禍首，妳和他們一樣，都不過是受害者而已。」

可她卻聽不進去，胸口開始劇烈起伏，激動道：「本來他們都活得好好的，翟叔一直都活得好好的，白露也是，都怪我……」沒等說完，她只覺得喘不上氣來。

蕭卿塵感覺到異常，低頭去查看她的狀況。「允棠，妳怎麼了？」

「我……」允棠剛一開口，眼前驀地一黑，再沒了知覺。

允棠好像作了一個好長好長的夢，夢裡她一直在下墜，卻永遠也墜不到底。

她雙手拚命亂抓，卻什麼也抓不住，只能任憑自己繼續下跌。

無窮無盡的黑暗將她吞噬，她張口卻喊不出聲音，頭上那個光點越來越弱、越來越遠，直到再也看不見。

待她醒轉過來，已經是翌日下午了。

她緩緩睜開眼，便聽到小滿驚喜的呼喊聲。

「姑娘醒了、姑娘醒了！」

隨即便圍過來一群人，那麼多個頭，一個挨著一個，允棠卻怎麼也看不真切。

所以這一切都是夢吧？她又閉上眼。她們沒去汴京，沒去東臨莊，哪兒都沒去，就在揚州好好的。

可怎麼會有這麼多人呢？

再次睜眼，看清了這些人的臉。

小滿、翟嬤嬤、王嬸、茯苓、翟薛氏和蕭卿塵，唯獨沒有白露。

她掙扎著起身，顧不上渾身痠疼，抓住小滿的手臂急急問道：「白露呢？」

「姑娘……」小滿的眼淚在眼眶裡打轉。

允棠又去看其他人，但大家都低頭躲避她的眼神，緘口不言。

蕭卿塵搪塞道：「妳先休息，一切等養好了再說。」

允棠眼睜睜看著白露死在自己懷裡，她當然知道。可她好希望醒來就能看到白露板著臉，嗔怪她還不起床的樣子。

她只是不願意相信罷了。

目光落到翟薛氏母女兩個人身上，她們都穿了素色的衣裳，頭上簪了白花。

翟薛氏大概是落了病根，不時還輕輕咳嗽一聲。

允棠第一次覺得白色這麼刺眼。

「我累了。」

翟嬤嬤吸了吸鼻子，點頭道：「好，那就再睡一會兒吧。」

蕭卿塵開口道：「放心吧，這處田莊是魏國公所有，不會有人來的，妳安心睡，我就守在門外，有事叫我。」

眾人都識趣地向門外走去。

見小滿坐在床邊不動，允棠道：「小滿，妳也去吧。」

小滿雖不情願，可還是起身了。

「小公爺。」允棠叫住他。

小滿看了蕭卿塵一眼，知道姑娘這是有話要說，頷首示意後，出門輕輕把門關好。

蕭卿塵回到她跟前，等她開口。

「你還願意幫我嗎？」她抬頭問。

「當然。」

允棠的手死死抓住被角。「那群黑衣人是瑾王妃的人，那人的聲音我認得。」那天在趙員外的旅店抓她時，其中一個人忍不住開了口。雖然只是一句「廢物」，可那聲音深深印在她腦海裡，絕對不會錯。「我猜測，起初瑾王妃是想用我替她女兒嫁到遼國去，可見了我的臉後，她又改了主意，因為我和瑾王青梅竹馬的小娘子有九分相似。」

「哦？」蕭卿塵沈吟，怪不得那天瑾王夫婦會追問允棠的身世。他頓了頓，又開口問道：「既然妳已經知道緣由，又需要我做什麼呢？」

允棠揚起蒼白的臉，一字一句道：「我外祖父是崔奉將軍，如今駐守邊關，我想請你幫我送一封信，就說崔清珞之女崔允棠，要認祖歸宗！」

「崔奉將軍？」蕭卿塵愕然。他雖然才不過二十歲，可若干年前崔家軍所向披靡的事，他亦早有耳聞。尤其是那崔奉，在戰場上人擋殺人，佛擋殺佛，乃是無數武將心中戰神一樣的存在。可惜嫡女鬧出醜事，家道中落後，才一直駐守邊關。難道，所謂的醜事，竟是……蕭卿塵忍不住瞥向允棠，她始終揚著臉，倔強的表情惹人憐惜。「好。」他鄭重地點頭。「八百里加急，我定叫人把妳的信，送到崔老將軍手上！」

允棠微微頷首。「那先謝過小公爺了。兩次救命之恩，允棠銘記於心，來日必將報答。只是有一事不明，還望小公爺明白告知。」

「妳問。」

「你為何在東臨莊？」

蕭卿塵沒想到她會這麼問，想了一會兒。

「要是小公爺有什麼不可言說之事，也可以不回答。」允棠道。

「沒什麼不可言說的，我追查一個案子已久，剛好到西臨莊捉拿一名要犯，喔，就是那日在白礬樓抓的那人供出的。正準備打道回府時，見東臨莊起火，後又引發爆炸，恐有賊人作亂，才過來查看，沒想到正巧碰上妳們。」

他言辭懇切，態度認真，不像是在說謊的樣子。

允棠又問：「那瑾王府那次呢？」

蕭卿塵苦笑。「若我說也是查案，妳還信嗎？」

允棠點頭。「信，你說我就信。」

蕭卿塵看向她，她頭髮披散，未施粉黛，卻比他見過的珠翠羅綺的小娘子們都還要好看上百倍。「那日我們在州橋相遇，是我故意撞上妳的。」

允棠眼中驚訝的神色一閃而過。

他繼續說道：「後來也是我故意糾纏的，我、我只是覺得妳捧著碗的樣子很好看，想——」

允棠有些不自在，打斷道：「然後呢？」

「然後，我發現有人跟蹤我們，但我不確定跟蹤的對象是妳還是我，我派緣起去查，便查到了瑾王府。」他偷偷去看她的表情。「還好我派人一直盯著瑾王府，知道他們擄了一名小娘子進門，我怕那是妳，就趕過去看了。」

允棠低下頭。事實比她想的，還要更離奇些。

不過也好在他機敏果斷，不然困在那鐵桶似的瑾王府內，人為刀俎，她為魚肉，到時要殺要剮，還不是像捻死一隻螞蟻一樣輕鬆？

見她不說話，蕭卿塵急了。「我說的都是真的！」

「我知道。」

「那妳——」

允棠怕他說出什麼無法收場的話來，急急打斷道：「我累了，想睡了，小公爺請便吧。」

蕭卿塵幾番欲言又止，見她和衣躺下，只好輕嘆口氣。「好吧，妳好好休息，我晚些再來看妳。」她如今心情低落，確實不是說這些的好時機。

「什麼?!」瑾王妃得知消息，驚得差點從椅子上翻下來。

拱手站在堂下稟報的侍衛忙低下頭去。

「派了十個人去殺那一個小娘子，竟然全軍覆沒，還讓她給跑了?!」瑾王妃簡直不敢相信自己的耳朵。

侍衛沈聲道：「他們十人一夜未歸，屬下便派人去東臨莊查看，結果……」

「結果什麼？」

「東臨莊被燒，莊外還有一處地方爆炸，炸死了一半的兄弟，剩下的……」

瑾王妃怒不可遏，拍案而起。「說幾句話吞吞吐吐的，還等我一句句問不成？」

侍衛不敢再遲疑，忙答道：「剩下幾人，都是被一種紫金色羽箭射死的，而這種羽箭，傳聞是暗衛所有。」

「暗衛？」瑾王妃跌坐回椅子裡，喃喃道：「官家如今都已經知天命了，那暗衛不是應該也都一樣老了嗎？怎麼還能冒出來插手我們的事？」

侍衛繼續道：「我們在周圍搜查，所發現的都是男人的屍體，並未發現那小娘子的蹤跡。本想替弟兄們收屍的，可蕭小公爺的人突然出現，我們只得先退出來，再回去卻發現，屍體都被他們帶走了。」

「蕭卿塵？」瑾王妃咬牙切齒。「又是蕭卿塵！他怎麼總跟我過不去？」

李嬤嬤擺擺手，示意侍衛先下去，隨後勸慰道：「王妃莫動氣，那天在府內就已經看出小公爺與那小娘子曖昧不清，他會出手阻撓，也是情理中的事。」

瑾王妃蛾眉倒豎。「我就不信，他能一直守著那賤蹄子不成？」

「如今已經打草驚蛇，小公爺把屍體帶走，有沒有抓到把柄還未可知，王妃近些日子可不能再輕舉妄動了。」

瑾王妃揉著帕子，忿忿道：「若是讓大姊知道我失手，又該罵我是廢物了！」隨後又唉聲嘆氣道：「其實我本意是將那賤蹄子趕出汴京便是，或是等她成了蕭卿塵的外室或小妾，王爺就只能死了那條心。可我大姊素來最忌諱做事留有禍患，我剛因為翰學的事被她訓斥，只得硬著頭皮說，會要了那賤蹄子的命。」

李嬤嬤等她說完後，輕搖著團扇，出主意道：「若是再有下次，王妃即便看清楚瑄王妃的意思，也不要隨意開口，讓她說兩句便是。若她真的說急了，妳就示弱，求她幫妳處置就是了。」

瑾王妃聽了眼睛一亮。「這個主意好！」

「瑄王能走到今日，多少也有瑄王妃的功勞，足以見得瑄王妃不是泛泛之輩，瑄王妃又素來心狠手辣，有這樣的大姊，王妃還愁什麼呢？」

瑾王妃點頭如搗蒜，抱憾道：「每次大姊找我和翰學說話，都讓妳在外面候著，不然妳也能在我身旁，給我出出主意。」

李嬤嬤惶恐地擺手。「即便我在，當著瑄王妃的面，我也不敢造次。」

「話說回來，還不是手下那些人不中用！」瑾王妃咒罵道。

「王妃體己錢不多，能養下這麼些人替咱們辦事，已經算是不錯了。」

「最可恨的就是那林秀娥，偌大的宅子，偏偏死死盯住我不放！」瑾王妃想到那個矯揉造作的林側妃，氣就不打一處來。「她一個二嫁婦，還是個側妃，只因為比我先進府，就能騎到我頭上來！」

李嬤嬤忙朝門外瞧了瞧，正色道：「以後這樣的話，王妃還是少說吧！整個汴京城的人都知道，那林側妃於王爺有救命之恩，王妃圖一時口舌之快，豈不是給自己找罪受？」

瑾王妃心裡明鏡似的，知道李嬤嬤說得沒錯，但依舊滿臉的不服氣。怨恨了半天，也只能自己排解，又悻悻然道：「咱們王爺也是個憨的，妳看瑄王，每每官家派點差事，都能辦得有聲有色，贏得官家大肆誇讚，朝廷上下大小官員，都巴不得能讓瑄王多瞧一眼，每日流水一樣的禮排隊等著送進瑄王府。妳看大姊給慧兒的那些東西，好多我竟是見都沒見過，怕是她手指頭縫裡漏下點錢，都夠我們姊弟一年的開銷了！再看看咱們王爺，就只會跟那些武將們往來，那一個個糙漢懂什麼江山社稷？妳說咱們王爺，怎的一點野心都沒——」

「王妃慎言！」李嬤嬤急急打斷她。

瑾王妃也知道自己說錯了話，忙用帕子捂住嘴。

豎著耳朵聽了半晌，一丁點旁的動靜也沒有，整個屋內只剩下兩人的呼吸聲，瑾王妃才稍稍放下心來，囁嚅道：「這可是在自己府上，說些話還要這麼遮遮掩掩的嘛……」

「隔牆有耳啊王妃！」

瑾王妃一揮手帕。「好了，不說他了。」她端起茶盞抿了一口，又想到什麼似的，狐疑道：「剛剛侍衛說，他們正要收屍時，碰到了蕭卿塵，那之前的爆炸是何人所為呢？難不成是那賤蹄子？」

李嬤嬤滿不在乎地道：「她不過剛及笄的年紀，哪有這個能耐？怕是莊頭平日為了防賊人，才提前設下的，讓他們碰巧趕上了吧！」

瑾王妃點點頭，放下茶盞又去揉額際。「唉，這一樁樁、一件件，根本沒個稱心的！」

從婢女手裡接過碗，小滿坐到允棠床邊，用湯匙舀了一勺粥，在嘴邊輕輕吹著。

允棠的身子斜倚在憑几上，單手扶額。

自從昏迷醒來後，便總覺得頭昏腦脹，心又怦怦跳個不停，食不下嚥、夜不能寐，實在難受得緊。

小滿將湯匙送到她嘴邊。「姑娘多少也得吃點，這是小公爺特地讓人做的魚粥。」

允棠張口吞下，嚐不到鮮美，只覺得嘴裡苦澀如常。

小滿又餵了兩口，見她眉頭皺得越來越緊，關切地問道：「是不是頭又疼了？」

允棠輕輕點頭。

小滿忙幫她撤了憑几，又扶她躺下，想了片刻，轉身出門去找翟嬤嬤商量。

正巧翟嬤嬤和蕭卿塵在院子裡說話，小滿快步上前，矮身行禮，隨後急急開口。「姑娘還是沒吃幾口，便又頭疼了。」

「這樣下去不是辦法。」蕭卿塵沈吟片刻後說：「不然這樣，把她接到魏國公府去吧，到時候請太醫來為她診治，再叫幾名醫女伺候著。」

「這……恐怕太麻煩小公爺了吧？」翟嬤嬤遲疑著。

「看病要緊。」

小滿擔心道：「也不知道，姑娘還能不能禁得起這番折騰？」

「放心，我會命人趕最大的馬車來，裡面寬敞，收拾好後鋪下被褥，應該是可以躺的，再讓車夫把車駕得穩些便是。她這樣子，不能再耽擱了。」

翟嬤嬤欠身道：「那多謝小公爺了。」

蕭卿塵一擺手，立刻轉身去安排。

「翟嬤嬤，我們這是要留在汴京了嗎？」小滿問道。

「是啊，棠姐兒似乎下了決心，要替青訓和白露討個公道了。」翟嬤嬤的目光停留在身側的梔子花樹上。他們姊弟多年未見，誰知一見便是天人永隔。如今莊子也沒了，留下那孤兒寡母，還不知該如何生活。想到這兒，翟嬤嬤不禁輕嘆口氣。「棠姐兒平時看上去不拘小節，又與世無爭的樣子，其實心氣高著呢，芝麻小事她都看在眼裡，也都記著呢。」翟嬤嬤黯然神傷道：「這麼多條命壓下來，她不垮才怪。」

小滿忿忿道：「那瑾王妃實在欺人太甚！別說姑娘，我也恨得牙癢癢的！回頭我就做個小人，貼上她的名字，每天用針扎它一百回、一千回！」

翟嬤嬤無奈地搖頭。「整那些個怪力亂神有什麼用？還不如想點實際的。」

「姑娘咒那個王江氏摔倒，她就真摔倒了，之前還有好多回也都屢試不爽。等姑娘好了，讓姑娘的烏鴉嘴……呸呸呸，讓姑娘開了光的金口，天天詛咒那個瑾王妃，說不定哪天就靈驗了。」

「要是那麼容易就好了。」翟嬤嬤愁眉不展地道。「對方畢竟是個王妃，想要她付出代價，簡直比登天還難。」

小滿偏不信邪。「我不管，反正我就覺得我們姑娘想做什麼都能做成！既然她決定留在汴京，心裡定是有數的，不過就是需要時間來實現嘛！反正我和姑娘，比那個什麼瑾王妃要年輕許多，時間還不多的是。」

翟嬤嬤頗是欣慰，可隨即又鎖起眉頭。「當初崔老將軍對大娘子的事頗為介懷，也不知姑娘這一封信送去，會有什麼樣的結果？」

「大娘子人都沒了，那崔老將軍也不說給修個墳塚，好不容易留下個外孫女，難道還能抵死不認不成？那也太、太冷血了……」

翟嬤嬤瞪了小滿一眼。「不許這樣說崔老將軍！」

「是。」小滿不情願地應了一聲。

「行了，幫棠姐兒收拾收拾吧，好跟小公爺回魏國公府。」

一個多時辰後，馬車如約而至。

果然如蕭卿塵所說，內裡極其寬敞，已叫人鋪了好幾層褥子，摸上去又鬆又軟。許是怕允棠悶熱，還特地在最上面又鋪了層竹蓆。

小滿和翟嬤嬤一起攙扶著允棠上了車，安頓她躺下，為了避免擁擠，只留小滿在車上伺候，翟嬤嬤則跟了其他的車。

允棠緊閉雙眼，還不忘問翟薛氏和茯苓的去處，小滿告訴她說，蕭小公爺一早就放了話，讓她們母女倆留在莊子上。

允棠聽了，這才放了心，昏昏沈沈地睡去……

不知過了多久，允棠被小滿搖醒，可睜開眼便覺天旋地轉，根本無法獨自站立。蕭卿塵見了，只得又橫抱起她，朝他所住的院子走去。

小公爺出現在魏國公府自然不稀奇，可是他抱著一名小娘子回屋，這便是天大的奇聞罕事了。

他所到之處，侍女們無不低頭行禮，等他走遠，下人們便議論開了——

「我沒看錯吧？小公爺竟然帶了位小娘子回府？還是抱回來的？」侍女甲驚詫道。

「外面都說小公爺早就有外室了，不會就是這位吧？」侍女乙猜測著。

侍女丙捂住嘴巴。「啊？不會吧？外室都敢領進門，不怕國公爺發怒嗎？」

侍女甲呿了聲。「妳看看國公爺，哪裡像是敢跟小公爺發火的樣子啊？」

「閉嘴！」緣起回過頭來，厲聲喝道。「竟然敢議論主子，也忒沒規矩了！小公爺說了，要妳們自己去領二十個巴掌！要是驚擾到裡面的姑娘，仔細妳們的皮！」

「是！」侍女們惶恐地伏低。

這樣的閒話，自然很快地傳到沈聿風的耳朵裡。

「什麼？」沈聿風又驚又喜。「塵哥兒帶著小娘子回府？快快快，我要去看看！」沈聿風忙不迭地起身。

「國公爺且慢。」沈連氏見他並不停腳，又追著喊了幾句。「國公爺！哎呀，老爺，你站住！」

沈聿風只得頓住腳步，面有慍色。「怎麼啦？有話快說！」

沈連氏習慣了他的急性子，並不把他不耐煩的語氣放在心上，慢條斯理道：「要我說啊，先把緣起叫來問問情況，或者派個侍女進去看看再說，免得貿然進去，再惹塵哥兒不痛快。」

沈聿風揣著手，想了想，隨後撇撇嘴道：「要等，我也要上那逐鹿軒門口等去！」

一路疾步，走路帶風，沈聿風很快來到逐鹿軒門口，伸著脖子看了老半天——大門正對著是影壁，側面是屏門，從外院再轉過彎去才是二門。

可這視線也不會轉彎，總不能透過牆壁穿過內院，看到正房屋內的狀況，因此他不禁急得團團轉。

左等右等又不見緣起，正巧一個二等侍女出來，他忙上去攔住，問道：「緣起呢？」

「回國公爺的話，適才小公爺讓緣起拿了他的帖子，去宮裡請太醫了。」侍女頷首回答。

「太醫?!」沈聿風心急如焚。「可是塵哥兒受了傷？」

侍女答道：「國公爺放心，小公爺安然無恙，只是他帶回的小娘子患有頭疾，疼痛難忍，故而……」

「喔，他沒事就好，沒事就好！」沈聿風點頭，轉念又問道：「那小娘子現在狀況如何呀？」

「昏昏沈沈，半睡半醒。」

沈聿風撫著鬍子沈吟道：「那看來病得不輕啊……傳我的話，庫房裡那些上好的藥材啊、山參啊，小公爺如有需要，儘管拿去用，無須提前知會我和夫人。」

「這……」侍女支支吾吾地道。「小公爺剛才……也是這麼說的。」

沈聿風啞然失笑，罵道：「這個臭小子，口口聲聲說不再是我沈家人，用起我的東西倒是不客氣！」又擺擺手道：「行了，妳去忙吧！」

第六章

逐鹿軒的正房極為寬敞，朝著內院的東、南兩個方向，窗上的捲簾都垂著，看不見屋裡的狀況。

雞翅木雕花屏風後面，內裡靠牆是一張四方大臥榻，鋪著青綠色錦緞，還有各色宋錦雲錦被褥堆疊在一旁。

允棠此時正在上面沈睡，一名已近不惑之年的太醫，剛替她把完脈。

靜靜看著太醫寫完藥方後，蕭卿塵才開口問道：「章直院，她怎麼樣？要不要緊？」

「這位小娘子近些日子是否摔倒過，導致頭部受到撞擊？」

「這……」蕭卿塵答不上來。

救下她之前，發生了什麼事，他不得而知。

而救下她之後，她的狀態就一直不是很好，根本沒有機會詳細詢問。

小滿聞言繞過屏風，答道：「我聽我家姑娘說過，磨坊爆炸時，她離得很近，被氣浪掀倒了。」

「是了，這位小娘子脈象弦滑，又有頭暈目眩、嘔惡跌撲的癥狀。想治好她，只需一味藥即可。」說著，章直院拿起藥方給二人看，只見上面寫著——

代赭石二十五錢，添兩碗水，煎至一碗，放溫後，每半盞茶餵一口。

「就……就這樣？」小滿不敢相信。

章直院點頭。「沒錯，就這一味藥已足夠。按我寫的做，快則一個時辰，慢則兩劑藥服完，小娘子必見好轉。」

蕭卿塵聞言，驚喜拱手道：「聽您這樣說我就放心了，如此，多謝章直院了。」

章直院惶恐，急忙還禮。「小公爺折煞章某了。」

「緣起！幫我好生送章直院出去，順便把藥抓回來。」蕭卿塵吩咐完，急忙轉身進屋去看允棠。

「章直院，這邊請。」緣起在前面引著，剛領出逐鹿軒，便神秘兮兮地回過頭來，往章直院手裡塞了些碎銀，低聲道：「辛苦您跑這一趟了。」

章直院見狀，急忙擺手道：「這都是應該的，小公爺不必如此客氣的。」

「您還是拿著吧，好讓我回去交差。」緣起又將銀子塞過去，話裡有話地說道：「至於剛才這位小娘子嘛……」

章直院立即心領神會，不再推託，把銀子塞進袖子裡。「請小公爺放心，這件事情，章某拿前途保證，絕不會說出去半個字。」

緣起滿意地點點頭，又煞有介事地道：「國公爺對這位小娘子的病情也極為重視，不知您是否有空，移步正廳啊？」

章直院嚇得汗都下來了，後悔剛才不應該把話說得那麼滿。在汴京行醫多年，所知道的有名有姓的高門淑女中，絕沒有這麼一位，不然單憑這位的姿色，早就名冠汴京了。

本以為不過是以色侍人的樂妓或是相好的，秘密養在府裡，所以即便緣起囑咐，又給了封口費，也沒太當回事。

可現在國公爺都開始過問了，他不緊張才怪！

緣起也看出些許端倪了，笑道：「章直院不必過於擔心，國公爺不過是想了解情況，實話實話就好。」

「欸、欸！」

「請吧。」

章直院嘴上應著，趁緣起轉身，偷偷抹了一把汗。

章直院再惴惴不安，畢竟也只是怕得罪權勢，手上還是有真功夫的。

小滿按著方子，用代赭石煮了一碗水，隔一會兒餵一口，等這碗水喝下大半，已經是深夜了。

連著熬了幾宿，小滿眼圈都黑了，但見翟嬤嬤也身子不支，說什麼都不用她來換，一直自己強撐著。

又餵了一口後，小滿睏得實在睜不開眼，便捧著碗，倚在床邊睡著了。

夜裡蕭卿塵實在睡不著，轉來轉去，不自覺又轉回到正房，索性進門去看看。

眼看小滿手中的碗要傾斜摔落，蕭卿塵急忙上前，輕輕將碗取下。

細看允棠，面色已經紅潤許多，眉頭也不再那樣皺了，似乎睡得安穩。他端著碗，正猶豫著要不要叫醒她服藥，卻盯著她那張臉出了神。

她的雙眼本是透著機敏和靈氣的，可如今閉著眼，單看這輪廓和嘴唇，倒平添了幾分嬌媚。

她朱唇微啟，許是喝足了水的緣故，燭火下竟顯得嬌豔欲滴。

想起初見那一日，便是這一張小嘴，把旁人噎得說不出話來。

那雪白的耳垂，沒了耳鐺拉扯，現出原本圓潤的模樣。細嫩的脖頸上，有一處皮膚，正有節奏地顫動著，蕭卿塵癡癡地望著，竟有想上去咬一口的衝動。

她忽然輕嚶了一聲，一個翻身轉向他，蕭卿塵一驚，腳下一退，不小心踢到床邊的矮凳。

只這一下，她便被驚醒了。

四目相對之下，蕭卿塵心虛，急忙將視線移開。

「咳！我、我是來給妳餵藥的，見妳沒醒……」他舉著碗，語無倫次地解釋道。

允棠支起身體，瞥見床榻邊的小滿，本想伸手去叫，可猶豫片刻，又將手放下。

蕭卿塵見狀，上前兩步來到床邊。「讓她睡一會兒吧，我來餵妳。」

允棠見他走近，不禁垂眸道：「夜深了，小公爺也該去休息了，我自己可以的。」

蕭卿塵這才發現，她的狀態比起白天已是好了不少，遂關切地問道：「頭可還疼嗎？還噁心嗎？」

允棠如實答道：「還有一點，不過已經很輕微了，可以忍受。」

「這章直院的醫術果然高明！」蕭卿塵喜上眉梢，端起碗舀了一勺湯藥送到她嘴邊。「來。」

允棠只覺得這舉動過於曖昧，伸手要去接湯匙，誰知他卻沒有鬆手的意思。

兩人的手指碰在一起，如觸電般，她急忙將手收回。

低著頭也能感覺到他目光熾熱，允棠忙湊過去把藥喝掉，隨後急急說道：「藥也喝了，小公爺可以去休息了。」

既然已經下了逐客令，蕭卿塵只得放下碗起身。「那妳好好休息，明兒一早我再來看妳。」

等他出了門，允棠才長吁一口氣。

她又不傻，怎會感覺不出蕭卿塵目光灼熱？

只是如今都自身難保了，哪裡還有心思想這些兒女情長呢？

腦子清楚了，她便開始細細打量起這間房來。

她不知蕭卿塵幾乎不在國公府裡住，只覺得這屋子裡的東西實在少得可憐，並不是說家具，而是擺飾，可以說毫無生活氣息。

也不知道是小公爺自己喜歡清冷，還是負責收拾的丫鬟、侍女們，得了要「空無一物」的令，總之這麼大的房子若是給她住，她定是要用一些小玩意兒和鮮花把這裡塞滿的。

剛想了些輕鬆愉快的事，心緒不由得又低落起來。說起插花，她們幾個人當中，能把花插得最好看的，非白露莫屬。

想到這兒，允棠剛剛揚起的嘴角又慢慢凝固在臉上。

兩天後，是國公夫人沈連氏的壽宴。

沈連氏本不想過於張揚，奈何沈聿風不同意，說這知非之年的生辰，還是操辦一下的好。

勉為其難應下後，沈連氏又提出一個條件——要求壽宴只邀請女眷。

一來，不會變成朝臣們說官話、論政事的無聊酒席；二來，也免了有些官員趁這機會備上重禮，意圖討好的念想。

沈聿風樂得清閒，自然點頭答應，只等到這天從府中躲出去，等官眷們都散了，再回來為夫人送上精心挑選的禮物，必能哄得她合不攏嘴。

這天一早，送人的馬車便絡繹不絕，各位官眷怎麼會放過這個比美的好機會？一時間衣香鬟影，珠翠環繞，群芳爭豔。

見賓客雲集，四司六局更是拿出看家本領，將餐前擺在園子裡的菓子、蜜餞做得精緻美味，茶酒更是飄香百里。

「國公夫人，您這院子，是新修繕的吧？」一位夫人嬌聲問道。

沈連氏粲然一笑。「陳夫人說笑了，這都是十幾年的老園子了。」

「國公夫人的品味真是不同凡響，這十幾年過去了，如今看來，仍是綺麗淡雅，美不勝收啊！」

沈連氏又怎會不知這甜言蜜語不過是獻媚，索性藉口抽身，笑道：「妳們先逛，我忙得出了汗，先去換身衣裳。」

轉過遊廊，沈連氏不易察覺地輕嘆口氣。

身邊的吳嬤嬤見了，問道：「夫人可是累了？」

沈連氏搖搖頭，輕笑道：「我什麼都沒做，不過打扮好了出來遛幾圈而已，有什麼可累的？」

吳嬤嬤掩口笑。「那些官眷們一個個的，絞盡腦汁去想一些奉承的話，我以為夫人聽了心煩，才躲出來的。」

「我呀，是幫她們省省力氣，免得大家跟尋寶一樣，發現一樣東西，就趕緊誇讚一番，生怕開口晚了，就被別人說去了。」

沈連氏與吳嬤嬤對視一眼，齊笑出聲來。

兩人再轉彎，沈連氏又道：「再說，聽這些話，總好過要說這些話給別人聽。」

「夫人說得是。」吳嬤嬤點頭，又朝一個方向撇撇嘴。「逐鹿軒那位，夫人真不打算去通知一下嗎？好歹遲些會有家宴，難得一家人都在，藉這個機會吃個團圓飯也是好的。」

沈連氏搖頭。「不必了，何必要自找不痛快？」

吳嬤嬤皺眉，忍不住打抱不平。「再怎麼說，夫人也是他的嫡母，您的壽宴——」

沈連氏抬手打斷。「這些場面話，就不要在家裡說了。況且塵哥兒最近忙著照顧那位小娘子，哪裡會有心情吃壽宴呢？」

「不過這小娘子到底是什麼人？國公爺竟問也不問，便任由小公爺領進門。」

沈連氏繃起臉。「國公爺想討好塵哥兒，也不是一日兩日了，難得塵哥兒喜歡她，若是真能藉由她來緩解父子倆的關係，即便她是賤籍樂妓，國公爺也會許她進門的。」

「這……」吳嬤嬤的眉頭皺得更緊了。「若真是賤籍先入了門，還會有誰家的小娘子肯嫁給小公爺啊？」

沈連氏從鼻子裡「哼」了一聲。「這恐怕還輪不到我來操心。」

自從那日一劑藥服完之後，第二天一早醒來，允棠便已經能下地行走了。

蕭卿塵忙又請了章直院來把脈。

與上次不同，這次的章直院再沒了胸有成竹的氣勢，反而把脈把了許久。那皺眉不語、撫著鬍子沈思的樣子，一度讓蕭卿塵以為她的病症是不是加重了？再三確認之後，章直院才敢斷言，不必再服第二劑了。不過還需靜養七天，這七天多吃些滋補的，補補身子就好了。

有了這句話，蕭卿塵險些搬空了魏國公府的倉庫。看著那些堆成小山，怎麼吃也吃不完的山參、鹿茸、雪蛤和燕窩，允棠實在很想讓小滿再把章直院請回來，好好問一問，有沒有補過頭這一說？

這天，蕭卿塵一早便得了傳召入宮，她也躺得乏了，便讓小滿扶著，在院子裡走走。已過了端午，天氣逐漸熱起來，剛走到二門口，允棠的額頭和鼻尖就布滿了細汗。小滿怕她累著，急忙命人搬了交椅來，挪到陰涼處讓她坐下歇腳，翟嬤嬤又在屋裡點了茶，端著送出來。

允棠剛抿了一口，便聽見外院稀稀落落的腳步聲傳來。她眼光順著二門斜掃過去，只見外院來了七、八名貴族夫人，衣著打扮一個賽一個的奢華。

一行人原是翰林學士夫人呂申氏領路的，可看著這院子與府內其他院子不同，竟連一株開花的植物都沒有，呂申氏不禁狐疑道：「這裡是……」

侍女青蓮急忙上前阻攔。「夫人們請留步，這裡是逐鹿軒，小公爺的住處。」

「小公爺！」呂申氏眼睛一亮。「小公爺如今回到國公府住了嗎？」

青蓮為難地說：「主子的事，奴婢不便多嘴，還望夫人見諒。」

呂申氏一拍手，喜道：「那便是了！」扭頭又對眾姊妹道：「親生父子哪來的隔夜仇呢？早晚還是要回家的不是？」

眾位夫人皆點頭稱是，那場面就好像，口中的蕭卿塵不過是一個熟絡的晚輩。

允棠斜倚在交椅裡，探頭看著這好像紅樓夢裡的熱鬧場面，多想抓把瓜子來應景。

青蓮回頭朝二門看，正巧對上允棠的視線，急忙矮身行禮。

「我來之前呀，我家琴兒還問我，能不能見到小公爺呢？」呂申氏一揮帕子，抬腿就要往裡走。「正好啊，我替我家琴兒，找小公爺說幾句話。」

青蓮忙上前阻攔。「夫人，請留步！」

「學士夫人，這樣恐怕不妥吧？」禮部尚書夫人嚴白氏不禁開口道。

先前誇讚院子的陳徐氏也附和。「是啊，都說小公爺脾氣不大好的……」

呂申氏不以為然。「我們怎麼說也是長輩，雖然是誤入，可找晚輩說幾句話有什麼不妥的？」說完，一把推開青蓮。

青蓮被推了個趔趄，急道：「這位夫人，小公爺此時確實不在府上……」

可說話的工夫，呂申氏已經來到二門，見到允棠不禁怔在當場。

「這……這位是？」

「我們家姑娘——」小滿剛開口，便被允棠抬手打斷。

「這位夫人可是國公府的客人？」允棠笑問道。

呂申氏傲然點頭。「正是。」

允棠慢聲細語道：「看來夫人是迷路了，青蓮，引這位夫人去見國公夫人。」

「是！」青蓮忙應下。

呂申氏卻腳下不動，目光毫不客氣地上下打量起小娘子來。

眾位夫人見狀，紛紛跟過來，見到一名姑娘，都呈現出不同程度的驚訝來。

尤其是陳徐氏，不敢置信地揉了揉眼睛，又不動聲色地朝前湊了湊，想看個分明。

這小公爺的院子裡，住了位小娘子，任誰也要好奇一番。

見呂申氏沒有要走的意思，青蓮又重複道：「夫人，請。」

呂申氏充耳不聞，雙手在身前交握，狐疑地問道：「敢問這位小娘子，怎麼稱呼啊？之前好像從未見過？一個女兒家，怎麼會出現在小公爺的院子裡？」

允棠皺眉，看來這屆官眷夫人們的素質不是很高啊！

先是擅闖院子，接著是下了逐客令還不肯走，最後是妄圖打探隱私，這素質實在……

可本就是寄人籬下，若是與客人們起了衝突，是不是會給蕭卿塵惹下麻煩啊？

正猶豫著，遠處突然傳來一聲大喝——

「來人，有刺客，給我拿下！」

這聲音，不是蕭卿塵是誰？

幾名府兵立即魚貫而入，把幾位夫人圍在當中。

呂申氏大驚失色，忙自報家門道：「我、我是翰林學士呂世南的夫人，我們是來參加國公夫人壽宴的！」

「是啊，我們並非刺客！」有人附和。

嚴白氏看著不到三尺遠那明晃晃的刀劍，心都跟著懸了起來，但面上還是佯裝鎮靜。

陳徐氏直接畏縮在嚴白氏身後，只露出一雙眼睛來。

允棠見了，強忍住笑意。

這蕭卿塵還真是胡來，簡直比她還要離譜百倍。

這些夫人哪見過這陣仗？何況她們每個都是背景卓絕，大概想破腦袋也想不到，竟然有一天會被這樣對待。

硬是讓這些夫人們提心吊膽了半盞茶的時間，蕭卿塵才大搖大擺地露面。

「小公爺！」呂申氏忙擺手道：「是我呀，翰林學士呂世南的夫人，我們見過的！」

蕭卿塵一副認不出的模樣，左右打量，遲疑許久也未開口。

呂申氏面露尷尬之色，提醒道：「今年上元節，在宣德門觀焰火時，我帶著我家琴姐兒，曾與小公爺打招呼。」

蕭卿塵恍然大悟。「我想起來了！令嬡可是穿的玫紅色灰鼠襖？」

「正是！」呂申氏喜出望外。

「哎呀，原來是誤會啊！」蕭卿塵這才一擺手，府兵齊齊退了出去，隨後不怎麼誠心地拱手道：「我入宮之前，曾下令不允許任何人出入我的院子，適才老遠就聽到有人竊竊私語，還以為進了刺客，驚擾各位夫人了，還望恕罪。」

呂申氏撫了撫受驚的心，強顏歡笑道：「小公爺記起來就好。」

幾位夫人面上也不怎麼掛得住，蕭卿塵的話雖聽著荒謬，但畢竟是她們擅闖在先，說不出理來，只得悻悻忍下。

蕭卿塵大笑道：「怎麼會不記得？當時令嬡送馬夫銀月簪的事，可是轟動整個汴京啊！哈哈哈……」說罷，跟綠起放聲大笑起來。

呂申氏笑容凝固，瞬間羞憤萬分。

當初女兒琴姐兒見蕭卿塵貌若潘安，便暗生情愫，悄悄派人送去自己的簪子當信物，可不知中間出了怎樣的差錯，簪子竟到了蕭卿塵馬夫的手中。

本是個小小的誤會，及時糾正也就罷了，可第二天，整個汴京都知道了。

琴姐兒羞愧難當，當即哭喊著要吊死算了，呂申氏好勸歹勸，又和呂世南想盡辦法，壓下這些風言風語，這才慢慢化解了此事。

數月之後，當著眾人的面，又重新被提起，呂申氏自然像是吞了蒼蠅一般難受。

允棠這位前排吃瓜人，咧著嘴不住地傻樂。

這懟得人說不出話的本事，蕭卿塵絕不在她之下啊！雖然不知道這背後的故事，但看著呂申氏的模樣，便足以知道他功力的深淺了。

嚴白氏率先開口，打破這尷尬。「小公爺，原就是我們誤闖院子，驚了小公爺和這位小娘子，我年紀最長，先替各位妹妹跟小公爺和小娘子賠不是了。」

見嚴白氏欠身行禮，蕭卿塵收起戲謔表情，急忙回禮道：「嚴夫人多禮了，驚嚇到夫人，是晚輩莽撞了。」

「哪裡的話，小公爺做事並無不妥。」嚴白氏瞥了一眼小娘子，知道蕭卿塵護她心切，遂笑道：「國公夫人更衣回來見不到我們，也該著急了，如此，我們就先告辭了。」

蕭卿塵頷首。「夫人慢走。」

允棠饒有興味地撓了撓下巴，他前後態度差距這麼明顯，這看人下菜碟的功夫也是不錯。

「哎喲喂，妳們怎麼到這兒來了？」沈連氏遠遠喊著。

眾人轉頭，就見沈連氏邁著小碎步緊趕慢趕，來到跟前已是氣喘吁吁。

沈連氏揮著帕子道：「嚴夫人、呂夫人，原來妳們在這兒呀，我說怎麼四處尋不見妳們呢！前院已經開席了，大家快隨我去吧！」

嚴白氏歉意地笑笑，道：「都是我領錯了路，這就要讓人引著回去呢！」

沈連氏不經意間扭頭看到蕭卿塵，當即驚得瞪大了眼睛，彷彿才知道這裡是逐鹿軒一般，一臉惶恐，急忙向他解釋道：「塵哥兒，今日是我生辰，老爺幫我操辦了壽宴，又請了諸位夫人來熱鬧一番，原是沒想打擾你的，可沒想到我去更衣的工夫，夫人們竟是迷了路，走到這裡來……」

蕭卿塵根本不等她把話說完，便面無表情地徑直越過沈連氏，走入二門，攙扶起允棠，朝內院走去。

這剛有新角色登場，戲還沒看完呢，就這樣被急急架走了，允棠不禁有些遺憾。她抬頭看向蕭卿塵，發覺他面色頗為不悅，眉頭緊鎖，便識趣地沒再開口。

目送二人離開後，沈連氏輕嘆一聲，滿臉失意，帶著眾人轉身朝門外走去。

最後一人剛邁出逐鹿軒的大門，身後便有侍女急急將門關緊，還從內裡插上了門閂。

再想到剛才受辱，呂申氏就氣不打一處來，怫然道：「沈夫人，蕭卿塵如此目無尊長、狂悖無禮，妳也忍得了？」

沈連氏忙擺手，寬慰道：「罷了罷了，我都已經習慣了。」

呂申氏還想說什麼，嚴白氏抬手打斷。

嚴白氏義正辭嚴道：「這畢竟是魏國公的家事，我們不知內情，不便插嘴，還是快去前院吃酒吧。」說完，嚴白氏自顧自地向前走去。

「嘁！假正經！」呂申氏朝前面的背影翻了個白眼，又做親暱狀去挽沈連氏的手。「這孩子嘛，無論是不是自己生的，都不能慣著。國公爺就是太慣著蕭卿塵了，妳說，好好的沈家人，怎的就能讓他改了姓？」

沈連氏苦笑。「那官家賜姓，還能抗旨不成？可能再長大些就好了。」

「馬上就要行冠禮了吧，還是小孩子嗎？」呂申氏瞪起眼睛，一副苦口婆心的模樣勸誡道：「倘若事事都由著他胡鬧，以後可不是要闖出天大的禍來？難道妳們都忘了崔家的事情了嗎？一個女兒不檢點，就能使得世代簪纓的名門落敗至此，每每經過那崔宅門前，我那心裡呀，都不是滋味呢！」說到動情處，呂申氏竟用手帕抹起淚來。

眾夫人頗有共鳴，紛紛點頭。

沈連氏斜睨著那戲精附身的人兒，假裝忘了崔家出事時，呂世南還未回京述職之事。

呂申氏見眾人皆讚許，又繼續道：「我給我家琴姐兒請了學究，天天教她讀《女四書》，就是怕她行事不端。這女兒尚且如此，兒子若是教不好，官做得再高，不也是危如累卵？豎子幾句大逆不道之言若傳到官家耳朵裡，株連都是有的！」

有人附和。「這話說得有理。」

聽了這麼多，沈連氏輕嘆口氣，無奈道：「我也沒法子啊，我本就不是他生母，怎能奢求他敬我愛我呢？如今肯待在一個屋簷下，我都已經謝天謝地了。」

「妳呀，就是性子太軟了些……」

眾人三五成群，妳一言、我一語地給沈連氏出主意。

唯獨陳徐氏，一步三回頭，明明逐鹿軒的大門已經關緊，還一副若有所思的樣子。

進了屋，允棠這才成功把手臂從蕭卿塵的大手裡抽出來。見她端坐在羅漢榻上，一副若無其事的樣子，蕭卿塵忍不住問道：「那日在州橋，妳那小嘴兒不是挺伶俐的嗎？怎麼今日被人追問，倒啞口無言了？」

允棠暗自腹誹：還不是怕給你惹出禍來？你倒好，一點兒也不領情！

想到這兒，允棠索性賭氣道：「那位夫人不過是問如何稱呼我，也算不得是被追問吧？」

蕭卿塵有些惱了。「她明擺著想要問出妳我的關係來，好到外面去說。我就應該等著，倒看妳如何作答。」

「我就是不答，轉身進了屋，她又能奈我何？大不了被罵一句沒教養，反正她又不知道我是誰，丟的還不是你的臉？」最後一句剛說出口，允棠便後悔了。

果然，蕭卿塵立即轉怒為喜，笑道：「我的臉多著呢，不光是夠自己丟，還足夠妳幫我丟。」

允棠噗哧一下笑出聲來。

蕭卿塵也傻笑，自從東臨莊的事以來，還是第一次看她這樣開心地笑。

笑夠了，允棠想起剛才的事，好奇地問道：「銀月譽是什麼事啊？」

蕭卿塵把事情簡單地描述一遍後，輕嘆道：「本來這件事我沒想再提的，畢竟涉及到姑娘家的名聲，可我看那呂夫人實在可惡……」

允棠托腮，一副八卦相。「沒想到你還挺憐香惜玉的嘛！」

「誰？我、我才沒有呢！」蕭卿塵猛地起身，有些慌亂地解釋道。

突如其來的害羞，倒把允棠驚著了，她抬眼，有些無語地看著這個傻大個。「我就隨口說說，你跳起來做什麼？」

氣氛逐漸變得古怪，緣起識趣地慢慢退了出去，臨走前還不忘擠眉弄眼，給小滿遞眼色。

小滿則在走與不走之間猶豫不決。

「我還沒問完呢，你坐下！」允棠命令似的說道。

蕭卿塵乖乖坐好。「妳問。」

「簪子是你給馬夫的嗎？」

「當然不是！」

「那，消息是你傳出去的嗎？」

蕭卿塵忍不住又跳腳站起身。「妳當我蕭卿塵是什麼人？」

「你緊張什麼？我不過是隨口問問。」允棠懶得再抬頭，他個子太高，仰得脖子都痠了。

蕭卿塵賭氣似的，在原地站了一會兒後，猛地轉身朝屋外走去。

「你幹什麼去？」

「有東西要給妳。」他只扔下一句話。

見他出了門，小滿來到允棠身側蹲下，問道：「姑娘，我們還要在這兒待多久？」

允棠撥弄著几案上的推棗磨，不經意問道：「怎麼？不喜歡這裡？」

小滿搖頭，嘟嘴道：「倒也不是，這國公府的菓子，每樣都特別好吃，比在州橋吃到的還好吃。還有院子裡的侍女，總跟我和翟嬤嬤搶活兒做，我都閒得發慌了。」

允棠打趣道：「妳之前不總嫌事情太多做不完嗎？怎麼如今閒下來，反倒不自在了？」

「可這兒畢竟不是自己家啊……」小滿喃喃道。「難不成姑娘準備嫁給小公爺了嗎？」

允棠不禁怔住，急道：「妳胡說什麼？」

「難道不是嗎？」小滿歪頭，煞有介事地道：「我看姑娘和小公爺可是越發親近了，方才的問話，怕是成了親的夫婦也不過如此吧？」

「我……」允棠語塞。

即便已經在這個朝代生活了一年，她還是沒有古代女子那麼強烈的封建倫理與道德束縛。

在她看來，不過是朋友間很普通的談話，落在小滿眼裡，已經十分曖昧了。

不知當事人，又是做何感想？

看來，以後在這方面，要多加注意才行了。

見她不開口，小滿自顧自地說道：「其實姑娘想嫁小公爺，我也是能理解的，畢竟小公爺家世好，人又好看，這門親事啊，我是舉雙手贊成——」

「怎麼越說越離譜了？」允棠急急打斷。「可不要再胡說了，若被人聽去，以為我恨不得早點嫁呢！」

小滿伏在她的膝頭上，認真地道：「我只是希望姑娘能為自己活，不是必須為母親正名，也不是非要為白露和翟叔報仇，單單地只按自己想要的樣子活。」

允棠瞬間紅了眼眶，眼裡氤氳起霧氣來，好似有什麼東西哽在喉頭。

「其實我也知道的，姑娘寧可欠小公爺人情，也不帶我們離開的原因。」小滿繼續說道：「是怕我們再遇到危險吧？」

良久，允棠才緩緩開口，低聲道：「我這樣做，很卑劣吧？我明知道他喜歡我。」

小滿抬起頭，輕輕搖了搖。「姑娘不要這樣想。」

「我明知道他喜歡我，還利用他……」她自嘲地笑了笑。「可我真的不能再失去任何人了。」

「我知道。」小滿握住她的手。

「喵——」

兩人齊齊轉頭，只見一隻兩、三個月大的小貓，從門口跑進來。

允棠定睛一看，驚喜道：「團子！」

團子是她上輩子養的狸花貓，雖然是她撿來的流浪貓，可卻十分乖巧，無論酷暑或寒冬，每夜都要挨著她才能入睡。

剛穿越來時，她還時時擔心，不知團子有沒有人照顧？

面前這隻小狸花貓，簡直和她初見團子時一模一樣，虎頭虎腦的，十分可愛。

允棠急忙起身跑過去，抱起團子捧在手裡，揉搓牠的小腦袋。

蕭卿塵進門見到這一幕，心滿意足道：「我還怕妳不喜歡呢！」

「喜歡，非常喜歡！」允棠頭也不抬，只顧著逗貓咪，寵溺地喊道：「團子、團子！」

「這麼快已經取好名字了嗎？」蕭卿塵來到桌前坐下，給自己倒杯茶，啜了一口，道：「我怕妳悶在院子裡無聊，特意叫人買的。還有很多稀罕玩意兒在後面，一會兒就能送到。」

允棠聽了，抱著團子欠身，謝道：「讓小公爺費心了。」

蕭卿塵一怔，怎麼剛出去一會兒的工夫，又變得如此生分了？

他結結巴巴地問道：「妳……妳怎麼了？怎麼又叫我小公爺了？」

「沒怎麼呀！」允棠輕笑。「我不叫你小公爺，那叫什麼？」

「叫……」蕭卿塵一時也想不出什麼合適的稱呼來，撓了撓頭，突然靈光一閃。「叫名字，叫卿塵哥哥也行。」

「卿塵哥哥……嘔……」允棠故作乾嘔狀。「我叫不出口。」

見蕭卿塵生起悶氣，允棠話鋒一轉。「對了，送信的事，有消息了嗎？」

國子監司業晁府。

「清瓔，妳我兩家是世交，十幾歲的時候，我幾乎天天都去妳家找妳玩耍，在妳家用的晚飯比在自己家用的都多，妳說，我怎會看錯？」陳徐氏側坐在高背黑漆木鐫花椅裡，面色鄭重，就差沒指著天發誓了。

崔清瓔此時心亂如麻，她一下下咬著手指甲，完全不顧那右手拇指已經光禿禿了。

「哎呀，大娘子！」身側的楊嬤嬤急忙去攔。「好不容易留下的指甲，別再弄傷了。」

手被按下了，崔清瓔才回神似的，竟挑起嘴角，笑了一聲。

這一下，可把陳徐氏嚇著了。「清瓔，妳、妳沒事吧？」

「雪青，妳說那小娘子看上去也就及笄的樣子，仔細算來，我那好妹妹可不正是死了十五年嗎？」崔清瓔直直看著前方的地面，聲音聽不出任何情緒，說完半晌，忽地又笑出聲來。

「妳笑什麼呀？」陳徐氏眉頭蹙著，埋怨道：「妳可不知道，我一看見那張臉，渾身雞皮疙瘩都起來了，那感覺，簡直太古怪了！妳說，真有投胎這回事嗎？」

楊嬤嬤瞥了陳徐氏一眼，面色頗有些不悅，但礙於主僕有別，到了嘴邊的話，又硬生生地嚥了回去。

「投胎？」崔清瓔彷彿聽到天大的笑話般，捧腹笑了半天，才又繼續道：「雪青啊雪青，妳這從小到大，腦子都是一根筋，不怪妳家陳顯看不上妳。」

被揭了短，陳徐氏自然不高興，悻悻地道：「好好的，怎麼又說到陳顯身上了。」

崔清瓔端起面前的蓮花茶盞，左右端詳。「陳顯又要娶姨娘的事，都已經鬧得人盡皆知了，妳故意不告訴我，便是怕我數落妳吧？」

陳徐氏絞著帕子，一臉苦相，嘴硬道：「不過就是個小妾，有什麼可說的？男人嘛，還不都是一樣？不到嚥氣的那天，都不會消停！」

「說到底，還是妳不中用。」崔清瓔抿上一口茶。「妳本就是下嫁，怎麼反倒被他拿捏了？當初我便勸妳，不要嫁與那窮酸秀才，妳當時怎麼說？世家子弟多紈袴！如今怎麼樣？姨娘娶得竟比世家子弟還要多！」

陳徐氏一甩帕子，賭氣道：「怎麼越說越來勁了？今日我來，也不是來與妳說陳顯的！」

「那說什麼？」崔清瓔搖起團扇，秀眉一挑。「說我那好妹妹重新投胎做人了？」

「妳只說我一根筋，也沒說到底是為何啊！」

沒等崔清瓔開口，從門外急急跑來一名侍女，躬身道：「大娘子，老太太請您過去一趟。」

崔清瓔面上瞬間覆上寒霜，冷聲道：「知道了。」

侍女又硬著頭皮道：「老太太說了，讓您這就起身，別耽擱。」
「妳！」崔清瓔把團扇砸在桌上，攥緊了拳頭，強壓住怒火。「沒見我這兒有客人嗎？」
「老太太也說了，知道您有客，可這客人天天來，想必也沒什麼要緊的，還是讓您先去問心堂。」
「這……」陳徐氏聽了，氣得渾身發抖。「清瓔，妳這老太太，可是替妳趕我呢？」
侍女咬著嘴唇，閉上眼睛，一副豁出去的模樣，接著道：「老太太還說了，若是陳夫人您說了什麼不中聽的，叫我把這句話原封不動地傳給您。」
陳徐氏撫著胸口，氣道：「說！」
「陳顯大人左一個姨娘、右一個姨娘地娶著，還不是因為始終沒個知心的人，陳夫人若有工夫天天來這裡當耳報神，不如回去好好想想，如何攏住陳大人的心。」
「妳！」陳徐氏憤怒起身，扭頭對崔清瓔道：「以後妳這府上，我是不敢再來了！」說罷便拂袖而去。
崔清瓔也氣得不輕，但她又沒有反抗的底氣。
自從崔家舉家自請離京駐守邊關後，她就跟孤魂野鬼一般，再沒了依靠。
在門口站了半晌，崔清瓔撣了撣衣裳，提起一口氣，隨侍女朝問心堂走去。

如崔清瓔所料，老太太並沒有什麼要緊的事，只是拿了本佛經要她抄而已，美其名曰，讓她靜心。

崔清瓔面上心如止水，筆下不停，其實心裡早將那倚在憑几上打瞌睡的老太太，罵了千遍萬遍。

不知道抄了多久，終於有侍女奉了老爺晁學義的令來尋她，這才讓老太太開了金口，放她走。

出了問心堂，這才發覺天都黑了。崔清瓔足下生風，趕回房間，卻沒瞧見晁學義的人影。

正納悶著，門後突然竄出一人，從背後將她抱住，將頭埋在她脖頸，猛吸了一口。

崔清瓔被嚇了一跳，尖叫一聲，惹得身後人哈哈大笑。

楊嬤嬤見狀，面上一紅，急忙退了出去。

崔清瓔聽見笑聲，不由得轉身嗔怪。「義郎，可嚇死我了……」

她這聲嬌滴滴的，尾音拉得老長，晁學義的心都被攪亂了，一把抱起她到床榻上，急急想與她雲雨一番。

天氣熱，男人又一身臭汗，崔清瓔皺了皺眉，但見他覆身下來又變了臉，面色嬌羞起來……

事畢，晁學義正要沈沈睡去，崔清瓔枕在他懷裡，輕輕搖晃他。「義郎，你睡了嗎？我有話和你講。」

「嗯？」晁學義迷迷糊糊地應著。「妳說。」

「是母親，近日總叫我抄佛經，抄得我手都瘦了。」崔清瓔嘟起嘴，抱怨道。

晁學義摸起她的手，輕輕揉著。「母親也怪寂寞的，八成是想找妳陪陪她吧？家裡也沒個一兒半女的，這不是……」

崔清瓔猛地起身，變了臉色。「義郎這是在怪我？」

晁學義一下子清醒了，無奈地道：「是我說錯話了，我沒有怪妳的意思。不過母親年紀也大了，妳就多依著她些。」

「那我這年紀輕輕的，就要常伴青燈古佛了？」崔清瓔輕推他，假裝抽泣道：「你就不怕哪日我悟了佛法，落髮當姑子去？」

晁學義啞然失笑。「妳呀，塵緣未了，出不了家。」見她依舊賭氣，遂起身攬過勸慰道：「好了好了，妳也別氣了，明日我找母親說說便是。」

崔清瓔這才破涕為笑，就勢倚過去。「對了，你跟那魏國公，可有交情？」

晁學義沈吟片刻。「兩年前他送他那個庶長子沈卿禮來國子監讀書，曾與我來往過一、兩次。妳怎麼突然問起這個？」

「我聽說今日是魏國公夫人的壽宴，雪青都受邀去了，我想著，我是不是明日也備上一份禮，略表心意？」

晁學義搖頭。「我與魏國公平日素無往來，本未被邀請，卻非要藉著壽宴機會送禮，豈不是跟那些趨炎附勢的人沒什麼差別？」

眼看又要扯那套文人風骨的說辭，崔清瓔翻了個白眼。書讀得太多，腦子反倒沒那麼活絡。

她眼珠子一轉，可憐兮兮地道：「今日雪青同我說，在魏國公府曾見到一名與我妹妹有九分相似的小娘子，你也知道我思妹心切，所以才想著去親自瞧上一眼……」

「原來如此。」晁學義攬著她肩膀的手，稍稍用力捏了捏。「我說今日娘子怎麼這般楚楚可憐，原是惹起了傷心事。那小娘子是何人？據我所知，魏國公並無女兒。」

「雪青也未說清楚，她當時跟著眾位誥命夫人，不敢多言，或許只是個侍女也說不定。」見晁學義不鬆口，崔清瓔又淚漣漣地道：「我那個苦命的妹妹喲……」

晁學義最見不得她流眼淚，只好道：「如此，便去一趟吧，拿上我的帖子，只當是為姨妹了。」

「義郎……」

翌日，崔清瓔如願以償，拿著賀禮來到魏國公府。

見她在堂下坐著，沈連氏與吳嬤嬤對視一眼後，扭頭笑道：「壽宴都過了，沒能宴請晁夫人，是我疏忽了。」

崔清瓔搖頭。「本就是我不請自來的，姊姊別見怪就好了。」

「哪裡的話。妹妹平日也不經常出來走動吧？在別處宴席也很少見到妹妹。」

沈連氏的一番話，滴水不露，讓崔清瓔很佩服。

她哪裡是很少出來走動？是壓根兒不參加任何社交活動。

倒不是她不願意，而是守著這麼個一身傲骨的官人，又有個處處管著她的婆母，她能出來才怪。

崔清瓔苦笑，低頭輕撫頭髮。「婆母不太喜歡我拋頭露面。」

沈連氏誇讚道：「沒想到妹妹竟是孝順得很。」

崔清瓔的眼睛瞥向屋外，正愁如何找藉口去尋那小公爺的逐鹿軒。

突然，沈連氏開口說：「這天啊，也太熱了！妹妹不介意我去換身衣裳吧？」

「當然，姊姊請便。」

沈連氏笑著起身。「妹妹可以自己隨處逛逛，別拘著，當自己家裡就好。」

崔清瓔矮身行禮。

沈連氏由吳嬤嬤扶著，轉身進了院子。

走得遠些了，吳嬤嬤才不解地說：「夫人不是剛換過衣裳？」

沈連氏輕笑。「妳沒見她從一進門，就不住地往院子裡看嗎？」

「那是為何？」

「還能是為何？昨日裡發生什麼事，妳不記得了嗎？」沈連氏用手帕掩住口，遮住笑顏。「今日就有找上門的，擺明是為了那個小娘子來的呀！」

吳嬤嬤恍然大悟。「那夫人是故意放她過去了？」

「妳可知這晁夫人是何人？」見吳嬤嬤搖頭，沈連氏才道：「崔家庶女，崔清瓔。」

吳嬤嬤掩口驚呼。「是她?!」

「可不就是她？」沈連氏一副雲淡風輕的模樣。「塵哥兒屋裡的小娘子，妳也瞧見過一眼了，妳不覺得她跟那崔清珞有九分相似嗎？」

吳嬤嬤回憶著。

沈連氏又笑道：「明擺著姨母來尋親了，我怎麼好攔著？」

「您是說……」吳嬤嬤驚呼，隨即又壓低聲音。「那小娘子，是崔清珞的女兒？」

沈連氏點了點頭。

「這……」吳嬤嬤不寒而慄。「當初不是說是個男孩，而且跟著崔清珞一同墜入山崖了嗎？」

沈連氏輕笑，道：「具體是什麼情形，那就不得而知了。不過呀，急於知道此事真相的，可大有人在，咱們靜靜等著看戲就成。對了，派人把這消息透露出去，自會有人來解謎的。」

說完這些話，沈連氏似乎心情大好，走到掛在遊廊邊的鳥籠前，逗起鳥來。吳嬤嬤在沈連氏身後看著她的背影，突然若有所思。

第七章

崔清瓔按照陳徐氏提供的路線，帶著楊嬷嬷，很快來到逐鹿軒門口。

自從有了昨日的不愉快，蕭卿塵就下令緊閉院子門，更是在門口立了一個牌子，上書：

閒雜人等，不得入內。

這牌子一立，第一個受傷的就是沈聿風。整個府裡，沒事就愛往這邊湊的，除了他，還有誰？於是，早上的逐鹿軒門口，就上演了一齣精彩的獨角戲——

沈聿風看到牌子，先是一怔，隨後破口大罵，見罵累了也沒人來應門，又做心酸狀，訴了半天苦，最後實在無計可施，這才悻悻地走了。

可崔清瓔不一樣，好不容易得來的機會，她怎麼能放棄？

崔清瓔大步走上前去，用力拍門，問道：「有人嗎？」

有侍女來應門，卻也只將門開了一條小縫，見是生面孔，小心翼翼問道：「什麼人？」

崔清瓔微笑道：「我是國子監司業鼎學義的夫人，是來國公府做客的，我——」

沒等她說完，侍女「砰」的一聲，汛速將門關好，又在裡面嚷道：「對不起，夫人！小公爺有令，不許放任何夫人進來，不然就要打斷我的腿，夫人還是請回吧！」

崔清瓔的笑容僵在臉上，這個閉門羹吃得猝不及防，害得她久久回不過神來。

「將客人拒之門外，這就是你們國公府的待客之道嗎？」崔清瓔厲聲質問道。

侍女戰戰兢兢地答道：「小公爺說了，夫人們都是連、連氏的客人，讓那連氏招待便是了，不要隨意走動，否則若是不小心偷聽到什麼軍政要務，為防止消息洩漏，就只能抓夫人下獄了，小公爺也是為了夫人們好。」

「妳！」崔清瓔被這赤裸裸的威脅懟得差點一口氣上不來。都說魏國公這個兒子頑劣跋扈，今日她算是領教了。

楊嬤嬤扶住她，低聲道：「大娘子，咱們總不能硬闖，還是先回去吧？」

崔清瓔聞言抽回手臂，死死盯著門。「我倒要看看那賤蹄子是不是真的留下個女兒！」

院牆內，團子在前面跑得歡，允棠提著裙子在後面追著，跑著跑著，來到外院牆角下。聽到門外有人說話，允棠抱了團子，站在牆邊細聽。

「是又如何，不是又如何？」楊嬤嬤勸慰道。「這是國公府，不是咱們撒潑的地方，大娘子聽我一句勸，先回去吧。」

崔清瓔回頭白了她一眼，一副不甘心的樣子，惡狠狠地道：「這麼多年來，就因為那個賤蹄子寡廉鮮恥，我受了外人多少白眼，又受了婆家多少罪，妳跟在我身邊，一樁樁、一件件看得不清楚嗎？」

「即便三姑娘做得再錯，她也遭了報應了。」楊嬤嬤又伸手去扯。「不管裡面那位小娘子是不是三姑娘的孩子，都與這些事無關。」

「無關？」崔清瓔冷哼。「那賤蹄子活著的時候處處壓我一頭，死了也不讓我好過，如今更是留了個小賤蹄子來禍害我！妳瞧瞧，這才及笄，就巴巴地住到人家府上了，依我看，比那崔清珞還——」

「住口！」

門「吱呀」一聲開了，從裡面走出一位小娘子，下身穿著白茶色百褶裙，柳芳綠的腰帶，腰間掛玉，上身著白茶色抹胸，外套湖綠色纏枝葡萄紗短衫，衫腳掩在裙內。

此人正是允棠。

待看清來人的臉，崔清瓔和楊嬤嬤都驚得說不出話來。

允棠冷眼看著崔清瓔，質問道：「不知這位娘子是何人，又是何居心，竟跑到我耳邊來辱罵我亡母？」

猜想被印證，崔清瓔心裡咯噔一下，問道：「妳說崔清珞是妳母親？」

「憑妳也配直呼我母親的姓名？」允棠不答反問。

楊嬤嬤急忙擺手，從中勸和。「姑娘呀，這不是別人，是妳姨母啊！莫要大水沖倒龍王廟——」

「我沒這麼惡毒的姨母！」允棠冷冷打斷。「還望這位嬤嬤出去不要亂說話，我丟不起這個人！」

「妳妳妳！」崔清瓔的手指簡直要戳到她的臉上。

小滿嚇得忙上前將允棠攔在身後。

「妳竟然嫌我丟人？」崔清瓔面紅耳赤地吼道。「她崔清珞做了什麼好事，天下誰人不知？她把崔家害成什麼樣？又把我害成什麼樣？我沒嫌她丟人，妳反倒嫌上我了？」

允棠退後兩步，靜靜看著她表演，在她喘氣的當口，冷冷拋出一句。「想必這位娘子嫁了個位高權重的好夫君，都敢在國公府撒潑了。」

楊嬤嬤心下一驚，急忙去攔崔清瓔，哀求道：「大娘子，可千萬別胡鬧了！」

崔清瓔正癲狂，一把撥開楊嬤嬤，瘋魔般大叫道：「妳個小賤蹄子，隨了妳母親的賤種！活這麼大還不知道妳父親是誰吧？妳——」

啪！一個巴掌脆生生地呼在崔清瓔的臉上，瞬間留下幾道血紅的印子。

「妳、妳敢打我?!」崔清瓔瘋了似的扭頭，正要撲上去撕扯，卻看見蕭卿塵那張冷得快要結冰的臉。

「小、小公爺！」楊嬤嬤大驚失色，急忙欠身行禮。

「哪裡來的賤婢，竟跑到我這裡來胡鬧！」蕭卿塵大喝。「緣起，給我掌嘴！」

「是！」

沈連氏原在老遠看了半天的戲，見狀急忙大呼。「使不得啊！使不得！」

緣起卻好像沒聽到一般，左右開弓，狠狠搧了崔清瓔兩個耳光。

畢竟是練家子，這兩下又使了七、八成力，崔清瓔被打得七葷八素的，身子一歪，整個人摔在地上。

楊嬤嬤根本沒來得及去扶，嚇得伏在地上抱住崔清瓔哭喊道：「小公爺恕罪！我家娘子是一時糊塗，還請小公爺千萬不要怪罪！」

允棠沒想到蕭卿塵會真的動手，一時也愣住了。

「哎呀，是誤會，都是誤會啊！」沈連氏衝過來後，急急去看地上的崔清瓔，只見她兩頰高高腫起，嘴角還滲出血跡。「老天爺呀，這可怎麼辦才好啊！」沈連氏捶胸頓足。「這是國子監司業晁學義的夫人哪！昨日她有事沒能來給我賀壽，今日帶了賀禮特地來的，這把人打成這樣，我可怎麼跟人交代呀！」

蕭卿塵從鼻子裡哼了一聲。「妳打著過壽的名義，把人不斷地往我院子裡領，當我不知道嗎？連氏，我警告妳，別再試探我的底線，不然我讓妳吃不完兜著走！」說罷，領著允棠、緣起等人，回了院子。

見逐鹿軒的門重新關好，沈連氏的哭相瞬間收了起來，朝吳嬤嬤抬手。

吳嬤嬤見了自家夫人的戲碼先是一怔，隨後趕緊伸手把人扶起來。

「哎喲，妳說，妳們怎麼惹到他了呀？」沈連氏嘖嘖道。「那個小娘子如今正是他的心頭肉，晁夫人妳罵誰不好，真是……唉！吳嬤嬤，快幫著把人扶到前廳，找個郎中來看看吧！」

「欸！」吳嬤嬤應著。

崔清瓔只覺得頭昏腦脹，任由兩位嬤嬤架著，東倒西歪地到了前廳。

正巧沈聿風剛從外面回來，以為來了客人，便進來打個照面說說話，結果看到崔清瓔的臉，嚇得在門前絆了個趔趄。

「這……這是怎麼了？」沈聿風左右瞧著，這左臉和右臉，腫得還不一樣高，模樣也越發難辨認了。「這是誰呀？」

沈連氏立刻拿出一副心有餘悸的模樣來，兩手攥著帕子，支支吾吾的。

「哎呀，快說啊！」沈聿風不由得著急起來，見夫人忸怩了半天也沒擠出一個字，便轉頭朝吳嬤嬤喝道：「妳說！」

吳嬤嬤低頭道：「這是國子監司業晁學義的夫人。」

「什麼?!」沈聿風提高了兩個聲調，又轉身仔細去瞧崔清瓔。「這、這……這人怎麼會傷成這樣呢？誰打的？找郎中沒有？」

沈聿風之前去晁府的時候，見過晁夫人兩次，雖都是打個照面而已，但因為對方面容姣好，所以印象還挺深刻。

那張好看的臉，和面前這個腫得像豬頭一樣的臉，怎麼也沒辦法聯繫到一起。

沈連氏惴惴不安地道：「郎中已經叫人去請了。唉，還不是塵哥兒……」

「卿塵？」沈聿風一個巴掌重重拍在自己的腦門上，頓時頭大如斗。「他他他……哎呀、哎呀！」沈聿風在堂前來回踱步，看著崔清瓔那張臉，欲言又止的。憋了半天，他又忍不住問道：「在哪兒打的？為什麼呀？」

沈連氏垂眸，吞吞吐吐地道：「在、在逐鹿軒門口打的，原因我也不甚清楚，好像、好像是罵了那位小娘子……」

「好端端的，跑上門去罵人家——」沈聿風說了一半，扭頭看到楊嬤嬤看向這邊，想起當事人還在，及時轉了話鋒。「罵……了人也不能打人啊！」說完，又去埋怨沈連氏。「妳說妳，昨兒都有過一次了，怎麼不記取教訓呢？非要有人在的時候去換衣裳不可？」

沈連氏嗔道：「那老爺你也知道嘛，我近來盜汗，實在是不舒服呀……」

「不舒服就不要再見客啦！」沈聿風皺著眉一擺手。「吳嬤嬤，近些日子，再來人都替夫人回了吧！」

吳嬤嬤正偷瞟著沈連氏，聞聲連忙應下。「是！」

沈聿風重重地嘆了口氣。「好了，我去逐鹿軒看看。」

沈聿風來到逐鹿軒門口，才在門板上叩了兩下，就有侍女出來開門。他朝侍女重重點頭，滿意道：「嗯！不錯，妳比早上那個丫頭懂事多啦！」說完，踱步朝內院走去。

侍女忍不住嘀咕道：「早上也是我啊……方才是小公爺說了您會來，讓我在這裡等著開門的。」

當然，沈聿風早就走遠了，並沒聽到。

一進屋，沈聿風就看到蕭卿塵面色不悅，端坐在椅子上，一旁侍女們忙忙碌碌的，像是在收拾東西。

「哎，妳們在幹什麼？」沈聿風問。

屋內卻沒人敢停下來回答。

沈聿風無奈，又扭頭去問緣起。「這是要做什麼？」

緣起從身側瞥了瞥蕭卿塵的冷臉，縮了縮脖子，也沒敢開口，只偷偷用兩根手指比劃著「走」的動作。

沈聿風一看，這還得了？急忙湊過去，訕訕地道：「哎呀，卿塵，不至於啊，這都是誤會……」

「誤會？」蕭卿塵眉一挑，冷哼道：「又是連氏給你灌的迷魂湯？」

「也不要總是連氏、連氏的叫嘛！」沈聿風回頭看看下人們，擺擺手想讓她們退下去，可手揮了幾下也沒人理會，只得咳兩聲來緩解尷尬，在心裡暗罵：回頭等兒子不在時，可得領出來挨個兒訓訓話，不然都不知道這府裡誰說了算！他又清了清嗓子，道：「咳咳，她怎麼說也是國公夫人，是你名義上的母——」話沒說完，感覺一道帶有殺氣的目光射過來，沈聿風及時住了嘴。

「國公爺慎言！」蕭卿塵冷冷地道：「汴京城誰人不知道，我蕭卿塵的母親已經仙逝？想當我母親，得先把命交出來才行！」

躲在屏風後的允棠，聞言瞪大了眼睛與小滿對視。這位小公爺，果然是很剛啊！

這古代繼母與繼子關係的僵化程度，比起現代是有過之而無不及啊！

向來元配都站在道德制高點上，這次也一樣。

若不是正在偷聽，允棠真想站出來為這段話鼓鼓掌。

沈聿風嘆氣。「是為父不好，為父說錯話了。但她一把年紀了才嫁過來當繼室，又膝下無子，要操持這一大家子，本就不容易……」

蕭卿塵嗤笑出聲。「膝下無子不是該問問您老人家嗎？怎的這也要安在我頭上？」

「你莫要口無遮攔，胡說八道！」沈聿風皺眉喝斥道，隨後又覺得語氣不妥，軟了下來。「為父與她從小便相識，她一片赤子之心，不會故意為難人的。」

「我才知道，赤子之心原來是這個意思！」蕭卿塵忍不住譏諷道。「莫要拿出伉儷情深的戲碼，你們再青梅竹馬、兩小無猜，你明媒正娶的也是我母親。你們若都是品行高潔之人，就應該從今以後不再往來，斷了彼此的念想才是，而不是我母親前腳剛病逝，後腳她就急著要進門！」

渣男！允棠在心裡罵著。怪不得文明發展了一千多年之後，有錢有權的男人們，都要養幾個年輕貌美的充實後宮，原來是歷史留下的劣根性。

「你……」沈聿風本想解釋，又想到屋裡人多口雜，只得重重嘆了口氣。「唉，你、你不懂……」

「我是不懂。」蕭卿塵起身。「這輩子我也不想懂。要不是為了給允棠養傷，我也不會回到這裡來住，如今她已經好了，便不打擾國公爺清靜了。」

「你非要這樣不可嗎？」沈聿風也跟著起身。

蕭卿塵面若寒霜，一字一句道：「有她沒我，有我沒她！」

「這……唉！」沈聿風雙手負在身後，鬱悶地來回踱步。「你這不是為難我嗎？」

蕭卿塵滿眼失望，自嘲地笑了一聲，轉身朝屏風後走去。

沈聿風急忙快步衝過去攔住他。「這樣好不好？小娘子大病初癒，實在不宜奔波勞累，這幾日我讓連氏去別的莊子住，我保證，絕不會再有人來了，好不好？」

蕭卿塵負氣地把頭撇一邊，並不開口。

「你、你總要給我些時間啊！」

見沈聿風急得抓心撓肝，又見允棠疲累地靠在小滿身上，蕭卿塵遲疑片刻，才緩緩點頭。「那好，只要我和允棠在府內一日，那連氏便不能回來，否則……」

「好好好！」沈聿風頭抖得跟篩子一樣。「只要你肯留下來，什麼都好說！」他又轉頭朝那些侍女們喊道：「聽到沒有？不走了，都別收了！」

蕭卿塵頭也不回地說：「緣起，送客！」

聽到這熟悉的逐客令，沈聿風咧嘴笑笑，也不等緣起張口，主動就向門外走去。

屋子裡重新靜下來，允棠的心卻起了漣漪。蕭卿塵如此維護她，若說她一點感覺也沒有，當真是自欺欺人了。

可她身上背負太多，大仇未報，沈冤未雪，面對這一份赤誠，她無暇以真心回饋。

更何況，不過才見過幾位皇親貴胄，便個個家宅不寧，無奈這時代的風氣便是如此，男子娶妻納妾，家裡娘子能湊一桌打麻將乃稀鬆平常之事，更有甚者，一支女足隊也是有的。

雖然穿越過來實屬無奈，但允棠也沒想過要妥協，上輩子她一直秉承「愛情誠可貴，自我價更高」的理念母胎solo，這輩子更不介意當個老姑娘，瀟灑終老。

總好過同其他女子共享丈夫，妳一、三、五，我二、四、六的好。

見她沈思，蕭卿塵悄悄遣散了下人。

緣起出門前又朝小滿遞眼色。小滿猶豫過後，還是跟了出去。

屋內只剩下他們兩個，生怕她提出要離開，蕭卿塵搶先開口道：「那連氏素來心機深沈，恐怕早就將妳在我府內的事散布出去，安全起見，在收到崔老將軍的回信之前，妳還是繼續留在這裡的好。」

「你為什麼要幫我？」允棠沒頭沒腦地問道。

蕭卿塵一怔，隨口答道：「我見那婦人咄咄逼人——」

「不只是今天，從頭到尾、林林總總，全都算在內。」允棠抬頭盯住蕭卿塵的眼睛。

「蕭卿塵，你是喜歡我嗎？」

蕭卿塵沒想到她會這麼直白，一時氣血上湧，臉上燥熱，連耳朵都紅了起來，語無倫次地道：「妳怎麼這麼問？是聽誰說的？那些婢女們又嚼舌根了嗎？」

「不是就算了。」允棠輕聲道。

「是！」蕭卿塵急忙點頭，激動地道：「是，沒錯，從第一次見妳，我就喜歡妳了！見妳受委屈，我的心就揪得厲害，恨不得把所有欺負妳的人都殺了！我……」感覺自己說的話有點多，他頓了下，悄悄去看她的表情，小心翼翼問道：「那妳呢？」

允棠避而不答，轉過身去，聲音裡透著清冷。「不要喜歡我。」

「為什麼？」蕭卿塵不懂。

「我身世不明，遭家族唾棄，又背負家仇，與小公爺乃是雲泥之別，實非良配。況且傾慕小公爺的高門淑女數不勝數，小公爺完全值得更好的。」允棠長吁一口氣，如釋重負般說道：「言盡於此，我們可以今夜就離開。」

蕭卿塵攥緊拳頭，面有哀色。「所以妳問我，是為了拒絕我。」

「是。」

兩人陷入沈默，誰也不肯再開口。

彷彿是知道主人心情不好一般，團子不知從什麼地方跑出來，用頭輕輕蹭允棠的腳。允棠內心深處最柔軟的地方，彷彿被針扎一樣疼，她忽然好想哭。

剛來時，她信誓旦旦，這輩子一定不要再隨波逐流，身不由己。

到頭來，什麼都變了，又好像什麼都沒變。

「允棠，妳說了妳的想法，現在也該聽聽我的。」蕭卿塵輕輕扳過她的肩，讓她轉身。

允棠卻執拗地不肯抬頭。

「第一，不要急著拒絕我，妳還不夠了解我。

「第二，我幫妳，對妳好，從未想過要回報，妳不用有負擔，可以安心地待在這裡，直到有人能對妳的安全負責為止。

「第三，我家世顯赫，不需要借助妳的家族才能成事，相反地，若是有人想非議妳，也要掂量掂量我會不會生氣。

「第四，也是最重要的一點。」他刻意頓了頓，眼底露出一絲心疼，輕聲道：「在所有的選擇中，不是每次都必須選擇最正確的那個，也可以是自己最喜歡的那個。」

允棠心頭一震，抬頭去看他。他的雙眼清亮透澈，眼神堅毅，似乎有無窮無盡的力量，差一點，差一點她就要陷進去了。

允棠向後抽身，退了兩步，頭也向一旁別了過去。

這麼輕易被看穿，說不慌亂，是不可能的。

蕭卿塵也知道急不得，失望地將手收回，負在身後，道：「時候不早了，妳也早些休息吧。明天開始幾日，我都有公務在身，不能陪妳了，若是邊關有消息傳來，我會第一時間讓緣起過來通知妳的。」

「謝謝。」允棠輕輕吐出兩個字。

蕭卿塵又定定地看了看她，張了幾次口，卻是沒再說什麼，轉身離開了。

另一邊，郎中來看過崔清瓔的傷勢，除了牙齒脫落兩顆外，其他並無大礙，只是要想復原，得需要些時日了。

沈連氏親自將人送回晁府，晁學義見了大驚失色，饒是脾氣再好，也不由得質問起來。還是晁家老太太趕來，問清楚緣由之後，覥著老臉又是賠罪、又是道歉，表示絕不追究，這才將沈連氏送走。

晁學義心疼夫人，不由得忿忿地罵道：「這蕭卿塵實在太不像話了！清瓔怎麼說也算是他的長輩，怎麼能說動手就動手呢？」

老太太氣得將手中茶盞摔在地上，喝斥道：「你好好看看她，有當長輩的樣子嗎？何況，這世上從來就沒有好端端跑到人家府上去罵人、充長輩的道理！如今魏國公不怪罪已是萬幸，若你日後還由著她胡來，有你後悔的時候！」

「若是真如清瓔所說，那小娘子是姨妹的女兒，那麼見外甥女行事不端，教訓兩句也沒什麼不妥啊……」晁學義低聲嘟囔。

老太太氣得直發抖，破口大罵道：「你的書都讀到狗肚子裡了嗎？這般聽風就是雨，怎麼能擔起國子監司業的重任？你不如趁早自請離京，還能給晁家留個好名聲！」

見母親真發了怒，晁學義不敢再頂嘴，急忙賠不是。

可老太太氣難消，繼續罵道：「平日我總把她喚來拘著，你當我是願意看她那狐媚子的模樣嗎？我是生怕她再給你惹出禍端來。汴京城裡這麼多家官眷大娘子，誰像她一樣？稍有不順心，便心生怨懟，不過是有個命苦的娘家妹妹，便把這一生的不順遂一股腦兒都強加在一個冤死的人身上，每每提起還要破口大罵，也不怕遭了報應。」

晁學義剛要開口，瞥見老太太身邊的姚嬤嬤對他使了個眼色，只得悻悻地又嚥了回去。

「自己的肚子不爭氣，進門十幾年，連個蛋都沒生過，這也要怪到娘家妹妹身上，不是笑話是什麼？」老太太一拂袖，鼻子裡哼道：「怕是老天爺也覺得她德行不夠，根本不配為人母吧？就是苦了我們晁家，也跟著斷子絕孫！」

晁學義覺得刺耳，喃喃道：「母親這說的是什麼話？什麼斷子絕孫的。」

「我說錯了嗎？本想讓你納個妾、收個偏房，好留個一兒半女的，可到頭來，不是都被她攪和了？」

「也不是故意攪和的，清瓔她——」

「滾滾滾！」老太太看見他就心煩，擺手打發他出去，嘴裡不停地罵道：「早知你如此蠢笨，當初說什麼也不該砸鍋賣鐵供你讀書的！」

這倒正合了晁學義的意，急急行禮，便退了出去。

瑄王府。

侍女正伺候著瑄王妃染指甲，她舉起五根纖纖玉指，上下端詳後，露出滿意的笑容。

瑾王妃領著李嬤嬤進門，雙雙行禮，也不見瑄王妃抬頭，只得在一旁恭敬地候著。

良久，另一隻手終於也弄完了，侍女收拾東西下去後，瑄王妃這才笑吟吟地抬頭，道：「喲，怎麼一直站著？」

瑾王妃的腿早就痠了，聞言直奔向椅子，可還未坐下，又聽瑄王妃柔聲問道——「那個小賤蹄子，可弄死了？」

瑾王妃的屁股還沒挨到椅子，又急忙站直身體，明知故問道：「哪、哪個賤蹄子？」

「從小我便覺得，妳裝傻充愣的本事一絕。」瑄王妃緩緩起身，慢條斯理地道：「可慢慢地我就發現了，妳根本不是裝傻，妳是真傻。」

饒是瑾王妃再笨，也聽出這句不是好話，不由得皺起眉頭，嘟囔道：「好端端的，大姊怎麼又要說我了？」

李嬤嬤自然也不愛聽，忍不住抬頭去瞥，正好對上瑄王妃的目光，嚇得心跳都漏了半拍，趕忙低下頭。

「我早說過，妳到我這裡來，下人要在外面候著，是妳記不住呢，還是妳的下人記不住？」

李嬤嬤身子一抖，急忙欠身。「是奴婢忘了，瑄王妃恕罪，奴婢這就出去！」

「來人，領下去掌嘴，讓她長長記性。」瑄王妃撥弄著手腕上的玉鐲，輕描淡寫地道。

「大姊！」瑾王妃剛想求情，就被瑄王妃狠狠瞪了回來。

很快地來了兩個膀大腰圓的嬤嬤，把李嬤嬤拖下去，沒一會兒，院子裡便傳來掌嘴的聲音，聽得瑾王妃心驚肉跳。

瑄王妃若無其事地笑道：「坐啊，怎麼還站著？」

「大姊，這次真不怪我，又是那個蕭卿塵，要不是他從中作梗——」

沒等瑾王妃說完，瑄王妃便格格地笑起來。「妙君啊，從小到大，妳自己做成過什麼事？」

「嗯？」

瑄王妃伸出一根手指，左右搖了搖。「一件都沒有。所以上次妳說時，我就當是聽了個笑話，根本沒覺得妳能成事。」

雖然是貶斥的話，但瑾王妃聽了，反倒覺得莫名心安起來，長吁一口氣坐下來。

砰！瑄王妃倏地一拍桌子，茶盞瞬間傾倒，她厲聲喝斥道：「可妳千不該、萬不該，留了無數線索等人去揪妳的狐狸尾巴！」

瑾王妃嚇了個激靈，呆呆地道：「我、我沒有。」

「沒有?!」瑄王妃提高音調。「妳派去的那些人的屍體呢？」

「被蕭卿塵帶走了。」

「妳知道?!」瑄王妃不敢置信，瞪大雙眼問：「妳竟然知道？那妳可曾謀劃？準備如何應對？」

「我……」瑾王妃的腦子一片空白。「我想著，反正死無對證……」

瑄王妃簡直要氣炸了，無語地閉起雙眼。

有時候，她真的想把這對蠢出天際的弟妹弄死算了，省得不知道什麼時候會害死自己。

「算了。反正事情已經過去，我替妳處理好了。」瑄王妃嘆氣。「今日我叫妳來，是要警告妳，不要再私自做任何事了，任何事。」

瑾王妃猛點頭。「反正我的人也死光了。」

瑄王妃擺了擺手。「妳先回去吧，我跟王爺還有事要商量。」

得了大赦，瑾王妃帶著雙頰通紅的李嬤嬤，趕緊離開這駭人之地。

雖然李嬤嬤受了苦，但瑾王妃的心情還是很好的。不管過程怎麼樣，上次李嬤嬤說的，事情都交給大姊去處理的目的，總算達到了。

瑄王妃來到書房，見瑄王正在忙，也不去打擾，只命侍女拿來茶具，靜靜地坐在一旁點起茶來。

聞到茶香，瑄王才直起身，揉了揉僵硬的後頸，笑道：「何時來的？我竟沒察覺。」

「王爺喝茶。」

瑄王接過茶盞，一眼便注意到那柔荑上的點點豔紅，誇讚道：「這顏色不錯。」

瑄王妃眉眼含笑。「得王爺誇讚，一會兒我可得好好賞那手巧的婢子了。」

「姨妹來了，怎麼也不多聊一會兒？」

「別提她了，要不是王爺耳聰目明，發現得早，還不知那蕭卿塵會作出什麼文章來呢！」

瑄王抿了口茶。「妳那雙弟妹使的方法雖愚笨，可效果卻出人意料的好。我已命御史中丞皇甫丘上書彈劾張阜，他這個三司使啊，必定要拱手讓人了。」

「那王爺可有人選了？」

瑄王沈思片刻後搖搖頭。「可用的人不多，合情合理能推得上去的更是鳳毛麟角。可既然好不容易將張阜拉下來，便絕不能再讓太子的人補充上去。」

「讓太子和皇太孫他們忙一忙也好，省得蕭卿塵總有閒工夫盯著我妹妹不放。」

「姨妹那邊，還是要多加囑咐，切莫再被人抓住把柄了。」瑄王皺眉。「如今我和六弟雖無過多往來，但外人早已經將我們視作一黨，有妳們姊妹的關係在，他早晚也是要站在我這邊的。」

瑄王妃點頭。「是。」

「六弟年輕時好大喜功，幾次三番險些丟了性命也在所不惜，那崔清珞死後，他便心如死灰，不再爭功名了。」瑄王惋惜道。「好在他在軍中名聲還算不錯，這麼多年來又與各位將軍頻繁走動，若他能表明立場願意助我，必定大有裨益啊！」

瑄王妃在他身側輕搖團扇，不解地道：「官家諸位皇子中，王爺您素有大志，心懷天下；四皇子璟王廣交天下豪傑；五皇子珩王身隕前更是戰功赫赫；六皇子瑾王亦有軍功在身；七皇子瑞王文采奇佳，詩詞音律都信手拈來，要不是身子不好，也該是個將才。這當中數太子最為平庸，怎的官家一點易儲的心思都沒有？」

瑄王聞言，冷哼一聲。「還不是禮部那些老不休說的，說長者為大，立為儲君名正言順。不過近日裡張阜的事做引子，朝堂上已經開始有別的聲音了，我該打鐵趁熱才是。」

「王爺莫要心急。」瑄王妃放下團扇，一雙手撫上他的肩，輕輕揉捏。「相信官家心中也早已有數，只等一個時機了。」

瑄王點點頭，輕拍了拍她的手。

魏國公府。

一連七、八日，蕭卿塵果然沒有再出現。

他命人送來的玩意兒，允棠已經擺弄得差不多了，又開始百無聊賴地坐在院子裡發呆。

他……應該是生氣了吧？

不過這樣也好，總比糊裡糊塗、曖昧不清來得痛快。

允棠將心底小小的惆悵，看作是寄人籬下的不安，只等離開這裡便會消散。

掐指算算日子，若是崔家回信及時，這一、兩日便會有消息了。

崔清瓔的出現，讓她原本就焦急的心，更多了幾分忐忑。

事隔多年，那塵封已久的陳年舊事，已被她貿然掀開了。

她對崔家人的了解，大多是透過翟嬤嬤的描述，是否片面已不得而知。加之對武將世家的刻板印象，覺得老將軍大多性子剛烈，若是外祖父誓死都不肯原諒，她也是可以理解的。

但理解歸理解，母親這樣淒慘的結局，她是絕對不認的。

若說讓她魅惑眾生，篡權奪位，她自知做不到。可讓母親可以沈冤得雪、入土為安這些事，她還是想拚盡全力試一試的。

「小滿，這麼些天來我吃的補品，大概要多少錢？」允棠轉頭問道。

「這……」小滿撓撓頭。「好多補品品相極好，大抵是不便宜的，我也不敢輕易估價。」

「翟嬤嬤呢？在東臨莊還沒回來嗎？」

「嗯，翟叔和白露都葬在那裡，莊子又被燒成那個樣子，想必有很多事需要處理吧。」

小滿垂眸。

「也不知茯苓怎麼樣了？」允棠憂慮地嘆道。「總不能一直讓她們母女待在魏國公的莊子上……」

汴京城郊的驛站，一名戎裝的彪形大漢，鬚髯如戟，手握一柄長刀，騎馬飛馳而來，那馬顯然已經疲累不堪，呼哧呼哧地直喘粗氣。大漢找驛卒換了匹好馬之後，連一口水都來不及喝，又馬不停蹄地朝汴京城內飛奔而去。

目送那一騎絕塵的背影，驛丞史這才低頭看了看那大漢寫在冊子上的名字。

崔奇風。

「崔、崔將軍?!」驛丞史頓時目瞪口呆。

崔奇風來的時候，允棠正在用午飯。

逐鹿軒的小廚房做鴨子最拿手，燉鴨、炙鴨、鹽鴨子、煎鴨子、肫掌粉等，五花八門。她曾去廚房裡看過，竹籠裡的鴨子們嘎嘎直叫，害得她不忍心再點鴨子來吃，可等色香味俱全的美食一上桌，那本就不多的憐憫之心便被拋諸腦後了。

見小滿饞得直流口水，允棠大笑著把一塊肥嫩的鴨肉塞進這個小饞貓的嘴裡，又給團子扔了一塊，兩人一貓，一同大快朵頤。

正笑著、鬧著，門外青蓮急匆匆跑進來，一臉驚慌失措的樣子。

「怎麼了？」允棠疑惑地問道。

「府外來人了，說是來找姑娘的。」青蓮答道。

允棠放下筷子，不知道來的又是哪路神仙？

小滿把嘴裡的鴨肉拿在手裡，警覺地問道：「是個什麼樣的人？」

「聽說是個髒兮兮的漢子，像是軍中來的，還、還拎著把刀呢！」青蓮惶惶不安地道。
小滿急忙把手裡的鴨肉扔在桌上，搖頭道：「姑娘，我們還是別出去了！」
「軍中來的？」允棠思忖片刻後，用帕子擦了擦嘴起身，淡淡道：「走吧小滿，應該是崔家來人了。」
「崔家？」小滿不解，疑惑地問道：「崔家人來就來吧，還拿兵器做什麼？難道要殺了我們滅口不成？」
允棠啞然失笑。「光在這兒猜測也沒用，出去看看不就知道了？」說完向門外走去。
小滿不放心，邊走邊轉頭問青蓮。「小公爺走的時候，可給咱們留了府兵？」
青蓮點頭。「有的，小公爺還吩咐了，若是有人再敢上門，無論是誰，都可以打回去。」
「那就好！讓他們趕緊在門前候著吧，免得再出了什麼差池。」小滿囑咐著。
允棠來到府門外，見那漢子還坐在馬上，她心裡不由得犯嘀咕。
這魏國公乃是一品重臣，按說大小官員到了府門前，都是要下轎下馬，以示尊敬的。這規矩，她這個半吊子的平民都知道，怎麼崔家派來送信的，竟連這都不懂？
聽到腳步聲，漢子策馬上前，到了臺階下，定睛一看，頓時驚喜萬分。
他一個飛身下馬，長刀噹啷一聲落地，隨後三步併作兩步跑到允棠身前，一把將她拉進懷裡，略顯浮誇地高聲哭嚎道：「允棠啊，我是舅舅啊！」

允棠此時心中五味雜陳。

先不說盔甲厚重堅硬，硌得她生疼，單單是他身上的味道，都熏得她睜不開眼。

這也難怪，崔奇風從接到信，哭哭唧唧看完後，便立即啟程，跑死了兩匹馬，日夜兼程回到汴京。天氣悶熱，這衣裳被汗水浸濕了一遍又一遍，味道自然感人。

崔奇風只覺得懷裡的小身板簡直一用力就要被他掰折了，心不由得都揪在一處，心疼道：「允棠啊，妳受苦了，舅舅來遲了啊！」

允棠有些受寵若驚，這麼多天來，她把崔家人可能有的反應都想了個遍，可唯獨沒想到，會是這麼熱情。

這時十幾名府兵從門裡列隊跑出來，為首的見了崔奇風，不禁一怔。

「崔將軍？」

「舅舅，我有些……透不過氣……」允棠悶聲道。

崔奇風急忙鬆開她，兩隻大手扶住她單薄的雙肩，左看右看，越看越喜歡，喜道：「哎呀呀，跟清珞真的是一模一樣，一模一樣啊！」

允棠這才有機會仔細端詳這個舅舅，若是忽略這邋遢的鬍子和亂蓬蓬的頭髮，單看這高挺的鼻梁，也該是個帥哥才是。

「傻孩子，妳哭什麼？」崔奇風見她眼角有淚，伸手替她抹了抹。

允棠哪好意思說是被味道嗆的，只得故作委屈地吸了吸鼻子。

「走，跟舅舅回家！」崔奇風豪邁地道。

「回家？」允棠不解。翟嬤嬤說過，崔家已經離京駐紮邊關十幾年了，如此一來，原在汴京的府邸應該早就荒廢了吧？

「對，回家！」崔奇風點頭，又越過她朝她身後看去，皺著眉頭看看小滿和青蓮，問道：「這都是妳的貼身侍女？沈家下人何在？」

青蓮見他的打扮，有些遲疑著不敢上前。

為首的府兵上前一步，低聲對青蓮道：「這是崔奇風將軍，曾和國公爺並肩殺敵，是國公爺的弟兄。」

青蓮一驚，急忙上前行禮。「奴婢是國公府的二等侍女，名叫青蓮，崔將軍請吩咐。」

崔奇風大手一揮。「去，找輛馬車，把姑娘送到崔府！」

青蓮呆呆地看向允棠。

允棠也還沒反應過來，茫然道：「舅舅，待我回去收拾收拾東西……」

「這麼多下人，要妳收拾什麼？」崔奇風性子急，見青蓮不動，不由得催促道：「愣著做什麼？快去呀！晚些把姑娘的東西收拾好了一併送過來！」

不過半盞茶的工夫，便有馬夫趕來馬車。

崔奇風前後打量馬車後，皺眉問道：「這就是沈兄家最大的馬車了？也罷，允棠，來！」

還未等馬夫放下杌凳，崔奇風雙手探入允棠腋下，向上一舉，她整個人便騰空而起，就這樣被舉上了馬車。

「姑娘！」小滿驚呼。

允棠也驚魂未定，心中不禁感嘆：這武將行事果然是別具一格啊！

待她坐穩，崔奇風拾起長刀，翻身上馬，一拉韁繩，打頭直奔崔府。

崔奇風本就人高馬大，一身戎裝更顯得威風凜凜，再加上手裡那柄鋒刃閃著寒光的長刀，策馬走在街上，頓時引得眾人紛紛側目。

有年紀大些的，眼尖發現，領頭驚呼。「是崔小將軍！」

「真的是他！」

崔奇風雖已不惑之年，可百姓還是習慣叫他崔小將軍，那是他離開汴京時的稱呼。

崔府坐落在汴京城裡最繁華的街道上，大門有三開間寬，門板上朱紅色漆已經鏽跡斑斑，門的上方掛一塊赤金九龍青地大匾，上面「崔府」兩個字蒼勁有力。

門前的臺階石磚早已斑駁，但卻乾淨，似乎有人定期打掃。

與其他張燈結彩、朝氣蓬勃的宅子不同，崔府像是垂垂老矣的白髮翁，看不出一點生氣。

崔奇風下馬叩門，很快便有人來應，是一名褐髮老翁。

「懷叔！」

「風哥兒！」懷叔展開雙臂，將崔奇風攬在懷裡，喜極而泣，哭道：「我以為有生之年，再見不到風哥兒你了啊！」

「懷叔這是什麼話？您老可得長命百歲呢！」崔奇風大笑道。「遙兒和孩子們都在路上，估計過幾日就能到，到時你好好看看我那個臭小子，跟我年輕時候像不像？」

「好、好！」懷叔點頭，用袖子直抹眼淚。

允棠在小滿的攙扶下下了車，上了臺階，來到門前。

崔奇風側身讓開，讓懷叔瞧個仔細。「你別忙著哭，你快看看，這是誰？」

懷叔瞇著眼睛去看小娘子的臉，倏地一怔，眉間溝壑般的皺紋瞬間都展了開來，老人又用袖子去揉眼睛，而後直直地盯了半晌，詫愕道：「三、三姑娘?!」

崔奇風聞言爽朗大笑，對允棠說：「怎麼樣？我就說妳跟妳母親一模一樣吧！」見懷叔不明所以，他又耐心解釋道：「懷叔，這是清珞的女兒，叫允棠。」

懷叔不住地點頭，眼神卻離不開允棠。「像，跟三姑娘真像！回來就好，回來就好啊！」

「走吧，咱們進去說話。」

為了照顧年紀大的懷叔，大家都走得很慢，一路上懷叔不斷地問著家裡人的近況，在聽到崔老將軍身體還硬朗時，又忍不住掉眼淚。

「風哥兒放心，府裡上下雖沒留下多少人，但將軍和哥兒、姐兒的房間，都還一直打掃，乾淨著呢！」

崔奇風輕嘆口氣。「懷叔，這麼多年，辛苦你了。」

懷叔忙擺手。「不辛苦、不辛苦！我一直覺得，你們總有一天要回來的。以前還總有幾個偷懶的，我跟他們說了，就當作主子明天就要回來那樣去打掃，就算我死了，也要一直這樣做下去。」說完又自嘲地笑笑。「老了，嘴上也絮叨了。」

「我愛聽你說。」崔奇風笑笑。

「那棠姐兒就住三姑娘的院子吧？」懷叔扭頭問道。

允棠點點頭。「好。」

懷叔又自顧自地說道：「得叫人去採買些食材了。」

崔奇風知道懷叔還有無數的話要問，遂開口道：「允棠，妳先回房間休息，等晚飯時，舅舅再去叫妳。」

由一名嬤嬤引著，允棠跟小滿朝母親生前住的玉弓軒走去。一路上，雖沒看見什麼名貴的花草，卻也綠意盎然，一團和氣。

正如懷叔所說，房間裡果然打掃得一塵不染。

允棠被屏風前的一幅畫吸引住，畫上是一名戎裝女將，眉眼與她極為相似。

細細去看那畫上的題字：何必將軍是丈夫，崔三娘子，建安二十一年。她是建安二十二年生的，看來這幅畫，便是母親出征前畫的了。畫像的時候，母親還不知道之後的命運會急轉直下，面容上凜然傲氣還栩栩如生。她忍不住抬手去撫摸那幅畫上的人兒，彷彿能感受到溫度一般，久久捨不得將手收回。

這大概是她離母親，最近的一次了。

沒來由的，她對這屋裡的一床一榻、一案一几，都說不出地喜歡。

她又想起剛剛舅舅說的話，舅母和孩子們都在路上了。也不知道這舅母是不是好相與？未來的日子好不好過，光憑舅舅的態度還無法判斷，畢竟家宅安寧與否，主要還得看婦人們，那沈連氏就是個活生生的例子。

「小滿，派人去告知翟嬤嬤一聲，她一定會很高興的。」允棠輕聲說。

自從剛才一進屋，小滿就沒怎麼敢出聲，見她終於開口，如釋重負般長吁了一口氣，道：「姑娘，咱們走時，還沒跟小公爺打招呼呢！」

是啊，還沒來得及說一聲就走了。

允棠從懷裡掏出那塊魚形黃玉玉珮，交到小滿手上。「一會兒魏國公府來人送東西，就把這個還給他吧。」

小滿將玉珮小心收好，問道：「姑娘是準備以後都不見小公爺了嗎？」

允棠想了想，輕輕搖搖頭。「我不會刻意躲，更不會刻意去見，我不希望他一直在我身上浪費時間。只希望有朝一日，能有機會把這份恩情還給他，只有兩不相欠我才能安心。」

「我還以為姑娘妳是心悅小公爺的呢……」小滿不禁惋惜道。

允棠垂眸，並未開口。

事到如今，喜歡不喜歡的，又有什麼要緊呢？

未來她有更重要的事情要做。

留在崔府的，大部分都是老人，嬤嬤們個個慈眉善目的，輪番找了機會來看允棠。

允棠也不怯場，乾脆讓小滿搬來交椅，大大方方坐在門口吃茶，讓她們看個痛快。

魏國公府的下人手腳也夠索利，很快便把團子和她日常用的東西送過來，還將她平日吃的補品一併打包送來。

團子初到陌生地方，進了屋便躲在櫃子下不肯出來，小滿伏在地上喚了很久都無果，只好由著牠去了。

嬤嬤們為了能跟允棠說上幾句話，爭搶著搬東西，還總要問上幾句，比如：「姑娘，這個放哪裡？」、「姑娘房間裡想擺些什麼花？」、「姑娘喜歡什麼香？」等等。

允棠都一一應了。

嬤嬤們聽了備受鼓舞，幹起活來更起勁了。

允棠並不知道，自己的到來，讓沈寂已久的崔府，重新活絡了起來。

第八章

晚飯自然是跟舅舅一起用的，雖然只有他們兩個人，但各式各樣精緻的菜式卻擺了滿滿一桌。

崔奇風憨笑著，一邊給她挾菜，一邊道：「我也不知道妳喜歡吃什麼，就叫他們什麼都做了一點。妳快嚐嚐！」

允棠盯著盤子裡的菜出神。

其實從上輩子開始，允棠便很少與爺爺、奶奶之外的長輩打交道。跟鄰居的叔叔、伯伯早晚揚著笑臉打招呼問候，和此時與舅舅坐在同一桌、甚至以後要頓頓飯都在一起吃，還是有些區別的。

爺爺、奶奶的教導是，去到哪裡都要乖，不要惹事，免得惹人討厭。

所以她一直很乖，但並不是怕被人討厭，而是怕見到爺爺、奶奶低聲下氣賠禮道歉的模樣。

這輩子她的活法就很不同，幾乎是隨興的，雖然每每把翟嬤嬤氣得不行，但不得不說，這樣真的很爽快。

她還沒想好要用什麼樣的面孔去面對這個舅舅。

或者說，她還不知道舅舅到底能偏愛她到什麼程度？

「還有這道羊四軟，是妳母親最愛吃的。」崔奇風又挾了羊肉放在她的盤子裡，見她也不動筷，憂心問道：「怎麼？都不愛吃嗎？」

允棠這才回過神來，看見面前盤子裡的菜已經堆得像小山一樣，好像隨時要傾倒，她急忙拿起筷子去「扶」，慌亂地點頭道：「愛吃，我都愛吃的。」

「胡說！」崔奇風假裝板起臉。「妳明明一口都沒吃！」

「……我吃，我這就吃！」允棠將羊肉送入口中，果然鮮嫩無比，肉香四溢。見一旁崔奇風滿臉期盼地等著她的反饋，她點頭如搗蒜地說：「真的很好吃！」

「是吧？」崔奇風心滿意足地大笑。「七嬸做這道菜是汴京一絕，就連白礬樓都沒有她做的好吃呢！」

隨後從地上抱起酒罈，為自己斟上一大碗酒，一飲而盡，像是不過癮似的，又斟上一碗，咕嘟咕嘟又喝個精光。

允棠不禁在心裡稱讚：好酒量！

她曾見過很多男人飲酒，用的大多都是比茶盞大不了多少的酒盞。

雖然所飲的酒都是糧食釀造的低度酒，可像這樣直接上海碗的，還真是第一次見。

崔奇風用袖子抹嘴，像是知道她在想什麼似的，嘿嘿一笑。「我嫌用酒盞太麻煩。」隨後又給自己滿上，剛要端起碗，又抬頭問允棠。「能吃酒嗎？陪舅舅吃點。」

允棠自覺酒量不錯，來點也無妨，使點頭。「那我就陪一陪舅舅。」

「好姑娘！」崔奇風大笑，單手提起酒罈。

此時已有嬤嬤為允棠拿來酒盞。

酒盞大多是與注酒壺配套用的，注酒壺倒酒涓滴細流，像是文人儒雅交談。可酒罈卻一傾而下，熱烈而飽滿，有三分之一的酒溢出，崔奇風也不在意。

「來！」他豪邁地舉起海碗，與允棠剛端起的酒盞「叮」的一聲碰在一起。

允棠喝下一口酒，只覺得入口舌尖甜，舌面辣，後又有濃郁的糧食香和酒香混雜，醇厚而綿長。她不由得稱讚道：「好酒！」

「這是中山園子的千日春，怎麼樣，不錯吧？」崔奇風笑著笑著，忽又漸漸面露哀色，重重地嘆了口氣。「允棠啊，這麼多年來，妳都在哪兒生活？」

允棠並非原身，雖未親身經歷，卻也曾聽翟嬤嬤提起過。

「杭州、兗州、揚州，很多地方都住過。」

短短一句話，她說得輕描淡寫，崔奇風卻深知其中苦楚，心疼地問道：「那誰照顧妳呢？」

「翟嬤嬤，還有兩個貼身侍女……如今也只剩一個了。」允棠垂眸。

「翟嬤嬤？」崔奇風疑惑，想了想又問道：「難道是紅諫？」

「她從未說過自己的名字。翟嬤嬤如今在城郊的莊子處理事務，過幾天就會回來，舅舅見著就知道了。」

崔奇風點頭，解釋道：「紅諫原是妳母親的貼身侍女，到了年紀放出去嫁人了。我依稀記得她是姓翟的，還有個弟弟，叫什麼……」

「翟青訓。」允棠輕聲說道。

「對，那就是了。」

崔奇風回來的路上，在驛站補充乾糧和水時，曾聽人提起過東臨莊被燒毀之事，見她神色落寞，也能猜出個大概，忙話鋒一轉道：「原來是紅諫將妳救了出去，我們還以為……紅諫是我們家的大功臣啊！等她回來，要好好賞她才是！」

「那我替翟嬤嬤先謝過舅舅了，還望舅舅能將翟叔的妻女好生安頓。」

崔奇風點頭應下，又揚手道：「今日不提傷心事！允棠啊，這麼多年流落在外，讓妳受苦了。妳放心，往後舅舅定將妳視作親生女兒一般，別家姑娘有的，妳要有；別家沒有的，我也盡力替妳尋來。若是有人敢欺負妳，我定要他們好看！」

允棠望過去，剽悍的漢子一臉認真。

可她又不禁腹誹：這樣一個真性情的哥哥，又怎會讓自己的妹妹枉死，連個墓碑都沒有呢？

崔奇風不知她心中所想，抬手又將兩人的酒具斟滿，倒酒的工夫偏過頭去看她，身後的燭光將她映襯得更加明眸皓齒，恬靜端莊，崔奇風心生歡喜，忍不住嘴角上揚。

「等過幾日，南星和北辰也該回來了，你們年紀相仿，定能玩到一處去。」見她茫然，崔奇風又給她介紹道：「他們倆是雙生了，南星是姊姊，北辰是弟弟，都比妳大一歲，我只有這一雙兒女。」

允棠點頭，至少對舅舅的家庭成員有了一定的了解。

值得慶幸的是，舅舅只有一個妻子，並無妾室和庶出兒女，家庭狀況並不複雜，這多少讓她鬆了一口氣。

也不知是舅舅對舅母情深意重，還是因身處苦寒之地，沒有娘子願意跟著他去遭罪？

她也注意到舅舅刻意不提外祖父，許是老人執拗，還放不下心結也說不定。

想要為母親正名，能得到崔家的支持是最好的，外祖父再固執，也不過是一個待攻克的難題，她始終堅信事在人為。

崔奇風又開口道：「不過我那個女兒啊，性子隨了我，年紀也不小了，點茶、女紅、插花、音律，卻是樣樣都不會，到時妳可別笑她。」

允棠笑道：「我也不會。」

崔奇風一怔，隨即尷尬地笑笑。「妳也不用為了安慰我，太過於自謙……」

允棠只覺得面頰燥熱，有些微醺，她又抿了一口酒，搖了搖頭，實話道：「並非自謙，我是真的不會。可能我腦子愚笨，學不來這些，我對這些也都不感興趣。」

「怎麼會？妳母親可是我們幾個當中最聰明的一個！」說完，崔奇風便覺得不妥，又改口問道：「都不感興趣……那、那妳喜歡什麼？射箭？馬球？還是投壺？」

「我？」允棠想了想。「我喜歡畫畫，喜歡做……手工，比如說，木製的小船之類的。」她把到了嘴邊的模型，硬生生改成了手工。

「啊！」崔奇風恍然大悟，好像是懂了。「就是木雕唄！」

「呃……對。」允棠本想解釋，想了想又放棄掙扎，點了點頭。

「也好、也好！」崔奇風仰首，將碗中的酒喝完，揮了揮手，瀟灑道：「不喜歡就不用學，我崔家的姑娘，會與不會，嫁到誰家，誰也不敢說半個不字！」

允棠細細品著這句話，舅舅似乎在試著給她底氣。

「來，吃菜！」

這頓飯前前後後吃了一個多時辰，崔奇風似乎有無窮無盡的話要問，最後談話被迫結束，實在是因為允棠不勝酒力。

回房間後，允棠被小滿餵了醒酒湯，之後便沈沈睡去。

其實蕭卿塵並非是故意躲出去的，而是他確實分身乏術。

賤貿一案，他雖調查清楚，的確是楚翰學所為，可朝堂上御史中丞皇甫丘咬住三司使張皇不放，稱人在其位，不懂得避嫌，便是德不配位。

御史臺的言官們更是紛紛要求罷免張皇，一時間場面失控，張皇成為眾矢之的。

這樣一來，即便太子和皇太孫再想保全張阜，也無法開口向官家求情。

官家不得已，應百官諫言，下詔將張阜外放鄂州。

這一局，明顯是瑄王贏了。

東宮內，太子正倚在榻上，愁眉不展。

皇太孫寬慰道：「父親不必太過憂慮，張阜外放已成定局，不如向祖父推舉楊倫繼任三司使。」

「楊倫？」太子在腦海中搜索這個名字。「你是說剛回京述職的兗州知州楊倫？」

「正是。」皇太孫正色道：「楊倫才華橫溢，胸懷大志，若能加以重用，假以時日必定能獨當一面，為父親分憂。」

太子不住地點頭。「好啊，正好今日父親傳我去他宮裡用晚膳，我提一提便是。」

「不可。」皇太孫皺眉。「祖父自登基以來每日忙於朝政，唯有晚膳時才得以與祖母及各位娘子們話話家常，父親若於此時聊起政事，難免惹祖父不快。」

「也是。」太子面露愁容。「前幾日母親便說過，這幾天父親似乎胃口都不大好，不如晚膳時我叫小廚房做些消食可口的湯飲，一併帶過去。」

皇太孫搖頭。「亦不可。」

「又怎麼啦？」

「這些事讓祖母和各位娘子做就好，父親只需要與祖父聊聊天、下下棋，令他心情舒緩些，緩解來自政事的壓力即可。」

太子聽得糊裡糊塗的。「做兒子的，為父親製些湯飲，有何不可？」說完，求助似的看向皇太孫身邊的蕭卿塵。

蕭卿塵笑笑。「太子殿下，皇太孫這是在告訴您，不要婦人之仁。」

「你！」太子咬牙。「你這個臭小子！」這話面上雖是衝著蕭卿塵說的，可眼神卻不住地瞥向皇太孫。

皇太孫也不在意，微微頷首。「兒子還要回去讀書，先告辭了。」

太子擺擺手。「去吧去吧！」

蕭卿塵也拱手示意，轉身跟了出去。

出了太子寢殿，皇太孫卻不往書房走。

蕭卿塵也不問，只是亦步亦趨地跟在身側，緣起和內侍想要跟著，都被他打發了。

兩人走了許久，皇太孫終於開口，不解地問道：「六叔到底是跟三叔站在一處了嗎？」

「我派人跟蹤許久，從未見過瑾王殿下跟瑄王殿下接觸，倒是兩位王妃往來密切。」蕭卿塵輕嘆口氣。「不過兩位王妃是姊妹，即便往來頻繁也正常。」

「之前祖父曾無意中提起過，想封三叔為開封府尹。」皇太孫望向宮殿上的飛簷。「你說，這是想廢了父親的意思嗎？」

蕭卿塵急忙四處看看，沈聲道：「殿下慎言。」

「父親當上儲君不過幾年的光景，三叔便按捺不住了，如今竟開始要這些手段。」皇太孫苦笑。「尋常人家都知道兄弟鬩牆於家族乃是大禍，更何況於一國呢？三叔飽讀詩書，怎的連這些淺顯的道理都不懂？」

蕭卿塵知道皇太孫幼時，有一陣子曾與瑄王格外親近，總是吵嚷著要三叔帶他玩耍。如今時過境遷，長大的孩童被迫要拿起武器對抗昔日的親人，怎能不難過？

「瑄王殿下是一時利令智昏，終有一日會醒悟的。」

已是黃昏，粉藍色的天空，有一行大雁飛過，皇太孫目送著牠們遠去，輕聲道：「但願吧。」

站累了，兩人又找了一處臺階坐下。

惆悵許久，皇太孫想起什麼似的，扭頭看向蕭卿塵，疑惑道：「前些日子，每日剛過晌午便吵嚷著要出宮，怎麼最近倒是不急了？」

蕭卿塵從身邊盆栽上摘下一片葉子，拿在手裡把玩，輕描淡寫道：「這不是有公務在身嘛，總要對得起這份俸祿。」

「算了吧，你這點俸祿，夠你幾日的花銷？」皇太孫掄起拳頭朝他肩前砸去。「還不說實話？」

「真沒什麼。」他任由皇太孫捶了個結實，撓撓臉道：「前些日子救了個人，擔心她身子，就把她送去魏國公府裡養，你也知道，那連氏不是個好相與的，我怕……」

「怕她受欺負？」

「也不是，她呀，鬼靈精一個呢，不會讓自己吃虧的。」提到允棠，蕭卿塵不自覺地嘴角上揚。「我是想著，人救都救了，送佛送到西嘛……」

「所以現在這尊佛，被送到哪裡去了？」皇太孫戲謔地問道。

蕭卿塵一怔，腦海裡忽地回想起允棠那句「不要喜歡我」，面上的笑容漸漸消失。別看她肩膀單薄，身子像紙片一樣，說起話來可殘忍了，直直要剜人的心。

想到這兒，他竟覺得委屈起來。

皇太孫將他的細微表情都看在眼裡，饒有興趣地道：「這位小娘子到底是什麼人，能讓你魂牽夢縈的，有機會我定要見見。」見他悻悻地不開口，又問道：「六叔母的目標就是她嘍？她到底是什麼人？」

提到瑾王妃，蕭卿塵的眼神凌厲了許多。「那日要不是殿下您及時阻攔，恐怕我早帶著證據上門抓人了。」

「我知道，你向來是護短的。」皇太孫拍了拍他的肩膀。「可想治六叔母殺人未遂的罪，並不那麼容易，只要三叔母抵死不認，隨便捏一個嬤嬤出來頂罪，你也是沒辦法的，她最多就是個管教不嚴，傷不到筋骨的。更何況，在沒弄清楚六叔的立場之前，不能輕易樹敵。」

「是。」蕭卿塵重重地嘆了口氣。「這不，瑄王殿下派人來銷毀證據，我也就將計就計了。不過我還保留了一具屍體，存放在私獄的冰窖裡。而且我已經查明，這人叫李煉，曾多次出面為瑾王妃辦事，很多人都認得他的臉。」

「這個公道，你是非為她討不可了？」皇太孫笑問道。

蕭卿塵一副勢在必行的模樣，挑眉道：「那是自然。」

「成！那就去做吧！」皇太孫起身，撣了撣衣裳。「沒什麼事你就早些回去吧，為你那尊佛，再添些香火。」

回魏國公府的路上，蕭卿塵策馬，破天荒地走得很慢。

「緣起，崔將軍那邊，有回信了嗎？」他問道。

緣起搖頭。「沒有。剛才您陪皇太孫殿下散心的時候，我還特意去宮門那兒問了，沒人來通報。」

「這就怪了，算算日子，若是有回信，早該到了。」

「您也說了，若是有的話。」緣起撇撇嘴。「僅憑隨信帶的玉珮，就能認親嗎？萬一是假冒的——」說到一半，見主子瞪過來，緣起抬手打了自己的嘴兩下。「呸呸，我又說錯話了！」

「若是旁的高門顯戶，冒名頂替認親倒是可以理解，畢竟家族顯赫，又有潑天富貴。」

蕭卿塵隨著馬匹輕輕搖晃。「可那是崔家，常年駐守在苦寒之地，普通小娘子都避之唯恐不及吧？更何況，那日在瑾王府你沒看出來嗎？她和她母親相貌極為相似，不然也不會惹來殺身之禍。」

「說到這兒，小公爺……」緣起做思考狀。「您不覺得小娘子與瑾王殿下也有幾分神似嗎？」

蕭卿塵一愣。仔細去回想兩人的面貌，卻怎麼也聯想不到一處。

莫非，與崔家娘子私相授受的人，是瑾王？怎麼可能？

「這樣的話，以後不要亂講。」他囑咐道。

「喔。」

進門時天剛擦黑，蕭卿塵剛抬腿進屋，青蓮便急匆匆過來，行禮過後，雙手奉上玉珮。

「姑娘說，要我把這玉珮還給小公爺。」

「她人呢？」

「崔奇風崔將軍親自來，把姑娘接走了。」

蕭卿塵抬眼望著空盪盪的房間，沒來由地煩躁起來，一把將玉珮扯在手裡，皺眉道：

「你們都下去吧，我一個人靜靜。」

眾人忙退了出去。

他看了看手中的玉珮，又從懷裡掏出另一半，將兩枚不同形態的魚拼在一起，便拼成了一個圓。

這傳家之寶雙魚珮，作為定情信物，竟如此輕易地被退了回來。
怪他送出去的時候太倉促，之後又沒與她說清楚。
他走過去，坐在床上，用手拂過鋪在上面的錦緞，錦緞表面平平整整，似乎已經換過了，再沒了她的痕跡。
她從不用香熏衣裳或帕子，也不點香，房裡連一絲味道都沒留下。
也不知道她在崔府過得好不好？
壓抑住馬上去崔府看她的衝動，蕭卿塵將兩枚玉珮都收入懷中，叫上緣起，直奔城郊的私獄。
派人將瑾王請來的時候，蕭卿塵正和緣起一起，悠閒地吃著撥霞供。
一進門，一股陰暗潮濕的味道撲鼻而來，瑾王不由得用手掩住口鼻。
蕭卿塵放下筷子，畢恭畢敬地行禮。「參見瑾王殿下。」
瑾王皺眉。「只說是有重要的事，便將我引到城郊來，小公爺行事果然乖張。」
「事出有因，只得委屈殿下了。」蕭卿塵朝一個方向伸出手。「請。」
順著狹窄的路往裡走，瑾王才發現，這哪是莊子，明明是一處私獄啊！
小路傾斜向下，許久走不到盡頭，兩側牆壁高聳如城牆，給人一種強烈的壓迫感。
即便隔段距離便有燭火，但能照亮的範圍實在有限，大部分時間還是走在黑暗裡的。

瑾王只覺得陰森森的，脊背發涼，忍不住問道：「你要帶我去哪兒？」

蕭卿塵回頭笑笑。「帶殿下見一個人。」

「什麼人？」

「能待在這裡的，自然是死人。」

只一夜，崔將軍回京的消息，就傳遍了整個汴京城。

聽到消息的人分成兩派，一派是跟崔奉一起上戰場殺過敵的將軍們，恨不得馬上到崔府問問老將軍的近況；另一派大多是「正義凜然」的言官，尤其是他們的女眷們，平日正愁無事可說，這下藉著馬球會、遊園會，大肆聚在一處咬耳朵，就連各大酒樓的包廂，出手晚了都訂不到位子，一時間門庭若市。

官家自然也聽到些消息了，驚得連豆粥裡的湯匙都掉到地上，嚇得宮女、內侍們伏了一地。

再三確認只有崔奇風一人回來之後，官家半晌都沒有說話，在原處呆坐了許久。

皇后怕官家憂思過度，寬慰道：「官家若是好奇，派人去問問不就知道了？」

官家嘆氣。「崔奉這是還在怪朕……」

「西北戰事紛亂，崔將軍留守，穩定軍心也是有的，如今能讓兒子回來看看，便已是活動心思了。」皇后從宮女手中接過新拿來的湯匙，放入官家面前的碗中。「都說那崔奇風承了他父親的衣缽，在戰場上所向披靡，官家傳他入宮來，問問邊關戰況，順便嘉獎一番，也能鼓舞萬千將士的心啊！」

「崔奉就這麼一個兒子，戰神的名號不傳給他傳給誰？唉，也好。」官家略思忖後點頭。「傳旨，召崔奇風入宮。」

當事人此時毫不知情，甚至還在呼呼大睡。

也難怪，日夜兼程趕回來，崔奇風已經幾天幾夜都沒睡過一個完整的覺了，只在睏得實在睜不開眼時，在樹下稍稍合上眼。

允棠倒是早就醒了，只是宿醉過後的身體實在難受。

沒想到這副身體竟然如此不勝酒力，上輩子她好歹也是「白酒小公主」，每次爺爺用酒壺溫酒時她都能陪著喝點。

昨日的酒度數並不高，不料只兩、三杯，腦子便暈暈乎乎，最後還斷了片，怎麼被小滿架回房間的都不知道。

聽聞允棠回了崔府，翟嬤嬤一早便從莊子趕回來，從一進門就忍不住淚眼婆娑，甚至還與其中幾位嬤嬤相擁而泣。

多年後故地重遊，卻已物是人非，尤其她們還住在母親之前的房間裡，難免讓翟嬤嬤睹物思人情更怯。

團子倒是適應得快，已經在院子裡玩耍開了。

在眾人皆大歡喜之時，得了消息的崔清瓔也忙不迭地張羅起宴席來。

雖然臉上的傷已經看不出大礙了，可當時大力之下，臉上的皮肉狠狠磕在一排牙齒上，造成嘴裡血淋淋的兩排傷口，連著幾日喝水都會疼，如今也還沒好索利。

但娘家人十幾年來頭一次回到汴京，這讓她重新燃起希望。

想當年崔家正得勢時，即便她是庶女，來求娶的勛爵世子們也不計其數，再加上名噪一時的嫡女崔清珞，崔家的門檻都要被媒人踏破了。

誰知世事難料，她剛嫁入晁家沒多久，崔家就出了事。

多年來她辛苦經營，不惜學些勾欄瓦舍的手段，只為維繫住晁學義的心。

如今眼看著苦盡甘來，一些小傷又算得了什麼？

「家裡的四司六局也拿不出手，不如叫人去祁四郎的茶坊買些菓子回來充充場面。」崔清瓔看著下人忙裡忙外，自顧自地說道。

楊嬤嬤面露愁色，道：「大娘子，這次宴請賓客，咱們還是跟老太太說一聲吧？」

提起老太太，崔清瓔眉頭皺緊，冷哼道：「怎麼？我一個當家大娘子，連為娘家人慶賀一番都不行了嗎？我大哥都多久沒回來了？」

「不是說不行，只是知會一聲，也費不了什麼力氣。」

崔清瓔白眼快要翻到天上去了。「那個老不死的天天青燈古佛，關心這些個塵事做什麼？等我父親回來——」

「咳咳、咳咳咳……」眼見晁老太太拄著手杖，由姚嬤嬤扶著進了院子，楊嬤嬤忙假裝咳嗽，替主子遮掩。

晁老太太步履蹣跚地來到跟前，身旁下人們忙搬了椅子過來，姚嬤嬤小心翼翼地扶老太太坐下。

崔清瓔不得已，擠出一個笑容，欠身行禮道：「母親安好。」

老太太從鼻子裡哼一聲，冷冷道：「妳這禮我可不敢受，背地裡說不定怎麼罵我呢！」

「哪能啊？母親說笑了。」崔清瓔訕訕地笑道。

「我是年紀大，耳朵不靈光，但可不是聾，妳那麼大聲罵，有幾個是聽不到的？」老太太手杖一指院子裡那些忙碌的下人。「要不要隨便抓一個過來問問？」

崔清瓔面露尷尬之色，辯解道：「我、我不是在說母親，我是——」

「行了！」老太太不耐煩地打斷她。「我也不是來聽妳編故事的！妳只消說，這搞得烏煙瘴氣的，又要耍什麼花招？」

「什麼叫耍花招呀？」崔清瓔心中不快，強壓著怒火。「母親，我大哥崔奇風從邊關回來了，我這不是想著多年未見，想為他接風洗塵嘛！放心，我花的都是體己錢，不夠還有我的嫁妝，絕不會動晁家一分錢的。」

老太太的手杖往地上拄得鐺鐺直響，皺起眉頭問道：「妳哪隻耳朵聽見我問錢的事了？」

「不是為錢，母親是為了什麼？大小事宜都由我來操心就好，明日母親願意動，就出來看看，不願意就像往常一樣，在屋裡待著就行，不會有人去打擾您的。」崔清瓔陰陽怪氣地道。

姚嬤嬤看不過去，慢條斯理地道：「大娘子，平日裡也不見妳與親家有書信往來，妳當真有信心，親家會願意來嗎？」

崔清瓔不以為然，嗤笑道：「那可是我大哥，怎麼會不來？」

「好。」老太太緩緩起身。「親家老將軍還未回京，妳就急著耀武揚威了？看在親家這麼多年保家衛國的分上，我也不攔妳，只是勸妳安分守己，不要再與那些長舌婦嚼舌根，惹是生非，妳好自為之吧！」

崔清瓔將頭扭到一邊去，不情不願地敷衍了句。「母親慢走。」說完也不等老太太出門，又指著一旁的下人嚷道：「輕點！那套定窯的茶盞要是給我打碎，我打斷你的腿！」

姚嬤嬤嫌惡地回頭看了一眼，攙扶著老太太走了。

過了晌午，崔奇風終於睡醒了，沐浴更衣之後，人都顯得清爽很多，拾掇完畢，他第一件事就是去找允棠。

允棠正和小滿在院子裡，兩人都仰著頭，雙臂張開，隨時準備接住從樹上掉落的團子。

「這樣接，一定會把妳抓傷的。」崔奇風笑道。「舅舅幫妳。」

說完，他將身前衣袍掖在腰帶裡，向後退幾步助跑，右腳一蹬，整個身子向上一竄，雙臂抱住枝幹，腰腹用力一盪，沒等兩人看清，已經騎到樹上去了。

整個動作一氣呵成，甚至團子都沒反應過來，就被崔奇風一把抓住後頸，拎了起來。

崔奇風又從樹上輕輕一躍，雙腳穩穩落地，拎著團子的手臂一伸。「喏，接著。」

小滿忙鼓掌。「哇！將軍好厲害！」

允棠怔怔地接過團子，她終於信了書裡那些關於武將的描寫，絕非虛言。

面前的漢子皮膚黝黑，要比汴京的同齡人粗糙很多，身材用虎背熊腰來形容，一點也不為過。

她突發奇想地說：「舅舅，其實你可以考慮一下把鬍子刮掉。」

「嗯？」崔奇風摸了摸自己的鬍子。「怎麼？不好看嗎？這樣才顯得凶狠嘛！」

允棠噗哧一笑。「凶狠也不是顯出來的。我只是覺得，舅舅相貌俊朗，被這鬍子遮住可惜了。」

「是嗎？」崔奇風笑得合不攏嘴，撓了撓頭。「長這麼大，除了妳舅母，還是第一次有人誇我長得好看呢，我一直以為她是哄我才這麼說的。」

允棠猝不及防地吃了一嘴狗糧，想來舅舅和舅母兩人，感情應該是很好。

崔奇風還沈醉在剛剛的誇讚裡。「也是，都說外甥肖舅，妳這麼好看，就是像我啊！哈哈……」

允棠被他的大笑感染，也跟著笑出聲來。

「舅舅帶妳出去玩吧？」

「去哪裡？」

崔奇風狡黠一笑。「教妳騎馬！我崔家的姑娘，怎麼能不會騎馬呢？」

允棠一聽，頓時來了精神，把團子往小滿懷裡塞。「好啊，我們快走吧！」

這動作惹得崔奇風哈哈大笑。「果然是我崔家人！走，舅舅帶妳去馬場！」

舅甥二人興高采烈地向外走去，還未走到外院，懷叔便如臨大敵一般，伸手攔住他們的去路。

「怎麼啦懷叔？出什麼事了？」崔奇風問道。

懷叔激動得老臉通紅，急道：「宮裡來人了，是來傳旨的，風哥兒快去前廳接旨吧！」

崔奇風摸不著頭腦，疑惑地道：「宮裡？」

幾人快步來到前廳，果然有一名內侍模樣的中貴人就立在廳裡。

允棠從未見過這場面，提起裙襬就要跪，卻發現其他人並沒有要跪的意思。

中貴人恭敬行禮。「見過崔將軍！官家有旨，命崔將軍申時前進宮面聖。」

「是。」崔奇風拱手。

中貴人傳完了話，便笑吟吟地道：「崔將軍風塵僕僕回京，一路上勞累了，官家也是惦記著崔老將軍的身體還有邊關戰況，只得辛苦將軍了。」

「應該的。」

「那將軍趕緊準備準備，奴婢這就回去覆命了。」

送走中貴人後，崔奇風扭頭無奈地道：「允棠，看來今日是去不成了。」

允棠知曉事關重大，道：「舅舅不用擔心我，自然是面聖要緊，馬場改日再去也是一樣的。」

崔奇風點頭說：「那妳今日先在家待著，我會告訴懷叔，無論誰來都不開門。妳就看看書，呃……雕雕木頭，舅舅很快就回來了。」

「好。」允棠乖巧地應著。

崔奇風回屋換了朝服，出了府門，急匆匆地上馬直奔皇宮。

允棠百無聊賴地回到小院，發現之前餵給團子的小魚乾剩下一些殘渣，一群螞蟻正排著隊往窩裡搬。

正數到第五十七隻螞蟻時，忽聽到院牆外聲如洪鐘的徐嬤嬤正「悄聲」與其他人說著話——

「聽說剛剛晁府來人了，說明日要在晁府設宴，為咱們風哥兒接風洗塵。」

「晁府？」對方聽起來很疑惑。「那是……瓔姐兒？」

允棠蹲著往牆邊蹭了蹭，想聽得更真切一些。

徐嬤嬤繼續道：「可不？就是瓔姐兒。可風哥兒臨走前有話，無論是誰，都不叫放進來，免得擾了咱們姑娘的清靜，懷叔自然是不敢違抗的，晁家人見進不來，就堵在門口說的。」

對方似乎感慨良多，甕聲甕氣地說了好幾句話，允棠聽不真切。

徐嬤嬤嗓門高，拍手表示贊同。「妳說得可太對了！當年的事誰不知道？三姑娘出事，她倒哭哭啼啼，委屈得不行，逮到個人就說她當初早就勸誡過三姑娘，與外面的人斷了往來，可三姑娘沒聽，這才釀下大禍，結果她一番話坐實了三姑娘私相授受的名聲。

「這麼多年了，也沒見她回來看看，懷叔說，昨日問了風哥兒，說是也從未收到過她寫來的信呢！如今倒是想起來還有個崔家了！」徐嬤嬤彷彿氣得不輕，言辭間越發激烈。

「哼！我老早就看她不是個東西了，處處都要跟三姑娘爭個先後，三姑娘大度，從不跟她一般見識，她卻是個不知好歹的！不叫放進來就對了，你們受得了，我可受不了，來人我也得給他攆出去！」

對方小聲寬慰了幾句，兩人漸漸走遠了。

「喀嚓」一聲，允棠手裡的樹枝被她折成兩半。

之前在魏國公府，她覺得崔清瓔恨毒了自己，只是因為受了母親牽連，被人詬病所致，如今看來，似乎宿怨已深啊！

母親有大將之風，不拘小節，她可沒那麼高尚。

崔奇風是晚飯之後才回來的，一進門就聽懷叔說了晁府來人的事，他只擺擺手說「知道了」，便未再說其他。

他前腳剛進院，後腳官家的封賞就到了，一色同樣服飾的宮人抱著綢緞、黃金等賞賜之物，排著隊往屋子裡搬。

領頭的中貴人還是之前來傳旨的那一位，見懷叔塞了些碎銀過來，喜笑顏開地道：「官家封了崔將軍做正五品下寧遠將軍，只比崔老將軍低半階。官家的詞頭已經送到中書省去了，很快詔書就能下來。」

懷叔自然千恩萬謝。

中貴人也不託大。「崔將軍在宮裡已經謝過恩了，我宮裡頭還有差事，就先回了。」說罷仰頭對崔奇風頷首。「奴婢這就告辭了。」

「懷叔，送送中貴人。」

「欸！」

崔奇風看上去並不怎麼高興，甚至還有些鬱悶。

其實，他在營地時無意中得知有父親的信，瞥見玉珮，便急忙將人攔下來。

他與崔清珞乃是一母所生，怎會不認得妹妹的玉珮？

看過信之後，他藉口妻子祝之遙思念父母，外祖父母也太久沒見到孩子們，這才領著妻兒們匆匆上路。可祝家在揚州，並不在汴京。

自己快馬加鞭先一步入了京，妻兒還沒到，他就得了封賞，這可不是瞞得住的事。

老父親固執，他本想回來先安頓好允棠，再慢慢想辦法讓父親接受，可封賞一出，事情就由不得他慢慢籌劃了。

若是讓父親得知他出言欺瞞，對允棠歸家絕沒有任何好處。該怎麼辦？

崔奇風心生煩躁，負手在正廳裡來回踱步。要是夫人在就好了，她腦子靈活，肯定有主意。

懷叔以為他是在為晁府的事為難，遂寬慰道：「風哥兒倒也不用太過擔心，晁府設宴，帶著姑娘去露個臉便是，剛好給官眷娘子們見見我們棠姐兒，也順便尋一門好親事不是？」

「親事？」崔奇風皺眉。「那可不行！允棠還沒享到福呢，怎麼就能給送到婆家去受罪？」

「這……」懷叔道：「棠姐兒已經及笄，到了談婚論嫁的年紀，早些相看著——」

崔奇風擺手。「我星姐兒還沒嫁呢，著什麼急？你找個人去晁府回話，說我不去！允棠也不去！」說罷氣哼哼地回房了。

懷叔面露難色，嘆了口氣。

徐嬤嬤一直在廳外聽著，見狀將懷叔喊到外面，得意道：「怎麼樣？我早說了風哥兒不會去吧！」

「妳一個採買婦人懂什麼？」懷叔沒好氣地說道。「將軍不在，兩個兒女鬧僵，我總得從中勸和吧？哪能教他去斷了往來呢？」

徐嬤嬤雙手在身前交握，翻了個白眼。「勸和也得看什麼情形吧？要是三姑娘——」

「住口！」懷叔急忙喝止，又壓低聲音道：「如今主子們都已經回來了，妳再這樣口無遮攔，早晚要闖禍。」

徐嬤嬤也知道自己說錯了話，悻悻地道：「我、我以後注意些就是了。」

翌日，崔奇風和允棠早早地就用了早飯，之後直奔西郊的馬場。

路上，允棠掀起窗前的簾子，偷看車旁騎馬的舅舅。

他居然聽了她的意見，將鬍子刮了個乾淨！

如今的崔將軍，風姿雋爽，氣宇軒昂，走在汴京城中，還不比那白面蕭卿塵更受小娘子們歡迎？

允棠被自己的想法嚇了一跳，急忙晃晃頭，想把那怪念頭從腦中甩出去。

「怎麼？頭又疼了？」小滿見狀，立即關切地問道。

「沒有。」允棠猶豫片刻後，試探著問道：「國公府……可有人來過？」

「沒聽說。怎麼，是落了什麼東西嗎？」

允棠搖搖頭。

小滿笑道：「姑娘是想問小公爺吧？他公務繁忙，許是還不知道咱們已經走了呢，不然肯定早早追過來了。」

她扭頭看向窗外，舅舅正轉臉過來看她，她努力擠出一個微笑來回應。

「前面就到了。」崔奇風向前一指。

允棠探出頭去，果然前面豁然開朗，一大片草地上，各色健壯的馬兒正在恣意奔跑。

隨著視線開闊，沈悶的心情都跟著歡快了許多。

許多公子、姑娘們騎坐在馬上，隨著馬匹輕快的動作，有節奏地上下律動著，那份英姿颯爽叫人好生羨慕。

由小滿陪著去帳篷裡換過便於騎馬的衣裳後，允棠又跟著崔奇風來到馬廄。

崔奇風介紹道：「馬是很有靈性的動物，相處久了，妳下一步的動作牠比誰都先知道，有匹心意相通的馬，會讓妳在戰場上如虎添翼。」

允棠看著那些高大的動物們，剛想伸手去摸，那馬鼻子一噴氣，又嚇得她急忙縮回手來。

「馬很敏感，能感受到妳的恐懼。」崔奇風撫著一匹馬，認真地道：「妳越怕，牠越不屑，越不會聽命於妳。」

允棠點頭。「那我能選一匹自己的馬嗎？」

崔奇風大笑。「當然，不過要等妳學會騎馬之後。我們先選一匹性格溫順的馬，免得妳受傷。」

接觸新事物總是讓人熱血澎湃，崔奇風本讓允棠去亭子裡等，可她哪還能坐得住？已經在馬場的柵欄邊，伸長了脖子看。

小廝牽了匹棗紅色的馬出來，崔奇風騎了兩圈，確認了馬的脾性之後，才擺手讓允棠進來。

崔奇風將允棠舉上馬，又將她的腳放入馬鐙中，囑咐道：「雙手握住韁繩，但不要太用力拉，那樣會使馬停下來，眼睛看前面。」

允棠點點頭，全神貫注地看向前方。

崔奇風親自在前面牽馬，剛走了幾步，就被人叫住。

「崔將軍？」一名男子從遠處跑來，到了跟前驚喜道：「真的是你！我還怕是我看錯呢！」

來人是殿前司指揮使孔如歸，前一日崔奇風入宮時，曾在宮中見過。

孔如歸曾在崔奉麾下效力，崔奉自請離京後，跟了懷化將軍，得了戰功之後轉入殿前司，一路扶搖直上，做了指揮使。

「孔指揮也來騎馬嗎？」

「是啊！」孔如歸見到崔奇風著便服，倍感親切，見他刮了鬍子，比劃著問道：「將軍這鬍子……」

崔奇風笑笑。「外甥女說不好看，就刮了。」

孔如歸聞言朝馬上看去，一看之下怔住了。「這……」

允棠本想下馬行禮，可低頭瞧瞧這個高度，實在不敢擅動，只得在馬背上微微頷首。

「見過孔指揮。」

「這是我外甥女，允棠。」

孔如歸頓覺失態，低頭緩了緩神，才又抬頭問道：「將軍怎麼會在這裡？晁府不是設了接風宴嗎？」

崔奇風不以為然。「允棠想騎馬，我就帶她來了。」

「因是晁家大娘子設宴，所以大部分去的都是官眷，我也怕咱們大男人去了，她們不好說話，便只讓拙荊一個人去了，我就來陪兒子騎騎馬。」說罷，轉頭朝身後一揮手。「連城！」

從遠處跑過來一名十四、五歲的少年，來到跟前，在父親的指引下行禮。「見過崔將軍，見過姊姊。」

崔奇風揉了揉少年的頭，笑道：「虎頭虎腦的，像你！」

「哈哈！那我們就不打擾崔將軍和姑娘騎馬了，告辭！連城！」

孔連城畢恭畢敬地俯身。「告辭。」

眼看著賓客都到齊了，崔清瓔急得像熱鍋上的螞蟻，來回踱步。「怎麼還不來？再派人去請！」

楊嬤嬤嘆氣道：「大娘子，昨日崔府便來了人，說將軍不會來，您昨兒就該上門去請的。」

崔清瓔怎會不知？可昨日晁學義不知犯了什麼邪，一回到家便纏著她，害得她根本抽不開身。

「定是那老太太身邊的姚嬤嬤使壞，不然大哥怎麼會不來？他一向對我很好的。」她咬牙切齒道。「怪不得她昨日說那樣的話，那是故意噁心我！」

「姚嬤嬤與崔府素無往來，如何使壞？大娘子還是快想想眼下的事吧！」

「廢話！我難道不知道嗎？」崔清瓔白了楊嬤嬤一眼。「一點有用的主意都給不出，只知道催催催！」

楊嬤嬤聽了，不再開口。

這時，一名侍女急匆匆地跑到崔清瓔跟前，欠身道：「大娘子，派去崔府的人回來了，說崔將軍一早就離了府，好像是帶姑娘騎馬去了。」

「姑娘？什麼姑娘？」崔清瓔一下下咬著大拇指的指甲，喃喃道：「大哥回京之事，早就傳得沸沸揚揚，可從未聽說過他的妻兒們也回來了啊！聽形容，大哥像是日夜兼程趕回京的，而且一回京就被官家召見，還封了賞……莫非是父親有意回京？」她又馬上否定了自己的想法，頭搖得跟撥浪鼓似的。「不對不對，父親的脾氣我是知道的，他寧可死在關外，根本不會顧及我的死活。那這位姑娘是誰呢？有人說在東華門街看到大哥騎著馬，東華門街、東華門……魏國公府？」

崔清瓔一下清醒了，沒錯，魏國公府！

她狠狠地叼住指甲，用力一扯，頓時血流如注，她卻像是感覺不到一般，眼神透出狠戾。

「哎呀，大娘子，您的手！」楊嬤嬤急忙用自己的帕子將她的手指包好，血卻很快透了出來。

崔清瓔挑起嘴角。「最近的馬場便是西郊吧？冰花，再派人去請，就說他若不來，丟的可是崔家的臉面！」

只是騎馬慢跑了幾圈，允棠就覺得渾身都要散架了。

崔奇風接她下馬，指點道：「妳的身體繃得太緊了，容易被馬顛得七扭八歪的。放鬆些，跟隨著馬的節奏，就會好很多。」

這話他之前說過，允棠記得，可知道和能做到是兩碼子事。

她走到柵欄邊坐下來，捶捶痠疼的雙腿和腰。不得不承認，在騎馬這件事上，她想得太樂觀了。翟嬤嬤說崔家無論男女皆能征善戰，她便理所應當地覺得自己學起來也會很快。

誰知道，竟是大型翻車現場。

崔奇風像是看出了她的沮喪，大笑道：「我給妳講個笑話，妳聽了可不許跟別人說。」

允棠八卦之魂熊熊燃燒，朝他拚命點頭。

「我小時候學騎馬，笨手笨腳的，每天不知道要從馬上摔下來多少次，有一次還差點被馬踩死，氣得父親，也就是妳外祖父，當著好多人的面大罵我蠢，說他崔奉的兒子怎麼可能連騎馬都學不會。可我當時是真的很害怕，腦子一片空白，根本無法隨機應變，身體處在什麼樣的姿勢，自己完全不知道，只有每次一下馬的時候，才能感覺到渾身痠疼。」

這點允棠深有體會，她坐在駕訓班的車裡時，就是這種感覺，腦子一片空白。

「後來我每日晨起苦練，一直練到天黑，日復一日，其實不過就是想讓父親誇讚我一次。可即便到了我能騎馬馳騁的那日，我也沒能聽到他誇我一句。」崔奇風自嘲地笑笑。「可妳母親就不同了，她好像天生就會騎馬一樣，我要花很多時間苦練才能做到的事，對於她來說是那麼輕鬆。所以每當有人誇我，說我馬術精湛的時候，我也總會裝出一副很輕鬆的樣子來。」崔奇風語氣輕快，像在說別人的事一樣。

允棠仰起頭，舅舅的輪廓映在夏日烈陽裡，刺得她睜不開眼。

她心裡升起一股暖流，她當然知道，舅舅是在拿自己的事給她加油打氣。

「舅舅。」

「嗯？」

「你的馬騎得真好。」

崔奇風得意地笑道：「哈哈哈，不就是騎馬嗎？還不是小菜一碟！」

兩人齊聲大笑起來，惹得旁人紛紛側目。

「崔將軍！」一聲急促的呼喚打斷了這天倫之樂。

遠遠地跑來一名小廝，到了跟前拱手作揖，恭敬地道：「小的是晁府來的，奉大娘子的命給將軍傳話，大娘子在晁府給將軍設了接風宴，如今賓客已經到齊，還請將軍速速移駕。」

崔奇風皺眉，不耐煩地道：「昨日我不是說過不去的嗎？」

「大娘子的宴已經設下，帖子也已經發出去了，沒辦法撤回，還望將軍體諒。」

「為什麼你們大娘子總喜歡自作主張呢？讓人不痛快！」崔奇風面色不悅，用力一拂袖，怒道：「你回去告訴她，安分守己度日，莫要再節外生枝！」

小廝面露難色地道：「將軍，大娘子說了，您若是不去，丟的可是崔家的臉面……」

「放肆！」崔奇風暴喝一聲。「你敢威脅我？」

武將的怒氣，可不是鬧著玩的，光是怒吼一聲，覺得地都顫了兩顫。

小廝嚇得一個激靈，急忙伏跪在地上。「小的不敢！小的只是個傳話的！大娘子說了，我若不把話帶到，她便要打斷我的腿，還望將軍饒了小的！」

「這個清瓔，真的是越來越不像話了！」崔奇風氣不打一處來。

「清瓔？」允棠輕輕地重複道。

崔奇風這才想起來，她似乎還不知道有這麼個姨母在，正猶豫著該怎麼介紹時，允棠又開口了。

「我聽徐嬤嬤她們說的瓔姐兒，就是這位晁家夫人了吧？」

「是。」崔奇風輕嘆口氣。「妳清瓔姨母，乃是父親的外室封氏所生，養到快十歲才領進家門。因封氏乃是賤籍，所以我祖父便決定將清瓔記在我母親名下養著，可當年封氏不甘心，曾以死相逼，鬧得滿城風雨，因此清瓔是庶女這件事也就人盡皆知了。」

「既然是同養在外祖母身邊的姨母，那舅舅為何不去赴宴呢？」允棠輕描淡寫地問道。

「我……」崔奇風語塞。總不能跟一個小輩說：妳這個姨母品行不端，咱們還是少理為妙吧？

允棠適當地問道：「姨母與母親的感情好不好？我還沒見過姨母呢！」

一個十五歲的少女，一臉懵懂地眨著大眼睛說謊，允棠覺得，此時的自己與書裡那些惡毒女配，並沒有什麼本質上的區別。

事實證明，崔奇風對崔清瓔的為人，了解得還沒有徐嬤嬤透澈——畢竟鑑婊這件事，還是女人更專業。

「那妳想見她嗎？」

允棠故作天真地點點頭。「嗯，允棠該給姨母請安的。」

「好吧。」崔奇風輕嘆口氣。「反正今天也騎得差不多了，我就帶妳去晁府看一看。不過事先說好啊，我們不會在晁府用飯，只見個面，說幾句話就走。」

「好。」

小廝歡天喜地趕緊快馬加鞭回去報信。

允棠換好衣裳上了馬車，隨崔奇風去往晁府。

第九章

等馬車到的時候，崔清瓔早領著一群官眷，等在門前了。

「快看！我大哥來了！」崔清瓔遠遠看見崔奇風，便頗為炫耀地高聲說道。

「哎呀，崔將軍果然一表人才啊！」

「是啊是啊，頗有當年崔老將軍的風範呢！」

眾位夫人不住地誇讚，樂得崔清瓔合不攏嘴。

「姚嬤嬤，」崔清瓔得意道：「妳剛不是還問，我大哥怎麼還不來嗎？這不是眼看到了門前？不過是有些事耽擱了，瞧瞧妳們！要我說，妳還是趕緊回去給老太太傳話吧，免得老太太著急！」

姚嬤嬤眼睛一瞪，「哼」了一聲，轉身進門去了。

崔清瓔嗤笑，摸了摸頭上的釵環，扭頭對其中一位夫人笑道：「我大哥從小就疼我，饒是辛苦，也趕來了。」

說話間，馬車已經到了門前。

崔奇風先一步下馬，崔清瓔見狀忙上去說話，崔奇風卻擺手示意稍等。

耐心等馬夫擺好杌凳後，崔奇風伸出手臂候在一旁。

眾人皆翹首盼望，等著看看馬車裡到底是什麼人，能有這麼大的排場。

只見車簾一掀，柔荑一捻，隨後一名少女扶著崔奇風的手臂款款而下。

她上身著月白色素羅直領大袖，下身鬱金香色雙蝶繡羅裙，身姿輕盈，如墜入凡間的仙子一般。

有年紀稍大的夫人見了她的面容，不由得驚呼出聲。

崔清瓔皺起眉頭，最不想見的人，還是來了！可現在不是跟她計較的時候。崔清瓔整理好情緒，柔聲喊道：「大哥，你怎麼才來啊？大家都等你半天了！」

崔奇風的語氣聽不出一絲波動，開口道：「是允棠說還未見過姨母，要來請安，請過安我們就回去了。」

未見過姨母？崔清瓔不敢相信自己的耳朵！上次都鬧得天翻地覆了，這小賤蹄子竟然撒謊說沒見過？天知道她葫蘆裡賣的什麼藥！可這麼多人在場，根本無法撕破臉，讓她露出狐狸尾巴。

「允棠見過姨母。」允棠溫順地行禮。

崔清瓔半眯著眼，眼前這個柔若無骨的姑娘，與那日在國公府時大不相同，好似變了個人一樣。定要讓大哥知道她的真面目才行！想到這兒，崔清瓔含笑道：「又見面了，我的好外甥女。」

「哦？」崔奇風疑惑地回頭問：「妳們曾見過？」

允棠做出一副認不出的樣子，左看右看，一雙大眼睛眨了又眨，這招她還是跟蕭卿塵學的。

「見過的，上次在國公府——」崔清瓔話說到一半，倏地又止住，因為後半段實在羞於啟齒。

「國公府……」允棠掩口驚呼。「原來上次在國公府挨打的那個人是姨母您呀！」

崔奇風聽得雲裡霧裡的。「什麼挨打？」

眾位夫人聽了也都面面相覷。

「喔，舅舅有所不知，那日在國公府，姨母她——」

「允棠！」崔清瓔急忙打斷，見她裝作無辜的模樣，不由恨得牙癢癢的，又走近了她一步，壓低聲音道：「妳做這個樣子給誰看？妳到底想做什麼？今日這麼多官眷在，由不得妳胡鬧！」

允棠卻似被嚇著了一般，無辜地道：「姨母在說什麼呀？我聽不懂……」

「妳又發什麼瘋！」崔奇風見狀，眉頭緊蹙地喝斥。

「我發瘋？」崔清瓔剛要發作，回頭看看眾位夫人，又咬牙忍了下來。「詳細的回頭再說，大哥快隨我入席吧！」

「晁夫人，這位小娘子是誰呀？」說話的人，是翰林學士夫人呂申氏。

認出面前這位小娘子，正是在小公爺的院子裡看見過的那位，呂申氏哪裡肯放過這個好機會？

因之前聽陳徐氏說起過，那日在國公府發生的事，崔清瓔自然知道有幾位夫人曾見過允棠。

她回頭笑笑，做無奈狀。「這是我外甥女，年紀小不懂事，讓夫人們見笑了。」

「外甥女？」呂申氏意味深長地與其他夫人對視。

崔奇風不知道她們在打什麼啞謎，眉頭皺得更緊了。「允棠哪裡不懂事了？」

「大哥才剛回京，有些事不知道也是有的。」崔清瓔斜睨了允棠一眼。「咱們還是進去說吧，讓眾位夫人入席，我們一家人也好說說話。」她的心思很簡單，以汴京傳揚消息的速度，今日崔奇風進了晁府，明日便會人盡皆知。

不等崔奇風開口拒絕，允棠先仰頭道：「舅舅，騎了這麼久的馬，我剛好也餓了呢！」

「這……」崔奇風扭頭看了看崔清瓔，她正引著夫人們往門裡進，猶豫片刻後，才說道：「那好吧。不過，不要待太久啊，這種滿是官眷的宴席上，聽不到幾句真話的。」

「聽舅舅的。」

隨著眾人進了晁府大門，轉過影壁，順著甬道過了垂花門，穿過前院，才到了正廳。

文人的宅子果然與武將的不同，處處透著古色古香的清雅韻味，就連點的香，都是香氣層次豐富的瑤英勝香。

正如崔清瓔所說，酒菜吃食早已備下，眾位夫人在一排楠木交椅上先後落坐，正三三兩兩地竊竊私語著。

呂申氏瞪大眼睛，拉住身邊年紀稍長的文明殿學士夫人馬連氏不鬆手。「馬夫人聽到沒有？那小娘子竟是晁夫人的外甥女！」

馬連氏與沈連氏有偏親，論輩分，沈連氏還應叫其一聲姑姑。即便是沈連氏貴為國公夫人，斷也沒有姑姑上門去給姪女賀壽的道理，所以那日馬連氏並未到場。

平日呂申氏背地裡便慣有「耳報神」的綽號，馬連氏不願與其為伍，因此不動聲色地抽出手臂，笑道：「外甥女有什麼奇怪的？誰家還沒幾個姪兒甥女的呢！」

「哎呀，馬夫人您不知道——」呂申氏剛要大講特講，誰知馬連氏手一抖，將桌上的茶盞碰倒，灑了一身的茶水。

「哎喲！」馬連氏忙起身，身旁的嬤嬤不斷用手帕擦拭著。「呂夫人，對不起了，看來我得去車裡找身衣裳換換了。」

剛剛興起的傾訴慾，就這樣被打斷，呂申氏只得悻悻地點頭。

見馬夫人離席，呂申氏又挪了個座位，湊到陳徐氏身邊。「陳夫人，那日國公府……妳也在吧？」

平日呂申氏是不屑於同陳徐氏說話的，畢竟陳徐氏的相公陳顯只不過是個六品承直郎而已。可今日環顧席上，能記得那日同在國公府的，就只有這麼一個了。

陳徐氏點點頭。「沒錯。」

雖隔著屏風，但兩人的交談，還是斷斷續續傳入允棠的耳朵裡，崔奇風就坐在一旁，自然也是聽得到的。

「大哥，怎麼會突然回京呢？」崔清瓔試探地問道。

崔奇風正為婦人嚼舌皺眉，聽到她問，隨口敷衍道：「喔，有些事要處理。」

「父親呢？什麼時候回來？官家可有為父親復職的意思？」

這句話的目的再明顯不過，崔奇風只覺得諷刺，作為女兒第一句不是問起父親的身體，而是父親的官職。

他冷笑兩聲。「父親不會回京的。」

「為什麼？」崔清瓔的音調猛地拔高，隨後又自覺失態，尷尬地笑笑。「大哥也該勸勸父親才是，邊關苦寒，不比汴京……」

「我與父親早年連年征戰，在邊關的日子比在汴京多得多，待得習慣了，也就不覺得苦了。」

「那也……」崔清瓔對上他的視線，語氣柔和了些。「那也要為嫂嫂和孩子們考慮啊！」

崔奇風嗤笑。「我崔家人怎麼可能連這點苦都受不住？」

眼見哥哥油鹽不進，崔清瓔只得使出苦肉計，拿起帕子假裝抹了抹眼淚，嘆氣道：「大哥不知道，父親自請貶職之後，我在這婆家的日子啊，真是一天不如一天呢……」

允棠冷眼旁觀，心中不由得腹誹：作戲也要作全套啊，連滴眼淚都擠不出來，豈不是可笑？

「大郎家的，這話是怎麼說的？倒好像我們晁家虧待了妳！」

幾人聞聲望去，只見晁老太太由姚嬤嬤扶著，剛從後門進來。

崔清瓔氣得在心裡暗罵：糟老婆子，早不來晚不來，偏偏這個時候來！可臉上還是得擠出微笑，起身恭順道：「母親來了。」

崔奇風和允棠齊齊起身行禮。「見過晁老夫人。」

晁家老太太並不正眼瞧自家媳婦，扭頭朝舅甥二人點頭示意，經過允棠身邊時，無意中瞥了一眼，心下便有了數。

見老太太正襟危坐，崔清瓔訕笑道：「母親要來，這些下人怎麼也不提前通報一聲？我正和大哥說話呢……」她怎麼也沒料到，老太太真會來湊這個熱鬧。

姚嬤嬤正色道：「大娘子忘了？方才還是您讓我趕緊回去通報老太太的。」

晁家老太太冷笑兩聲。「聽這話的意思，老婆子我來得不是時候？」

崔奇風忙道：「老夫人休聽她混說，本就是閒聊而已，沒什麼要緊的。」

「本來我也是不想來攪清靜的，只是久未有親家老將軍的音信，心裡擔心得很，這才特地來問問。」

見晁老太太言辭懇切，崔奇風忙拱手。「多謝老夫人掛念，父親一切都好。」

「那就好。」晁老太太點點頭，扭頭又去看允棠。「這位姑娘，想必便是崔三娘子的女兒了？」

允棠頷首。「回老夫人的話，正是。」

「我曾與妳母親有過幾面之緣，她一襲紅衣，騎馬縱橫馳騁且箭無虛發，實在是驚為天人。」晁老太太由衷地誇讚道。「妳的眼睛簡直跟妳母親一模一樣。」

「多謝老夫人謬讚。」允棠含笑。

「可惜紅顏薄命啊！」晁老太太嘆氣。「只恨老天無眼，怎麼不把那些惡人收去！」

晁老太太此番話頗為感慨，是有原因的。

當初是皇室舉辦了一場騎射比賽，說是平民中若有佼佼者也可以報名，但大家心裡都有數，官宦家的兒女們都有好師傅教，有好馬、好箭可以用，自然更勝一籌。但百姓們樂得去看個熱鬧，畢竟能親眼目睹眾位皇親貴胄的子女們露臉，可不是常有的事。

晁老太太也隨著剛入仕的兒子去了，對英姿颯爽、秀外慧中的崔清珞頗為欣賞。可欣賞崔清珞的又不止她晁家一個，眾位世家夫人子弟們都巴巴瞧著呢！

崔清珞在拔得頭籌的同時，也一下子拔走了好多適齡青年的心。

晁學義自然也是其中之一，而且幾乎是最不起眼的一個。

比賽結束後，晁學義愣頭愣腦地不小心闖進馬場，驚了瑄王的馬，差點被踩死，是崔清珞及時發現，出手相救，這才撿回一條小命。

瑄王見晁學義衣著樸素，來歷不明，便破口大罵，揚言要把他抓去打死，還是崔清珞替他解了圍。

有了些瓜葛後，晁老太太自然是喜不自禁，催促兒子備了厚禮，好好謝過崔三娘子。可誰知一來二去，那個不爭氣的，竟和崔二娘子──崔清瓔看對了眼！

崔清珞與瑾王青梅竹馬的事，是人盡皆知，求娶不到崔三娘子，晁老太太心裡也是有譜的，因此在兒子的再三央求下，這才壯著膽子上門求娶庶女崔清瓔。

崔奉見晁學義談吐不凡，很是滿意，這才訂了親。

晁老太太覺得，都是養在一個母親身邊的女兒，什麼嫡庶有別的都不重要，只要人品好就行。

剛入門時，崔清瓔還裝腔作勢，一副家訓如山的模樣，晁老太太一度還很滿意，跟老姊妹數次誇讚自己這兒媳婦識大體。可過沒多久，她的狐狸尾巴便露出來了，先是險些將一名老嬷嬷活活打死，後又將與晁學義多說了兩句話的侍女雙腿打斷，發賣出去。

本想勸兒子和離，可崔家又出了那檔子事。

「好好的日子，母親說這個做什麼？」崔清瓔只覺得晦氣。

允棠捕捉到她眉宇間的嫌惡，心裡升騰起一股難以言說的火氣來。

晁老太太緩緩回過神來，看向崔奇風，朗聲道：「崔將軍，老婆子我自認從未虧待過大郎家的，反而因她沒有娘家可以倚仗，對她百般隱忍，可她——」

「母親這是在告我狀嗎？」崔清瓔冷冷地打斷她。

「妳給我閉嘴！」崔奇風扭頭喝斥道。「長輩說話妳硬生生打斷，當真是一點規矩也沒有了嗎？」

崔清瓔明顯不服氣，但被哥哥死死瞪著，也只好作罷。

見她不再妄動，崔奇風這才又昂首，義正辭嚴道：「老夫人無須多言，她什麼脾性我是了解的，她若有不妥，老夫人代為管教便是，我崔家沒什麼可說的。」

「大哥！」崔清瓔急了。「你也該聽我說說！」

「說什麼？妳是叫我來給妳斷案的？」崔奇風白了她一眼，斥責道：「還嫌不夠丟人嗎？」

見情形不妙，崔清瓔話鋒一轉，眼淚啪嗒啪嗒直掉。「我跟自家哥哥哭訴心中苦楚，又有什麼好丟人的呢？十幾年來，親人不得見，我連個說話的人都沒有，心中縱有萬般委屈，也只能往肚子裡吞……」

妹妹梨花帶雨，瞬間哭紅了眼，惹得崔奇風長嘆一口氣。

晁老太太見狀，冷哼一聲。

眼見形勢就要被她逆轉，允棠適時地開口。「姨母，那邊夫人們都朝這邊看呢！」

崔清瓔忙抬頭去看，隔著屏風也能看到幾位夫人伸長脖子的身影。

她用帕子抹抹淚，抽泣道：「算了，什麼委屈不委屈的，都不說了。今日本就是給大哥接風洗塵的，妹妹還未恭賀哥哥受封呢！」

崔奇風的心，剛被眼淚融化一點，這話風一吹，又一點一點堅硬了起來。

他皺起眉，心道：以前只覺得二妹心機深沈，小肚雞腸，好爭風吃醋，又總愛在背後非議人罷了，竟沒發覺她如此勢利，句句不離他和父親的官職，怪不得自從他們離京後，也沒收到過她的半封信！

允棠卻噗哧一下，笑出聲來。

崔清瓔瞪她。「妳笑什麼？」

「我不過是羨慕姨母罷了。」

「什麼意思？」崔清瓔丈二金剛摸不著頭腦。

允棠笑咪咪地道：「若是真如姨母所說，在晁家受了天大的委屈，老夫人又怎能應允姨母為娘家擺這麼大的宴席呢？舅舅明明心知肚明，見姨母哭訴也不拆穿，不也是因為疼愛姨母嗎？書上常說恃寵而驕，大約就是如此了，怎不叫人羨慕呢！」

晁老太太聞言哈哈大笑。

「妳——」崔清瓔剛要發作，瞥了瞥屏風那頭，又壓低聲音叱責道：「長輩們說話，哪有妳插嘴的分兒！」

晁老太太「哼」了一聲。「來者是客，姑娘如何就不能說了？」

崔清瓔被這一老一小氣得咬牙切齒，氣呼呼地起身，半晌才道：「席上還有那麼多賓客，我先去招待了！」說罷拂袖離去。

「姑娘啊，走近些，讓我瞧瞧。」晁老太太朝允棠伸出手。

允棠乖巧上前。

晁老太太拉住她的手，對著那如花似玉的臉蛋左瞧右瞧，心生歡喜，道：「妳若是不嫌棄我老婆子，沒事就來坐坐。」

見允棠點頭應允，晁老太太又輕輕嘆氣，用帕子拭了眼角的淚。

崔奇風聽懷叔說過，崔清瓔至今無所出的事，只當老太太此番落淚是盼孫心切，不由覺得愧對親家，遂沈聲道：「不孝有三，無後為大，清瓔她沒能為晁家生個一兒半女，還請老夫人作主，給晁司業納些側室，為晁家延續香火。」

「唉，我何嘗不想啊？」晁老太太欲言又止，擺了擺手。「罷了罷了，兒孫自有兒孫福吧，反正我也活不了幾年了，就由他們去吧！」

晁老太太年輕時是吃過苦的，後半生兒子入仕當官，才有了人伺候，所以老太太的手，關節粗大，皮膚更是如老樹皮一般粗糙，手背呈暗褐色，上面還布滿大大小小的斑點。

這雙手讓允棠想起了自己的奶奶，聽到這話她不由得鼻子一酸，道：「老夫人，您可得長命百歲呀！」

晁老太太慈愛地笑笑。「好，衝著姑娘這話，我也得活到百歲！」

又寒暄了幾句，崔奇風側耳聽那群夫人們沒什麼好話，便胡亂找了個藉口告辭。

允棠這次來，本也是想探探崔清瓔的底氣，弄清楚她在婆家到底是什麼樣的處境，既然目的已經達到，也就乖乖跟舅舅離開了。

回到府裡，允棠剛換了身衣裳，小滿便神秘兮兮地湊過來。「姑娘，翟嬤嬤方才說，小公爺來過了。」

「是嗎？」她坐在銅鏡前，戴耳環的手一頓，而後若無其事地問：「那他可留了什麼話？」

「沒有，就是來看看姑娘，聽說姑娘不在，留了包小魚乾就走了。」

「小魚乾？」

小滿遞上一個油紙包。

允棠一打開，腥味十足，團子馬上被吸引過來。

見團子吃得津津有味，允棠伏在案上，心中悵然若失。

皇城內，太清樓。

官家正在几案前臨摹字帖，長公主在一旁磨墨伺候，堂下瑄王、瑾王兩位王爺皆垂手而立。

待官家寫完最後一筆，長公主才放下墨錠，看著墨寶稱讚道：「爹爹的字，真是越發蒼勁有力了！」

官家擺擺手，嘆氣道：「老了，手也不穩，可惜了妳這李廷珪的墨了。」

「爹爹哪兒老了？前些日子鋮哥兒跟您打馬球，不是還輸給您了？」長公主扶官家在一旁的榻上坐下，又給瑄王使了使眼色。

「是啊，父親。」瑄王附和道。「您身子比我還硬朗呢，那日回去後我都腰痠背痛的。」

「哼，你平日連馬都不騎，整日恨不得長在馬車裡，不痠痛才怪呢！」官家嗤笑。

瑄王恭順地笑道：「是，父親說得是。往後啊，我定勤加練習，爭取勝您一局！」

三人齊齊大笑起來，只有瑾王頭也不抬，依舊垂頭喪氣地杵在一旁。

官家扭頭看見他的模樣，收起笑容，端起茶盞輕抿了一口，皺眉道：「說說吧！」

瑾王還不知道官家已經問到自己頭上，依舊悶著不語，長公主接連咳了幾聲示意，他也沒察覺。

「想什麼呢？」瑄王過去拍他一下，把他嚇了一跳。

「沒想什麼。」瑾王悶聲道。

「沒想什麼？」官家頓時氣不打一處來。「現在滿汴京都是關於你的流言，說你看上一個小娘子，拚了命地想納人為妾，人家不肯，你竟派人將人綁去！」

瑾王心中憋悶，又無法實話實說，吭哧半天，只擠出一句。「……我沒有。」

「你沒有？你若沒有，這事怎麼會傳得有鼻子有眼的？」官家手指在空中不住點著。「你啊你啊，本以為你是幾個皇子中最老實的，人都說那小娘子才十五歲，才及笄啊，你都能當她爹了！每日回家看見裏寧，你不覺得虧心嗎？」

「我說了我沒有！」

瑄王搶先開口喝止。「六弟！你怎麼跟父親說話的呢？」

瑾王自知語氣太激動，雙膝一屈，跪了下來。「父親，我真的沒有要納妾。妙君確實曾錯抓過一名小娘子，以為是府裡逃出去的侍女，但發現抓錯人之後，馬上就放了呀……」

砰！官家拍案而起，怒目而視道：「你這個豎子！」

長公主忙去撫官家後心。「爹爹莫要氣壞了身子。」又扭頭對瑾王說：「鉞哥兒，你就認個錯不行嗎？」

「我……」瑾王雙膝向前蹭了兩下，急道：「但想要納妾，是絕對沒有的事！我只是看她、看她……」

「看她什麼？」官家追問道。

瑾王不敢說。

「說啊！你是要急死朕嗎？」

瑾王垂眸，猶豫半晌後才開口道：「她……她長得很像清珞。」

這個名字一出口，官家突然向後退了兩步，跌坐回榻上。

「你……」瑄王一副恨鐵不成鋼的模樣。「唉，說你什麼好啊……」

長公主也皺眉。「鉞哥兒，你糊塗啊！」

見官家扶額閉口不言，瑾王把心一橫，道：「我就只是多看了她兩眼，絕無非分之想啊父親！我可以發誓，如果我對她有褻瀆之心，我——」

「罷了！」官家嘆氣。「你們都回去吧，讓朕一個人靜一靜。」

「父親！」瑾王哀求。

「瑾王殿下！」一旁的大太監程抃見狀，忍不住開口道：「您就先回吧？」

瑾王抬頭看看父親，只得悻悻地起身，跟隨瑄王和長公主退出太清樓。

日頭西斜，透過飛簷和樹梢的縫隙伏在牆頭上，正刺入瑾王的眼，惹得他心頭的煩躁更多了幾分。

「秉鉞，」瑄王回頭道：「你嫂嫂新收了江南的廚娘，晚飯到我府上用吧，我們兄弟二人許久未一起吃酒了。」

瑾王搖搖頭。「不去了，沒心情。」

瑄王拍了拍他的肩膀。「那些流言，你也不必放在心上，有些閒人無事做，每日睜眼就是亂嚼舌根的。不過為兄勸你一句，大丈夫深情雖是好事，可你也在明處留了把柄，誰來，都能拿捏你幾下。」

瑾王敷衍地點點頭，又頷首跟長公主行禮，這才心事重重地朝宮門走去。

一路上，瑾王都不住地猜想著，到底是何人散布這些謠言？又意欲何為？

第一個懷疑的對象，當然是蕭卿塵。

那日他被蕭卿塵叫到城郊的私獄，見了冰窖裡那凍得灰白的屍體。

那張臉他也認得，此人名叫李煉。

因李煉曾多次在他不在時出入王府，他便特意找人調查過，結果發現此人不過是楚妙君雇的廂兵。

當時他未加阻攔，是因為有些場合，女子確實不宜拋頭露面，有人替她辦事也沒什麼。

可當蕭卿塵說出這是追殺允棠的凶手之一時，他便再也鎮定不了了。

一是驚訝於楚妙君竟然能背著他，下如此狠毒的追殺令。在他心目中，妻子雖不是伶俐之人，但好在也沒什麼太歹毒的心腸，所以他根本沒想過她會傷人性命。

二是驚訝於，李煉頭上的貫穿傷。

他也曾征戰沙場，知道要想造成這樣的傷口，出手之人需要有怎樣驚人的臂力和精準度。

蕭卿塵的話，基本上都是官場套話，可瑾王生長在帝王家，又怎會不懂這其中的意思？這是個警告。

胡思亂想間，馬車到了瑾王府門前。

瑾王心煩意亂地進了院子，還未進門就聽到鶯聲燕語，隨後又是哄堂大笑。他皺眉，瞥了一眼正廳，就見幾位官眷夫人遍身綾羅，珠圍翠繞，正圍著瑾王妃說笑。

本想低頭快步越過，誰料被瑾王妃抬頭撞見，「王爺、王爺」地喊了兩聲。

瑾王妃正說在興頭上，一點眼色也沒有，笑問道：「王爺，官家喊您去，做什麼了？」

幾位夫人見瑾王臉色不佳，都識趣地閉了嘴，退回座位上喝茶去了。

「沒什麼。妳們聊，我有些頭疼，先回屋了。」瑾王皺眉扶額道。

「剛剛大姊派人來傳話，說新尋了個江南的廚娘，手藝一絕，叫我們今兒過去用晚飯呢！」瑾王妃提起瑄王妃頗有些炫耀之意，眼睛不住地瞥著在座的眾夫人。

瑾王強忍著怒氣，沈聲道：「不去了，我不太舒服。」

「啊？」瑾王妃不由得感到失望，生怕在眾夫人面前丟了臉面，又繼續絮絮叨叨地說：「可我都已經應下了，還特地點了蟹釀橙，都說這蟹釀橙要用江南的蟹子才好吃呢，我——」

李嬤嬤忙扯了扯瑾王妃的袖子，示意她不要再說了。

「吃吃吃，妳就知道吃！」瑾王怒喝，隨即意識到還有客人在，怒哼了一聲後，拂袖而去。

眾位夫人見狀，忙陸陸續續告辭。

瑾王妃則愣在當場，她全然沒意識到發生了什麼事。

李嬤嬤賠著笑臉送客回來之後，見她還愣著，忙道：「王妃還不快去問問王爺，為何發火？」

瑾王妃還有些茫然，聞言忙伸出手，由李嬤嬤攙扶著，主僕二人火燒火燎地朝正屋奔去。

「難道是遭了官家的訓斥？」瑾王妃如臨大敵，只覺得後背都汗津津的。

瑾王一向愛惜面子，從不在客人面前發火，今日卻沒能控制住，想必是出了什麼大事了！

李嬤嬤拍了拍她的手背。「王妃別慌，問清楚，認個錯就是了。」

瑾王妃有些發懵，但還是認真地點點頭。

一進正屋，瑾王果然扶膝坐在正中，面上怒氣沖沖。瑾王妃這回看清了，不由得倍感壓力。

聽見腳步聲，瑾王也不抬頭，高聲道：「妳出去！」

李嬤嬤與瑾王妃對視一眼，忙躬身退出房間，把門關好。

瑾王妃惴惴不安，上前幾步，怯懦地問道：「王爺，可是出什麼事了？」

「出什麼事了？」瑾王冷笑道：「這話該我問妳吧？還是問妳的好姊姊？」

「跟我大姊又有什麼關係？」瑾王妃囁嚅道。

瑾王咬著後槽牙，一字一句道：「妙君，妳跟我說實話，追殺那位小娘子的主意，是不是妳大姊給妳出的？」

瑾王妃一怔，隨後忙不迭地擺手，搖頭道：「我沒有，我沒有追殺她！王爺您是從哪兒聽來的渾話？還是誰在亂嚼舌根？」

「妳真是不見棺材不掉淚啊！」瑾王氣急敗壞地道：「那李煉的屍體我都見著了，妳還想抵賴！」

「李煉？」瑾王妃頭皮一緊，心道：大姊不是說都處理好了？怎麼又被王爺見著了？

見她的模樣，瑾王失望地閉上雙眼，重重地嘆了一口氣。

成親這麼多年，他們倆倒是常有意見不合、拌嘴的時候。

起初瑾王妃還不敢還嘴，可日子長了，尤其是生下襄寧之後，許是前兩個都是兒子的緣故，瑾王對這個女兒甚是喜愛，真是含在嘴裡怕化了，捧在手裡怕摔了，於是瑾王妃母憑女貴，也就敢爭辯一二了。

可即便爭得面紅耳赤，瑾王賭氣去林側妃那兒住上幾日，不出一句，他還是要回到瑾王妃房裡的。

如今卻是一副失望透頂的樣子，瑾王妃怎能不忐忑？

左想右想，瑾王妃怯懦地開口道：「是、是大姊給我出的主意。」

瑾王緩緩睜開眼，冷聲問道：「就因為她的相貌？」

彷彿被戳到痛處一般，瑾王妃挺起胸膛，賭氣似的揚起下巴。「是，沒錯！當初王爺您為崔清珞神魂顛倒，跑去邊關爭功名，還險些丟了性命，這樣的事絕不能發生第二次了！王爺，您現在已經是有家室、有兒女的人了，您——」

「妳糊塗啊！」瑾王把椅子扶手拍得啪啪直響。「現在想毀掉這個家的是誰？是妳，楚妙君！我幾時說過想要納那位小娘子為妾了？她只比襄寧大一、兩歲呀！」

「就憑那張與崔清珞有九分相似的臉，王爺您會不動心？您拿這話去問問全汴京城的人，看看有幾人會信？」

想到提起那個名字時，父親和兄長的反應，瑾王不由得啞然。

「嫁給王爺這麼多年，我自認還是很了解王爺的。」瑾王妃苦笑。「王爺總是不自覺地選一些紅色的配飾，您當我是真不知道原因嗎？」

「我……」

「即便是這樣，我還是願意為王爺生下慧兒，想著總有一天王爺您能回頭看到我。」瑾王妃說到動情處，忍不住落淚。「可眼看王爺對我剛有些不同，又出現了第二個崔清珞，這叫我怎麼能忍？」

「那妳就能殺人滅口？」瑾王厲聲質問。「妳也是為人母的人了，妳也該為慧兒想想！」

瑾王妃拿帕子拭淚。「我這樣做，又何嘗不是為慧兒著想？若是王爺厭棄了我，慧兒又怎會有好日子過？」

「妳是我的正妃，慧兒是我的嫡女，是當今官家親封的郡主！這些難道還不能讓妳安心嗎？」瑾王無法理解。「妳可知，今日父親召我入宮，問的便是錯抓人入府的事情！」

瑾王妃一驚。「官家是如何知道的？」

瑾王搖搖頭。「汴京城裡流言四起，說我想要納妾不成，便強抓人進府，若是妳追殺不成的事再傳出去，後果不堪設想，那些言官們也不會放過我的。」

「這……」瑾王妃慌了神。「這件事應該沒人知道才對呀……」她來回踱步，妄想能撞上些什麼靈感，忽地靈光一現。「蕭卿塵！沒錯，就是蕭卿塵！」

「是誰放出去的風聲，現在還重要嗎？妳若不想我被貶，就不要再輕舉妄動了，這個小娘子，咱們惹不得。」

一句「咱們」，說得瑾王妃心花怒放。

是啊，同床共枕十幾載，說到底她跟王爺才真是一條船上的。

「好，妾聽王爺的就是。」

「什麼?!」崔奇風拍案而起。「允棠，小滿說的可是真的？」

允棠奉上茶盞，雲淡風輕地道：「舅舅，吃點茶，消消氣。」

「我消不了！」崔奇風話雖如此，還是小心翼翼地接過茶盞，抿了一口，放在桌上，才又怒氣沖沖地道：「瑾王妃竟然用迷藥將妳迷暈，抓到府裡去？這麼大的事，妳怎麼不早跟我說呀？」

「都是過去的事了。」允棠坐回黑漆檀木高背椅裡，氣定神閒地嗔怪小滿。「好端端的，妳跟舅舅說這些做什麼？」

崔奇風擺手。「不，小滿，妳要說！以後姑娘受了什麼委屈，事情無論大小，都要跟我說！」

小滿得了令，備受鼓舞，立即又道：「那奴婢還有一事要稟告將軍。」

允棠悠閒地輕啜一口茶，並沒有阻攔的意思。

「說！」

「我們姑娘為避禍到了東臨莊，誰知那瑾王妃竟然窮追不捨，派了許多人來殺我們！還好姑娘膽大心細，又遇上蕭小公爺，我們才僥倖活了下來。可是莊子被燒了，翟叔和白露也——」

允棠適時打斷她。「夠了。」

「好個威風的瑾王殿下！」崔奇風捏緊了沙包大的拳頭，咬牙切齒道：「想當初，他時時刻刻都追在妳母親身後，跟塊狗皮膏藥似的，趕都趕不走，那怯懦的模樣連個女兒家都不如，如今倒是長本事了！」說罷，他抄起立在角落的長刀，冷聲哼道：「我要不當面去問一問，他們還真當我崔家沒人了！」
「舅舅！」允棠起身擋在他身前。「你先別急嘛！」
「屎都快拉到我們頭上了，怎麼能不急？我崔家人，從來就沒受過這樣的委屈！」崔奇風劍眉一立，喝道：「允棠，妳讓開，別攔我！」
允棠蹙眉，母親更大的委屈都受了，還在乎這一點嗎？
可如今若真讓他這麼去了，不知是敲山震虎，還是打草驚蛇？
「舅舅！」
「讓他去！」
院子裡傳來一個慵懶的女聲，允棠轉頭，就見一群侍女、小廝，或抬或搬著大大小小的行李，簇擁著三個人進了院子。
站在正中的，是名風姿綽約的婦人，約莫三十多歲，頭上盤著墮馬髻，側面別一支珍珠點翠的簪子。
她上身著淺石青色縐紗窄衫，描水仙花邊，下身百褶灑金雙鳳穿杜鵑長裙，雖衣著不算華麗，卻難掩姿色。
一雙丹鳳眼漫不經心地掃過舅甥二人，最後目光停留在允棠身上。
在她身側，是同著箭袖的一雙兒女，年約十六、七歲，眉目間皆與婦人有幾分相似。
「遙兒！」崔奇風驚呼。

他把手裡長刀丟給懷叔，也不顧懷叔能不能拿得動，自己三步併作兩步地跑到祝之遙身前，一把將她抱起，興奮地轉了又轉。

許是見慣了渣男，冷不防見到這夫妻感情好的，還真有些不習慣呢！允棠朝周圍看去，只見下人們都忙低下頭迴避，而一雙兒女倒似早就已經習以為常了。

「放我下來！」祝之遙輕捶了崔奇風的肩膀兩下，嗔怪道：「叫孩子們看著像什麼樣子！」

「他們又不是沒看過！」崔奇風咧嘴樂著，忽然意識到她說的不是自己的兒女，而是允棠，急忙小心翼翼地將她放下來，又手忙腳亂去幫她整理裙襬。

祝之遙拍掉他的大手，上前兩步仔細端詳允棠。

崔奇風又湊過去介紹道：「遙兒，這就是允棠；允棠，這是妳舅母。」

「見過舅母。」允棠欠身行禮。

祝之遙也不應聲，就只是細細地看著她，美豔的臉上看不出一絲情緒。

允棠不免有些忐忑，從一進門便不難看出，這位當家大娘子是有些氣場在的。

不光是一雙兒女十分乖巧，就連舅舅這個糙漢子也被她完全拿捏住，下人們更是沒一個踰矩的——十幾號人站在院子裡，竟連一點氣息聲也聽不到。

若是她對自己心存芥蒂，怕是以後的日子也不會好過。

允棠的腦海裡，甚至還循環播放起童話故事裡那些惡毒後母的扭曲面容。

不過既來之，則安之。不管怎樣，進了崔府，至少不再是能被人隨意抹殺的了，只有先保住命，才能有機會去謀劃其他。

想到這兒，允棠不自覺地挺直了背，不卑不亢地與舅母對視。

良久，祝之遙朱唇微啟，仰天長嘆一聲。「清珞啊，妳在天有靈，也能安心了……」

允棠一怔，還沒想明白這話的意思，下一秒就被她攬進懷裡，這個想像中的惡毒舅母，竟忽然間哭得像個孩子。

崔奇風也紅了眼眶，輕撫祝之遙的背，對允棠解釋道：「妳舅母嫁給我之前，便是妳母親的閨中密友，兩人好得簡直要穿一條褲子。妳母親去世，遙兒悲痛欲絕，要不是兩個孩子還在襁褓，她……」

閨密？這驚喜來得簡直不要太突然！

允棠聞著舅母身上淡淡的茉莉花香，有些頭腦發暈。

一方面感謝母親結下善緣，早早鋪好了路，自己不至於太艱難；另一方面腹誹舅舅，這麼親密的關係為何不早說？害得自己胡思亂想。

「看傻了吧你！」一陣銀鈴般的笑聲響起。

允棠收回心神，抬眼看到舅舅的女兒崔南星正抬手推了推傻傻愣在原地的弟弟，格格地笑著。

「來的路上，母親說要把表妹嫁給你，你腦袋還搖得跟撥浪鼓似的，怎麼？見到表妹有閉月羞花之色，想要反悔了？」
「崔南星，妳少胡說八道！」雖是雙生子，崔北辰卻比崔南星高了半個頭都不止，他這邊剛嚷出聲，一側耳朵就被崔南星死死扯住，吃痛之下，不由得大叫。「啊！疼疼疼！」
崔南星手上暗暗地用力，瞪著眼睛喝道：「沒大沒小的！你應該叫我大姊，知不知道？」
「母親！妳看她！」崔北辰咧著嘴求救。
眼看兩個小祖宗又要打起來，崔奇風忙上前伸開雙臂，慈眉善目地笑道：「星兒、辰兒，有沒有想為父啊？」
兩人卻充耳不聞，繼續拌嘴。
「叫姊姊！」
「崔南星！妳鬆手！啊啊啊啊！」
允棠感受到舅母提了一口氣，張開手臂後轉身。
「閉嘴，鬆手！」
祝之遙的聲音不大，效果卻極其震懾。
崔南星悻悻地收回手臂，臨了還不忘瞪弟弟一眼。
崔北辰耳朵都被揪紅了，捂著耳朵，不甘心地道：「母親，妳也該管管她！」話音剛落，感受到母親目光裡的殺氣，崔北辰乖乖抿起嘴，不再出聲。

「允棠，這是妳表姊崔南星、表兄崔北辰。」祝之遙執起允棠的手，柔聲道：「日後若是他們兩個欺負妳，妳儘管告訴我，我來收拾他們。」

允棠忍笑。「見過表姊，見過表兄。」

「妹妹好！」兩人異口同聲。

祝之遙又道：「以後你們待允棠，要像待親妹妹一樣，要疼著她、護著她，知不知道？」

崔北辰搶著答道：「知道了母親！」

沒人理睬的崔奇風，頗有些傷感，吸了吸鼻子，道：「多日未見，孩子們竟也不想我……」

祝之遙白了他一眼。「不過才幾日，哪那麼矯情了？」思忖片刻後又道：「棠姐兒如今排行第三，嬤嬤們就叫她三姑娘吧。」

「是。」眾人應聲。

允棠心情複雜。三姑娘，崔三娘子，還真是個輪迴。

「行了，都回屋收拾收拾吧。周嬤嬤，把星姐兒帶去瑤光閣，辰哥兒帶去玉繩軒。」

等雙生子走遠，祝之遙扭頭對允棠道：「棠姐兒，帶我去妳屋裡看看。」

「哎，不對！」崔奇風想起剛才的事，又去懷叔手裡拿兵器。「我得去瑾王府，為我們棠姐兒討個說法去！」

「舅舅……」

祝之遙扯住想上前阻攔的允棠，道：「讓妳舅舅去吧，以德報怨也要分個時候。」允棠汗顏，她哪裡是以德報怨？她是怕一件件地找過去不痛不癢，想日後找個機會激怒瑾王妃犯下大錯，一併算帳才好。

可祝之遙既然這樣說了，她只好順水推舟，微笑道：「好，那就聽舅母的。」

崔奇風的副將梁奪，奉命護送夫人回京，剛卸了行李在外院歇著呢，見崔奇風氣勢洶洶地提著大刀出門，急忙跟了上去。

祝之遙拉著允棠的手不放，回院子的路上東問西問的，允棠一一答了，倒惹出祝之遙一番愁腸來。

在得知允棠來汴京之前住在揚州時，祝之遙喜道：「我父親是揚州鹽商祝青山，若是揚州那邊還有什麼需要處理的事，儘管告訴我，我往家裡傳個話便是。」

鹽商？看著祝之遙先一步進屋的身影，允棠滿腹疑團。按說母親乃是世代簪纓的名門將女，而舅母卻是本朝最受輕視的商女，二人身分懸殊，又如何能成為閨中密友？

像是知道她在想什麼，祝之遙逐一撫過陳舊的桌臺几案，柔聲道：「妳一定在想，我一介商女，是如何與妳母親成為摯友，又是如何嫁到崔家來的？畢竟在朝為官，娶一個商女，定是要被口誅筆伐的。」

允棠不語，當作是默認了。

祝之遙輕笑。「此事說來話長，妳若是想知道，我叫人備些茶水來，我慢慢說與妳聽。」

「好。」

在吩咐過下人後，祝之遙拉著允棠同在榻上坐下。「我像妳這麼大的時候，我父親給我請了女先生，教我琴棋書畫、點茶、插花，一心想讓我脫了銅臭氣，跟官宦家的小娘子一樣，做個大家閨秀。」

允棠不禁有些欽佩祝家長輩，這目光倒是長遠，只是……

「只是，哪有說的那般容易？即使我言辭談吐、舉手投足再像一個大家閨秀，也擺脫不了我是一個商女的事實。」祝之遙自嘲地笑道。「後來啊，我便讓父親辭了女先生，每日裡跟著父親學經商。在一次跟父親到運城去與鹽戶交涉時，遇到一群賊子，搶了我們的錢不說，還對我意圖不軌。妳舅舅和妳母親剛好出征時經過，便將我們救下了。」

這時侍女們送上茶水和菓子。

祝之遙待她們退下之後，才又繼續道：「別看妳舅舅現在不修邊幅，年輕時可是貌賽潘安，我一見就喜歡得不得了。」

允棠抿嘴笑。「這個我信。」

祝之遙也眉眼含笑，彷彿想起了熱戀時的甜蜜時光，又道：「我藉口救命之恩無以為報，自當以身相許。自此以後，他去哪兒，我便追去哪兒，把妳舅舅嚇得，一見我的面就跑。起初我以為他嫌棄我是鹽商之女，瞧不起我才躲著我，後來妳母親看不下去，過來同我講，他不過是害羞罷了，叫我不要放棄。」

允棠噗哧一下笑出聲來。「想不到舅舅還有這樣的一面。」

「是啊！」祝之遙一笑百媚生。「我隨他們到了邊關，妳舅舅擔心我的安全，將我安頓在營帳之中，妳母親怕我孤單，每日都來我帳裡同我說話，沒幾日下來，我們發現彼此脾性相投，便成了無話不說的摯友。

「隨後不久，便跟西夏打起了仗，這一打，就是大半年。我朝軍隊人數眾多，所需要的糧草也多，但官家撥來用於征戰的款項，實際到達邊關的不過十之三、四。加上西夏對邊關百姓的擄掠，使得民不聊生，可朝廷賦稅卻還在，真乃竭萬民之膏血。」祝之遙的眼前，彷彿又出現當年那滿地餓殍、觸目驚心的慘狀，不由得秀眉緊蹙。「這場仗打得極辛苦，糧草不足，百姓怨聲載道，每日看著妳舅舅和妳母親愁眉不展，我就在想，我能為他們做些什麼？為百姓做些什麼？後來想想，糧草是什麼？不就是錢嗎？我有錢啊！於是我獨自趕去最近的太原府，那裡也有我父親的產業，我將家產盡數變賣，換了糧草和藥，送到邊關，解了燃眉之急。」

允棠驚訝地望過去，祝之遙卻面色平淡，並無炫耀之色。

「當然，事後我父親將我臭罵了一頓，可妳舅舅將我的所作所為稟告官家，官家不但賞了我重金，還親筆題了『大義』兩個字做匾，如今那匾還掛在我父親的廳堂。雖得官家讚賞，可暗地裡惡語中傷之人數不勝數，說我不過是滿身銅臭的商女，怎配得起官家的大義二字？又說為官兵籌集糧草的商賈可多了，怎的就偏賞我一個？還不是因為我與妳舅舅珠胎暗結了。」

祝之遙說得雲淡風輕，可在允棠耳朵裡聽來簡直是不堪入耳。

這已經是對一個女子最大的惡意了！

「他們太過分了！」允棠攥拳。

「是妳母親，陪我度過了那段最艱難的時光。」祝之遙起身，來到一根圓柱旁，撫著上面的一道刻痕。「這是她聽到別人怎麼說我時，一氣之下將手中的匕首扔出造成的。後來，我不再管別人說什麼，妳舅舅上門提親，我也就欣然答應了。我風風光光嫁進了崔府，妳母親成了我的小姑。雖然惡言惡語從未停止過，可有他們兄妹二人，我就什麼都不怕。」祝之遙轉身回望，面有哀悽之色，自責道：「她幫了我那麼多，可她唯一的女兒，飄零在這世上十五載，我竟渾然不知……」

「舅母無須自責，是母親希望我做個普通人家的姑娘，不再受她受過的苦。」允棠輕聲道。「如今認祖歸宗，也是我自己的選擇。」

祝之遙再也忍不住，潸然淚下，聲音顫抖著說道：「允棠啊，不要恨妳母親，她是我在這個世上見過的最美好的一個人了，她一定是有什麼苦衷，她……」

允棠一怔。

見她面色變了又變，祝之遙用帕子拭淚，疑惑地問道：「怎麼了？」

「母親是被人下了迷藥毀了清白，這件事，妳和舅舅都不知道嗎？」

「什麼?!」祝之遙的身形晃了晃，用手撐住柱子，這才勉強站穩。「迷、迷藥？」

果然。

那日在大堯山，看到那堆代表母親的亂石，允棠心裡便產生了一種與母親相依為命的感覺。

若是她不為母親查明真相、洗雪冤屈，恐怕這污名就要永遠銘刻在母親身上，直至被世人遺忘的那天。

可自從她進了崔府後，所見之人除了崔清瓔，無不對母親的死感到惋惜。

沒錯，不是憤恨，不是耿耿於懷，就只是惋惜而已，就好像是「好好的姑娘，怎麼會這麼想不開」的那種惋惜。

「允棠，」祝之遙的呼吸急促起來。「妳把話說清楚！」

第十章

瑾王府。

「崔將軍，瑾王殿下現在有貴客……將軍、將軍！」

小廝拚命阻攔，卻被梁奪一揪領子，拎到一邊去。

崔奇風提著大刀，氣勢洶洶地來到正廳，廳內瑾王、瑾王妃和蕭卿塵正在吃茶。

瑾王妃見狀著實嚇了一跳，急忙起身躲到瑾王身後。

「崔將軍？」蕭卿塵放下茶盞，起身拱手。「蕭卿塵見過崔將軍。」

蕭卿塵畢竟是沈聿風的兒子，崔奇風「嗯」了一聲，算是應聲了。

瑾王看清來人後匆忙起身，語氣恭敬地道：「崔大哥，您怎麼來了？」說罷擺手，讓小廝退下。

「哼，你還知道我是你大哥？」崔奇風冷哼。「可你是怎麼對待我外甥女的？」

「外甥女？」瑾王糊塗了，據他所知，崔奇風有個妹妹叫崔清瓔，可嫁去晁府後並未聽說她有兒女啊！

崔奇風將大刀往身側一立，瞪起眼喝道：「你少跟我裝蒜！」

「崔大哥，這其中定是有什麼誤會啊！」瑾王汗津津地道。

「誤會？」崔奇風大步流星進到堂中，單手提起大刀，刀尖直指他身後的瑾王妃，咬牙道：「我倒要請王妃說說，這到底是不是個誤會？」

崔奇風征戰沙場多年，手上人命無數，這滿身的戾氣形成強大的壓迫感，就連瑾王都覺得頭皮發麻。

瑾王妃更是嚇得瑟瑟發抖，直往椅子後面躲，尖聲叫道：「來、來人哪！」

「嗯？」梁奪橫在門口，眼睛一瞪，那些府兵你看看我、我看看你，沒一個敢上前的。

聽到瑾王和蕭卿塵喚他作崔將軍，瑾王妃便知來人身分。可崔家人為何跑來質問她？她硬著頭皮喝斥道：「你不過區區五品將軍，竟敢跑到王府裡來撒野，看我不將此事稟明官家——」

「住口！」瑾王喝止。

瑾王妃一驚，羞憤之下，揚聲對府兵道：「你們是幹什麼吃的？還不進來保護殿下！」

瑾王忙擺手道：「不許進來！」

「若是殿下今日有什麼閃失，看官家不摘了你們的腦袋！」瑾王妃厲聲叫道。

躊躇之間，已有幾名府兵動手。

梁奪一夫當關，一把長劍舞得滴水不露，一時之間，竟沒人能衝得進來。

「崔大哥！」瑾王急道：「您先聽我說……」

「將軍！」

前。

聽到梁奪大喝一聲，身後又有腳步聲逼近，崔奇風一回頭，就見一名府兵已持刀到了身前。

崔奇風怒不可遏，腰上一用力，竟硬生生將手中幾十斤重的長刀擲了出去！

那長刀毫無阻礙地穿過府兵的胸膛，帶著溫熱的屍身驀地釘在身後的木柱上，刀柄嗡鳴聲不絕於耳。

府兵的頭，毫無生氣地垂下，堂內幾人瞬間大驚失色。

「崔將軍息怒！」蕭卿塵拱手勸慰道：「將軍有話好說，莫要再傷及性命了。」

崔奇風冷哼一聲，轉頭對瑾王沈聲道：「我今日就是來警告你們夫婦的，若是再敢打我崔家人的主意，休怪我不顧及官家顏面！」說罷，單手拔下長刀，帶著梁奪揚長而去。

「放肆、放肆！」瑾王妃攥著椅背的手，骨節發白。她怎麼也沒想到，這崔奇風竟然敢在光天化日之下動手殺人！

「妳快閉嘴吧！」瑾王拳頭砰砰地砸向桌几。「妳到底對崔家做了什麼啊？」

「我沒有啊！」瑾王妃瘋狂地搖頭。「王爺，您相信我，我什麼都沒做！」

蕭卿塵重重地嘆了口氣。這崔將軍來為允棠出氣，可話卻沒說明白，這夫婦二人明顯還不知情，看來只能由他來點破了。

「殿下，那日王妃抓來的小娘子允棠，正是崔三娘子的女兒，崔將軍的外甥女。」

「什麼?!」二人同時驚呼，語氣卻不同。

瑾王自是又驚又喜，瑾王妃卻是惶恐萬分。

「不可能，這絕對不可能！」瑾王妃瞪大雙眼，一副不可置信的模樣。

瑾王先是低頭整理好情緒，隨即幾步上前，聲音顫抖著問道：「你說的可是真的？」

「千真萬確。」蕭卿塵快人快語。「至於殿下和王妃剛才旁敲側擊，問起我與允棠的關係，自然是我一早便知道她的身分。殿下也知道，魏國公與崔將軍乃是過命的交情，這點忙我還是能幫的。」

聽到這話，蕭卿塵身後的緣起不由得悄悄撇了撇嘴。

「允棠是清珞的女兒……」瑾王喃喃道。「她是清珞的女兒，我早該想到的……」

蕭卿塵回頭看看地上的屍首。「殿下還是趕緊將屍首處理掉吧。畢竟王妃有錯在先，若鬧到官家那兒去，誰也討不到便宜。還有，剛才的問題，殿下不必擔心，我若是想說出去，就不會請殿下走一趟了。」蕭卿塵似笑非笑。「如今，不要再招惹允棠的話，看來崔將軍已經傳達到了，我就不再多說了。那麼，告辭。」說完，也不管瑾王夫婦做何反應，領著緣起，轉身離開。

剛出了門，緣起便忍不住問道：「小公爺，您為什麼說早就知道崔家姑娘的身分啊？」

蕭卿塵皺起眉頭。「這個嘛，自然是為她的名聲著想。這幫官眷們的嘴，你又不是不知道，上次在國公府被她們撞見了，不曉得在外面怎麼說呢！」

緣起點頭。「說起來，您好久都沒見著崔姑娘了，今日還去崔府嗎？」

「不去了。」蕭卿塵搖頭。「崔將軍的家眷今日剛回京，今夜，她該和家人一起吃個團圓飯。」

崔府裡，卻不像蕭卿塵想的那般祥和。

崔奇風雙手插腰，不住地來回踱步。

祝之遙和允棠皆正襟危坐，面色沉重。

翟嬤嬤則垂手立在堂下。

「將軍，你晃得我頭都暈了。」祝之遙皺眉。

崔奇風停下腳步，胸口還劇烈起伏著，似乎氣得不輕。半晌後，他才費解地問道：「紅諫，妳說當年妳們冒死回營帳，父親卻不肯相見？」

翟嬤嬤雙眼通紅，一字一句道：「沒錯，姑娘一發覺有人跟蹤我們，便立刻讓馬車掉了頭。奴婢若有半句虛言，便不得好死！」

「不要發這些毒誓，我們自然是信妳的。」祝之遙試圖理出頭緒。「妳可還記得，當時是誰傳話，說父親不肯相見的？」

翟嬤嬤思索片刻後，搖了搖頭。「是一個陌生的小將，我也叫不出名字來。」

「能在父親帳前，不可能是陌生人！」雖然已經沒了鬍子，可崔奇風還是習慣性地摸著下巴，遲疑道。

「只是紅諫覺得眼生罷了，沒說一定是混進了其他人。」祝之遙耐心解釋，轉頭又問道：「他是怎麼說的？可有第二次通傳？」

「沒有，那位小將咬死了老將軍正在氣頭上，誰都不見！」翟嬤嬤努力眨眼，不讓眼淚流出來。「姑娘再三央求，也沒能靠近半分。姑娘自小在軍中長大，自然懂得軍令如山的道理，也就沒再為難那位小將。」

祝之遙看向崔奇風，二人意味深長地對視了一眼。

允棠並不明白其中奧妙，只能在一旁靜候。

「對了，我們臨走時，二姑娘來過。」翟嬤嬤補充道。

「清瓔？」崔奇風疑惑道。

祝之遙雙眼一瞇。「如果我沒猜錯，清珞是讓她傳話給父親了吧？」

翟嬤嬤點頭。

話已至此，允棠也明白了幾分，她攥緊拳頭，雙手微微顫抖而不自知。

「夫人說得沒錯，萬般無奈下，姑娘便將自己被下藥迷暈的事，還有被人追殺的事，都告訴二姑娘。二姑娘當場應承下來，說會在合適的時候轉告給老將軍，還說眼下老將軍是無論如何不可能讓姑娘留下來的，讓我們還是先返回汴京再說。」

砰！

崔奇風一掌將面前的茶几擊了個粉碎！

「然後呢？」祝之遙紅著眼睛，追問道。

「當時已經是深夜，我們本想在營帳中把那一晚上應付過去再說，結果先前那個小將又來了，說老將軍讓我們不要抗旨，趕緊離開。」

「我要殺了那個賤人！」崔奇風面目扭曲，怒吼著向外衝。

祝之遙起身喝止。「將軍！」

「遙兒，珞兒這是活活被她害死的呀！」崔奇風雙眼猩紅，手向外一指。「雖然當時妳我都不在軍中，可妳也知曉父親的脾性，性命攸關，他怎會對女兒和外孫置之不理？」

允棠緩緩起身。「那崔清瓔告訴你們的故事，又是怎樣的？」

祝之遙努力控制情緒。「那年雙生子剛過了生辰，便同時染了風寒，軍醫束手無策，因此妳舅舅決定帶他們回汴京醫治。當時正值年關，病治好了也沒急著回去，直到過了立春，我們剛要上路，就聽說清珞在邊關產子的事。」

「官家大怒，下旨褫奪她的封號，並且命令她和所有女將即刻返回汴京。」崔奇風咬著後槽牙。「我當時還沒離開汴京，便去找官家求情，可官家根本不見我。」

「後來父親自請貶職，我們回到邊關後，便聽到父親說，清珞帶著私生子，跟人私奔了……」祝之遙閉上雙眼。

「私奔?!」翟嬤嬤撕心裂肺地哭喊著。「怎麼可能？姑娘明明是被人追殺的！」

「跟她一起出發的女將們後來也證實，半路上清珞獨自折返了。」祝之遙緩緩睜眼，苦笑道：「後來有人稱，看到清珞所乘的馬車，深夜墜落懸崖，她帶著孩子和乳娘，全都死了。」

允棠把嘴唇咬得快要滴出血來，人心到底有多醜陋，現實又給她上了一課。

「為什麼呀？」翟嬤嬤癱坐在地上，無力地拍打著地面，哭道：「雖然二姑娘平日裡總和我們姑娘爭風吃醋，可橫豎也不過都是些小事，素來無冤無仇的，她為什麼要這麼做啊？」

「崔清瓔跪在父親面前認錯，說她早就知道清珞與人私通，可她怎麼勸也勸不住。」祝之遙痛心疾首。「她甚至還為清珞編造了遺言，說就讓父親當作沒有清珞這個女兒！」

崔奇風淒入肝脾。「父親為此自責愧疚，食不知味、夜不能寐，可我們打聽了許久，都不知道清珞命喪何處，所以就連為她收個屍都做不到。我們對崔清瓔的話也曾懷疑過，可每次質問，那賤人都信誓旦旦，甚至還指天發毒誓，說這其中若有虛言，便……」說到一半，崔奇風身形一震，隨後目光渙散，站在原地喃喃道：「便此生無子嗣……」

看吧，老天早就在示意真相，只是沒人察覺罷了。

「所以清珞含冤屈死這麼多年，」祝之遙跌坐回椅子，死死捏住扶手，恨恨地道：「我們竟都被蒙在鼓裡，任憑她曝屍荒野，做孤魂野鬼，卻一無所知！」

「都是奴婢的錯、都是奴婢的錯！」翟嬤嬤泣不成聲，用力捶自己的胸口。「若是我早帶棠姐兒回來，姑娘也不至於九泉之下都閉不上眼啊！都怪我，我怎麼有臉見姑娘啊！」

祝之遙身邊的周嬤嬤也紅了眼眶，急忙去扶。「紅諫啊，咱們都是聽主子的話行事，沒人會怪妳，要怪就怪那個黑心腸的。」
崔奇風再也無法忍受，他抄起凝著血跡的長刀，向門外走去。
「將軍！」祝之遙見他不肯停下，站起身急急喊道：「崔奇風，你給我站住！」
「遙兒，不要攔著我！」崔奇風頓住腳步，卻並未回頭，他攥緊刀柄，咬牙切齒道：「我不殺她，難解我心頭之恨！」
祝之遙知道事關重大，苦口婆心地勸阻道：「瑾王府的一個府兵，殺了就殺了，他們不敢怎麼樣，可是崔清瓔不同，她是有誥命在身的。」
崔奇風怒不可遏，轉身怒吼。「那又如何！」
允棠面色平靜，聲音清冷，問道：「那我母親的仇，還報嗎？」
崔奇風一怔。
「崔清瓔固然有罪，可追殺我母親的又是何人，到現在都未查明。幕後主使的凶手還逍遙法外，舅舅，您便要與崔清瓔同歸於盡了嗎？」
「我……」崔奇風啞然。
祝之遙轉頭看向允棠，她比當年的崔清珞不知道要瘦弱多少，可這單薄的身軀，迸發出的力量卻是絲毫不遜色的。
崔奇風剛才氣血上湧，腦子早就不聽使喚，此時被她這麼一說，也明白過來了，但他不甘心地道：「難道就這麼算了？」

「當然不能就這麼算了。」允棠冷聲道。「所有的帳，一筆一筆，我都要討回來。」

崔奇風愕然。

翟嬤嬤顧不得眼淚、鼻涕一大把，仰頭看著自家姑娘，也呆住了。

躲在院子角落偷看的崔南星，用胳膊肘拐了拐弟弟，輕聲道：「看到沒有？一句話就能攔住父親的，絕對是個人物！」

崔北辰敷衍地「嗯」了一聲，目光都落在堂內那張倔強的臉上，再也挪不開半分。

長定殿中，皇太孫與蕭卿塵正在對弈。

皇太孫正手執一子，冥思苦想。

蕭卿塵卻胡吃海喝，將擺來的菓子、茶水都吃了個乾淨，吃完後，他還舉著空盤子問內侍。「還有沒有？」

內侍忙上前接過空盤子，「有、有」地應承，隨後恭敬地退了出去。

皇太孫白了他一眼，沒好氣道：「你是到我這裡來用飯的？」

「誰叫殿下非在飯點下棋，總不能叫我餓著肚子作陪吧？」

皇太孫將手裡的棋子放回棋奩，輕嘆口氣道：「也不知父親那邊怎麼樣了？」

「知道殿下為什麼贏不了我嗎？」蕭卿塵嘻笑道。「因為心不靜。」

「叫我如何靜得下來啊？」皇太孫起身，走到窗邊負手而立。「楊倫坐上三司使的位置才沒幾天，就被諫官彈劾，說他之前在兗州為官時行事奢靡，揮霍無度，說他這樣的人根本不適合做三司使。」

蕭卿塵不以為然。「你我都知道楊倫不是這樣的人。」

「楊倫到底是什麼樣的人不重要，重要的是，在祖父的眼裡，他是什麼樣的人？」皇太孫皺眉。「三叔似乎下定了決心，要給楊倫戴上奢靡的帽子。這暗中做了多少手腳，只有三叔自己知道了。」

「上次殿下命我抓的人，已經都關在私獄裡了，瑄王就算掘地三尺，也絕對找不到人。」

皇太孫點頭，悵然道：「斬斷他的左膀，他還有右臂，只要投誠他的人夠多，那斬斷的臂膀也都能盡數重新長出，後患無窮啊！」

「殿下……」

「走吧，隨我去給祖父請安。」

向內侍打聽了，官家正在觀稼殿，二人遂朝內苑過去。

「你說崔將軍一刀挑死了瑾王府的府兵？」皇太孫嘖嘖稱奇。「都說崔家武將驍勇，誠不欺我！只可惜我不能親眼見上一見。」

「崔將軍不過是護甥女心切罷了。」

「你又何嘗不是護她心切？」皇太孫調侃道。「不然你好端端的，怎麼又跑到六叔府上？」

蕭卿塵嗤笑。「還不是瑾王殿下怕我走漏風聲，這才請我去赴鴻門宴。先前已經有了他綁人的傳言，若是再扣上殺人未遂的帽子，官家龍顏大怒，貶斥他也不是不可能的事。」

「先前我就想問你，」皇太孫饒有興趣地盯住他。「那流言，可是你放出去的？」

蕭卿塵做出誇張的表情，故作驚恐道：「殿下在說什麼呀？下官可聽不懂！」

「你呀！」皇太孫無奈地搖了搖頭。「不過你做事，留下這麼大的嫌疑而不處理，這還是第一次啊！」

「沒必要費那個力氣。」蕭卿塵聳聳肩。「就算瑾王殿下知道是我又如何？目的達到了便是。」

皇太孫笑道：「也是，有你和崔將軍，想必六叔母再也不敢輕舉妄動了。不過，你為她做那麼多事，那位崔三娘子知道嗎？」

蕭卿塵收起戲謔的表情，揚了揚嘴角。「不重要。」

皇太孫想到什麼似的，忽然問道：「那崔三娘子的父親到底是誰呢？」

觀稼殿裡，官家頭戴玄色襆頭，身著麻布襦褲，腳穿圓口布鞋，席地而坐。乍眼看去，與普通的種地老翁並無區別。

太子殿下身著常服，坐在官家身旁。雖未刻意裝扮，卻也與面前的莊稼、土地格格不入。

「朕一直覺得，土地是很神奇的存在。」官家瞇著眼，望著面前黃澄澄的稻子，感慨道。「只要你有一把種子，就能結出得以果腹的食物來。」

「這是占城稻？」太子驚喜地問道。

官家面露得意的神色。「是啊，汴京也能種占城稻了！」

太子忙拱手。「恭喜父親！賀喜父親！」

「哈哈哈！」官家開懷大笑。「占城稻不擇地而生，耐旱，成熟得又快，隨種隨收，有了它，百姓再也不用害怕乾旱，接下來就是命人著力推廣了。」

見父子二人相談甚歡，大太監程抃幾番上前欲張口，覺得時候不妥，便又退了回來。

「老東西！」官家回頭假嗔道：「來來回回的，是要學舞伎跳舞嗎？」

程抃苦笑。「官家取笑老奴了。」

「有什麼事？說！」

「這不是瑾王殿下還候在外頭呢！今兒天悶熱，老奴也是怕把瑾王殿下給熱壞了。」

提到瑾王，官家面上瞬間覆上一層寒霜。「不是讓你叫他回去了嗎？」

「老奴倒是勸過幾次了，可瑾王殿下不肯走哇！」程抃苦著一張臉道。

「不走就候著吧！」官家皺眉。「也是帶兵打過仗的人，哪能叫日頭曬一會兒就受不了呢！」

「這……」程抃面露難色，轉向太子。「太子殿下，要不您幫著勸勸？」

太子輕嘆口氣。「父親，秉鉞的性子您也不是不知道，他本就不擅言辭，能悶在殿門口，這就是知錯啦！您好歹見上他一面，給他個改錯的機會吧？」

官家瞪了太子一眼。「再替那個豎子求情，朕就把你一起趕出去！」說完又自顧自地忿忿道：「這個秉鉞，性子一點兒也不像貴妃，同是一母所生，秉鎮要比他省心百倍！」

「父親，您還是聽聽秉鉞怎麼說吧？」太子起身行禮。「孩兒就先告退了。」說罷，太子便退了出去。

「恭送太子殿下！」程抃行禮後，又湊到跟前。「官家，那……」

官家沒好氣地「哼」了一聲。「傳！」

「欸！」程抃喜笑顏開，回頭朝門口喊了聲。「沒眼色的，快將瑾王殿下請進來！」

話音未落，瑾王就跌跌撞撞地闖了進來，見著官家的面，二話不說，撲通一聲跪在地上。

瑾王聲淚俱下地道：「父親、父親！」

隨他一起進門的，還有正午的熱浪。看他後背的衣裳都被汗浸濕了，官家眉頭緊鎖，斥責道：「你看看你，像什麼樣子！」

程抃給官家身後搖扇的宮侍女了個眼色，命她再搧得勤一些。

瑾王膝行數步，匍匐到官家身前。「孩兒錯了，孩兒知錯了！」

官家雖然覺得他行為有些過於激動，但三十幾歲的人了，哭得這麼淒慘，做父親的到底有些於心不忍，語氣便也軟了下來，嘆口氣道：「知道錯了就好，日後——」

「父親，允棠是我的女兒，是我和清珞的女兒啊！」

「允棠是誰？你、你和清珞？」官家兩眼一黑。

程抃忙上前扶住官家。

「允棠便是我之前說的，貌似清珞的那個小娘子！」瑾王哭訴道：「她是清珞的女兒，是清珞在邊關生的女兒！」

「什麼?!」官家頓時頭大如斗，疑惑地問道：「不是說那孩子隨著清珞一起墜崖了嗎？你又為何說她是你的女兒？」

瑾王羞愧地低下頭。「孩兒錯了，孩兒大錯特錯了……」

官家在程抃的攙扶下起身，顫抖著問道：「難道當日要和清珞私奔的人，是你？」

「不，不是！」瑾王拚命搖頭。「從來就沒有私奔這一回事！」

「那是怎麼回事？」官家勃然大怒，厲聲喝道：「豎子，你還不快說！」

皇太孫和蕭卿塵有說有笑地來到觀稼殿門口，看到程抃在門口候著，頗有些奇怪。

程抃上前一步，賠笑道：「殿下、小公爺，官家和瑾王殿下正在說話呢，要不先移步湖心亭？奴婢送些菓子、茶水的，站這兒忒曬了。」

「無妨。」皇太孫擺手，在臺階上坐了下來。

蕭卿塵也挨著坐下。

程抃急忙朝一旁的內侍擺手。「來，快給殿下和小公爺撐傘，遮著點日頭！」

殿內，官家氣呼呼地坐在榻上，瑾王惶恐地跪在面前。

「朕已屏退左右，你速速說來！」

「十六年前，秉鑠大婚……」瑾王緩緩開口，那神情，彷彿陷入了深深的回憶裡。

秉鑠是官家的七皇子，乃是賢妃所出，因先天不足，有喘鳴之症，曾被太醫斷言活不過三十歲。後被封為瑞王，官家意圖透過封號，為他帶來些祥瑞。

當時四皇子璟王、五皇子珩王和六皇子瑾王，都還未婚配，可瑞王情況特殊，官家特意早早為他選了王妃，雖於禮不合，但禮部上下也無人敢非議。

畢竟對於一個可能白髮人送黑髮人的父親來說，想要為兒子留下香火，並不是什麼情理難容之事。

瑞王妃是中書省中書令婁保的嫡孫女——婁蘭英。她識禮知書、蕙質蘭心，在官家心中是瑞王妃的不二人選。

婁保就這麼一個孫女，自然寶貝得不行，瑞王雖是皇子，可身子羸弱，先不說還能不能綿延子嗣，說不定哪天他自己就要撒手人寰，到時候婁蘭英免不了要守寡，作為親王王妃又難以另嫁，所以對於這門婚事，婁保是敢怒不敢言。

大婚當天，婁家全家更是喜色全無。

婁蘭英卻是很滿意這門婚事，女兒家的心思很簡單——瑞王雖然拖著病軀，可病色掩不住他滿腹的才華，詩詞歌賦，無有不精通的。

所以從訂親開始，婁蘭英便盡心盡力照顧瑞王的飲食起居，煮湯熬藥，凡事必親力親為，還特地跟宮裡的司藥、司膳學了很多做食療的本事，讓官家和賢妃都對其讚賞有加。賢妃更是按照郡主的分額，又為婁蘭英添置厚厚的嫁妝才算罷了。

官家龍顏大悅，下令大辦筵席三天，同時大赦天下。

然而，有人卻趁亂打起了崔清珞的心思。

那日瑾王心情不好，喝得酩酊大醉，迷迷糊糊找到崔清珞，再一次向她告白，卻被她拒絕了……

「你醉了。」

「我沒有！」瑾王瞇著醉眼，長吁一口灼熱的氣，面帶愁容道：「清珞，妳不知道，那日我摔下馬，身上又中了兩箭，我真的以為，再也見不著妳了。」

崔清珞秀眉一立，冷哼道：「所以你就收了林秀娥做側妃？」

「我……」瑾王委屈巴巴，含糊地道：「是她從戰場上將我拖走，救了我一條性命，又寸步不離地守了我多日，不然如今妳見著的，便是我的魂魄了。」

「如果是你的魂魄，還能乾淨些！」崔清珞嫌惡地別過頭。「你走吧，不要再糾纏我！」

「清珞，她不過是個側妃而已，正妃的位置，我一直給妳留著的……」

崔清珞冷笑，詰問道：「聽你這麼說，我還應該謝謝你了？」

瑾王一把拉住她的手，哀求道：「清珞，只要妳肯嫁給我，我這就休了她，回去便寫休書，好不好？」

「放手！」崔清珞甩開他，倏地起身，冷聲喝斥道：「蕭秉鉞，我竟沒看出你是這樣的人！婚配嫁娶於你算是什麼？是兒戲嗎？」

「清珞……」瑾王還想繼續糾纏。

可崔清珞常年拉弓射箭，臂力遠勝於普通女子，她一把將瑾王甩開，憤怒離席。

瑾王自是傷心難過，又痛飲了好幾杯，中途有幾名世家女子過來敬酒，他來者不拒，一一應承了。

他搖搖晃晃地起身，險些失去平衡摔倒，此時一名女子適時將他扶住，柔聲道：「瑾王殿下，何苦在一棵樹上吊死呢？只要您肯回頭看看……」

此人正是後來的瑾王妃，瑄王妃的妹妹，楚妙君。

瑾王只覺得頭暈目眩，想找個地方吹吹風。他推開楚妙君，東倒西歪地走到院子裡，又胡亂找了個角落坐下來。

冷風一吹，他頭腦清醒了些，想起剛剛對崔清珞說的話，恨不得抽自己兩個耳光。

他有些懊惱，後悔當初太過衝動，在清珞之前，便將林側妃娶進門。

可在生死線上走一遭，林秀娥對他近一個月的悉心照顧，讓他萌生出要與眼前這個女子共度一生的感情，也是再真實不過了。

崔清珞生性驕傲，又戰功赫赫，與她相處時，他總是謹小慎微，壓抑著自己的真情實意。

但他在林秀娥這個二嫁婦面前，便大有不同，他是能挺直腰桿子做王爺的。

思緒混亂不堪，他抱著頭，蜷縮在黑暗裡，不知該如何是好。

不知過了多久，他半睡半醒間，聽到窸窸窣窣的腳步聲，抬眼望去，竟是一個人牽拉著腦袋，被兩個人架到偏院去。

「快點、快點！」一人催促著。

將人放入房中後，兩人便退出來，一邊將門鎖好，一邊嘀咕著。「這就成了，你趕緊去通知衙內，把鑰匙也一併交給他。」

另一人佝僂著背，接過鑰匙嘿嘿笑著。「衙內這件事，是不是需要個把風的？」

「怎麼？你還想在外面聽牆角不成？擦擦你的口水吧，再怎麼也輪不到你我這種賤籍奴才身上！」

那人「切」了一聲，二人分頭，朝不同方向走去。

瑾王只覺得蹊蹺，瑞王大婚，怎麼會有人被扶到耳房來休息？而且聽二人說話內容，不像是什麼正人君子所為。

他悄悄跟上拿鑰匙那個羅鍋，在一個轉彎處將人敲暈後，拖到柴房裡捆好，又找了塊破布條將那羅鍋的嘴巴塞嚴實。

摸出鑰匙後，瑾王來到偏院，果然在角落有一處房門緊鎖。

他瞧著四下無人，便開了鎖，進了屋。

屋裡一片漆黑，他也沒敢點燈，只是藉著從窗子漏進來的些許月光，試圖看清躺在床榻上那人的臉。

眼睛漸漸適應黑暗後，他定睛一瞧之下，瞬間大驚失色，這不是崔清珞是誰？

只見她雙眼緊閉，衣裳的交領在剛才那兩人的拉扯下歪向一邊，露出胸前白皙的肌膚。

瑾王只覺得渾身燥熱，血氣直衝腦門。

「清珞，妳還好嗎？清珞！」他輕喚兩聲，無人應答。

他慌亂至極，轉身幾步走到門前，剛想抬腿出去，內心又遲疑了下，轉身看看榻上的美人兒，最後一咬牙，反手將門關了個嚴實，又插上了門閂……

啪！官家一個巴掌呼在瑾王臉上，破口大罵道：「混帳！」

瑾王被打翻在地，可他不敢吭聲，趕忙爬起來重新跪好。

「你……你這個孽障！」官家氣得渾身發抖，四處尋找東西要來打他，轉了幾個身也沒找著，索性抄起茶盞，朝他頭上砸去！

瑾王也不敢躲，茶盞砸在額頭上，頓時血流如注。

官家畢竟年紀大了，又在氣頭上，只這一下便呼吸急促，撫著胸口氣道：「你這個畜生，你與清珞乃是青梅竹馬呀！你怎能、怎能做如此齷齪之事！」說罷，劇烈地咳嗽起來。

「父親，孩兒真的知道錯了！」

門口的程抃聽見了，急得團團轉，可又不敢貿然闖進去。

皇太孫與蕭卿塵對視一眼，轉身對程抃吩咐道：「快去請祖母！」

「是！」程抃接過一名內侍手裡的傘，急道：「恩子，快去，快去請聖人！」

內侍應下，轉身小跑離開。

蕭卿塵一把奪過傘，收起來扔在一旁。「都什麼時候了，還打什麼傘！」

皇太孫看了眼四周，鄭重地對程抃道：「此事事關重大，叫他們把嘴閉嚴實了！」

程抃忙不迭地點頭。「是，給老奴一百個膽子，老奴也不敢胡亂言語哪！這兩個都管我叫聲師父，他們也沒那個膽子的！」

給皇太孫打傘的內侍，腿早抖得不像樣了，聽見師父如是說，忙跟著點頭。

「知道害怕是好事。」蕭卿塵拍了拍內侍的背。「不想死的話，就把這件事爛在肚子裡。」

沒一會兒，皇后的轎輦到了殿門口，待嬤嬤扶著皇后到了跟前，皇太孫和蕭卿塵才行禮問安。

「都有誰在裡面？」皇后問道。

皇太孫答道：「回祖母，是六叔。」

「知道了。」皇后淡淡地道：「你們小輩的，都先回吧。」

「是。」

皇后擺手，示意身邊的嬤嬤也退下，獨自進了觀稼殿。

可一進門，她便嚇了一跳。

官家正倚在憑几上喘著粗氣，瑾王跪在地上，額頭流血，一動也不敢動。

「怎麼了這是？」皇后掏出帕子按在瑾王的傷口上，轉頭急道：「官家再怎麼生氣，也不能下這麼狠的手啊！」

「妳問問這個畜生！問問他做了什麼好事！咳咳……」官家指向瑾王眉間，沒說兩句，便又咳了起來。

瑾王抬頭，低聲道：「父親息怒。」

「不要叫朕父親！朕沒你這樣的兒子！」官家擺手，隨後痛心道：「你叫朕怎麼跟崔奉交代？怎麼跟無數死在沙場上的崔家英魂交代？」

皇后剛要去撫官家後心，聞言怔住，手頓在空中。

「剛好你母親來了，你問問她，聽完你乘機玷污清珞清白的骯髒事，還能不能心平氣和地勸慰朕！」

「什麼?!」皇后愕然。

皇后曾生過兩個女兒，卻只活了長公主一個，沒能活下來的那個，跟崔清珞乃是同年同月生，所以每次一見到她，皇后心中都會暗暗想著，如果二公主還活著，應該有她這麼大了。

因為有這麼一層羈絆在，皇后對崔清珞總是格外上心，說是把她當作親生女兒一般，也是不為過的。

每次出征回來，崔清珞總要在皇后宮裡住上幾日，好像母女一樣，插花、品茶，說話談心。

凡是得了什麼好東西，必定要有崔清珞的一份。

崔清珞戰前生子，皇后並不和官家一樣震怒，只是像一個普通母親一樣，心疼自己可憐又癡情的女兒。

後來聽聞她的死訊，皇后更是大病一場。

如今竟然有人跳出來說，她當年生子是被玷污，而非自願的！

在聽完瑾王的口述之後，皇后紅著眼圈，強忍著淚意，一字一句問道：「那下藥的是何人？」

瑾王搖頭。「兒子不知。」

「不知吾就當是你做的了！」皇后怒火中燒。

皇后一向溫和，入宮幾十載，眾人從未見過她發脾氣，如今為了崔清珞，她卻是再也溫和不下去了。

瑾王惶恐地搖頭。「不是我，真的不是我！」

「是不是你又有何區別？」官家痛心疾首。「犯下禽獸罪行的可是你呀！」

皇后上前幾步，怫然道：「鉞哥兒，吾且問你，事後，你可將清珞帶離那間屋子了？」

「有、有！」瑾王頭上的血滴下，糊了眼，他隨手一抹，抹了一臉，點頭道：「我把她挪到另一處耳房，派了侍女，寸步不離地照顧她。」

皇后長吁一口氣，似是如釋重負，隨即又憤恨道：「清珞與你青梅竹馬，早晚都是要嫁你的，你為何要行如此苟且之事？」

「不，清珞不會嫁給我的！」瑾王失聲哭道。「她因林側妃之事，生我的氣，讓我今後都不要再糾纏她。」

「所以你就出此下策？」官家一拍几案，痛心道：「秉鉞，你可是皇子啊，你從小飽讀聖賢書，你——」

「貴妃駕到！」

內侍話音未落，貴妃便急匆匆地進了門，見瑾王滿臉血污，嚇得踉蹌向前，伏在官家腳下，哀求道：「官家饒命！聖人饒命！」

官家皺眉。「妳怎麼來了？」

貴妃自然不會說平日裡沒少給程抃好處的事，只是一味地哭道：「官家，求您饒了鉞哥兒吧！」

「妳都不知道他犯了什麼錯，就求朕饒了他？」官家冷著臉責問，見貴妃哭哭啼啼，更是心煩，擺手道：「妳先回去，待朕審完他再說！」

「官家！」貴妃一邊伸手去卸頭上的珠釵環飾，一邊抽泣道：「那您和聖人要如何處置鉞哥兒，妾替他受了還不行嗎？」

「胡鬧！」官家拂袖。

皇后再也看不下去，冷聲道：「來人，將貴妃送回宮，即日起禁足，沒吾的命令，不得踏出宮門半步！」

貴妃愕然，同為后妃三十餘年，哪怕是官家宿在聖人寢殿，她夜裡遣人去把官家請走，聖人都從未撕破過臉。

門外只有程抃和那小內侍二人，見那小內侍嚇得嘴唇直哆嗦，程抃嘆了口氣，只得自己硬著頭皮進門。

「貴妃娘娘，請吧。」

貴妃自是不敢抗命，朝門外走去，卻一步三回頭，哭喊道：「鉞哥兒……」

瑾王此時因流血過多，面色略顯蒼白，他歉疚地抬頭看了貴妃一眼，又迅速低下頭。

官家心煩意亂，指著一地的首飾。「把貴妃這些東西都帶走！」

「欸！」程抃急忙俯身去撿。

誰知皇后突然轉身屈膝，撲通一聲跪下。

程抃嚇得也趕忙伏在地上，不敢抬頭。

皇后眼中含淚，悲愴地道：「妾身求官家，還清珞一個公道！」

任憑宮裡鬧得天翻地覆，當事人崔家，卻平靜得不像話。

為夫人和哥兒、姐兒接風洗塵的宴席，雖遲但到。

家裡一共五口人，卻擺了張足足能坐下十二人的長桌，桌上各色菜餚齊備，飲子、酒水也俱全，只是崔奇風夫婦各懷心事，只一味地拿筷子戳著碗裡的飯，皆是食不知味。

幾個小的卻沒有忌諱，個個放開了吃。

回京路上雖算不上日夜兼程，但怎麼也算風餐露宿，前兩日崔奇風夫婦根本沒顧得上，如今好不容易能吃頓好的，自然沒什麼好客氣的。

崔北辰胡吃海塞了好一陣，終於把胃口填飽，扭頭去看允棠，竟也是大快朵頤，絲毫不含糊。

怪了，前幾日才放話要為母親報仇的人兒，怎麼胃口這麼好？

話說回來，少女鼓著腮幫子咀嚼的樣子甚是可愛，活像一隻兔子。

崔北辰不知不覺，托腮看得入了迷，忽然大腿皮肉一緊，緊接著刺痛傳來，竟是被人狠狠擰了一下，他不由得大叫出聲。

一回頭，果然是崔南星那張討厭的臉。

「崔南星，妳有病吧！」

崔南星拿起勺子，敲他的頭。「我警告你，別打允棠的主意！」

崔北辰登時臊得耳根子通紅，支支吾吾地道：「妳、妳胡說什麼啊！」

允棠仰頭將碗裡的飲子喝完，輕笑道：「表兄大概只是在好奇，為何我還有心思吃得下去吧？」

隨後朝著崔北辰聳了聳肩。「沒辦法，人總要活下去。」

聽了她的話，夫婦兩個對視一眼，心裡不是滋味。

「允棠說得對，人總要活下去。」崔奇風挾了塊魚肉給祝之遙。「遙兒，多吃點。」

祝之遙卻愁容未褪。「冊封的詔書昨日已經下來，想必父親很快就會聽到消息了，將軍準備怎麼辦？」

「怎麼辦？實話實說唄！」崔奇風又去給大人盛湯。「父親總是要知道真相的，瞞得了一時，瞞不了他老人家一輩子。」

「父親年紀大了，我有些擔心，怕他受不住。」

崔奇風笑笑。「那可是戰神崔老將軍，沒什麼受不住的。」說罷又悵然道：「也不知道他見了允棠，會是如何反應？」

「祖父那麼疼我，也會疼允棠的。」崔南星笑道。

崔北辰難得贊同她的話。「沒錯！」

允棠也笑著。她本已做了最壞的打算，如今的情形於她而言，已經算得上是中樂透的程度了。

有嬤嬤從外面進來，在小滿耳邊耳語了幾句。

小滿上前，低聲對允棠道：「姑娘，小公爺來了。」

允棠拿著湯匙的手一頓，又放回到碗裡，悄聲道：「我知道了。」

「誰？」崔北辰側著耳朵也沒聽個真切，好奇地問著。

允棠起身頷首。「舅舅、舅母，表兄、表姊，你們慢用，我出門一趟。」

「出門逛逛也好。」祝之遙不明所以，喊了周嬤嬤來給允棠塞了些碎銀，囑咐道：「遇著什麼吃的玩的，就買些回來。」

允棠也不好推辭，命小滿收下。

「母親，我也想去。」崔北辰撓了撓頭。「上次回來，還是小時候呢，這汴京城我也沒逛過。」

「我、我想去買些女兒家用的東西。」允棠心虛地搪塞。

「哈哈哈！」崔南星捧腹。「聽見沒？允棠不想帶你去！還是由我陪著吧！」

允棠尷尬地笑笑，這次沒什麼好理由來脫身了。

祝之遙卻看出了些眉目，假嗔道：「星兒，妳今日的字寫完了嗎？待會兒吃完飯，我要檢查妳的功課。」

「啊？又寫字啊？」崔南星瞬間垮下臉，不甘心地用手指向弟妹。「那他們倆為什麼不用寫？」

「因為我寫得比妳好啊！」崔北辰得意地做鬼臉。

趁著混亂，允棠忙側身，退了出來。

跟著小滿一路匆匆來到東南角的小門，門未開，先聞到撲鼻的梔子花香。

「小公爺就在外面等著呢！」小滿上前一步打開門。

隨著門扇緩緩移開，門外站在梔子花叢前的人兒，徐徐轉身。

他穿的是初見時那件月白色的交領長袍，轉身時眉眼含笑，黑亮如錦的頭髮在頭頂綰成一個髮髻，用玉冠扣住，又以玉簪固定。

木質的門框，將溫潤如玉的翩翩公子裝在其中，彷彿畫一般。

「允棠！」他喜上眉梢，連聲音裡都透著喜悅。

允棠定了定神，原地欠身行禮。「見過小公爺。」

不出所料的，蕭卿塵聽到這稱呼又皺了皺眉，張了張口，卻沒說什麼。

「小公爺突然來訪，可是有事？」

「妳還真是冷漠，卸磨殺驢也不是妳這樣的。」蕭卿塵賭氣道。見她站在門裡不出來，又道：「妳就打算這樣隔著門跟我說話了？」

允棠很想走過去，站到他身邊，可腳下卻跟灌了鉛似的，一步也挪不動。

「算了。」蕭卿塵洩了氣，語氣軟了下來。「妳怎麼樣？還好嗎？」

允棠低頭看著自己的腳尖。「嗯，還好。」

「崔將軍對妳怎麼樣？」話剛出口，蕭卿塵便懊惱起來。崔奇風都能跑到王府殺人了，自然是把她放到心尖上的。

「舅舅、舅母跟表兄、表姊，都待我很好。」

兩人一陣沈默。

蕭卿塵看著她，在宮裡無意間聽到和她身世有關的真相後，他便恨不得插上翅膀，立刻飛出來見她。

他尚不知官家會如何處置瑾王，畢竟崔清珞已經去世那麼久了，而且事情涉及到皇家顏面，只要消息不傳出來，崔家人不知道真相，那麼便會和過去這十五年一樣，相安無事。只是苦了她了。

並非他貪生怕死，只是那日同在觀稼殿門口的，並不只有他自己。若消息泄露出去——尤其在這太子和瑄王博奕的當口，對太子和皇太孫，都是百害而無一利。

再極端些想，瑄王手下握有多少勢力還尚未查清，若是因此事惹急了崔奉崔老將軍，崔老將軍再聯合各位將軍倒戈瑄王，屆時朝堂動盪，時局紛亂，還不知有多少人要死於非命。

想起那日在白礬樓，自己還信誓旦旦說要幫她，如今真相就在嘴邊，卻無法知無不言，還真是諷刺。

想到這兒，他邁出去的腳又退了回來。

「妳過得好，我就放心了。」蕭卿塵的聲音輕輕的，他從緣起手裡接過油紙包，放在門口的地上。「這是給團子的小魚乾。」

眼看要道別了，允棠急急地問道：「你就是來送小魚乾的？」

蕭卿塵像是笑了一聲，轉身離開了。

允棠上前幾步，撿起油紙包，又從門內探出頭去看，主僕二人已經飛身上馬，只聽蕭卿塵大喝一聲，馬兒朝巷口奔去。

「唉……」小滿重重地嘆了口氣。

允棠回頭。「妳嘆什麼氣？」

「我本無意入江南，奈何江南入我心！」小滿故作神秘地接過油紙包。「我去餵團子了。」

接下來的日子，更接近沒來汴京之前的生活，每日看看書、畫畫圖，偶爾還到晁家去找晁老太太聊聊天。

畢竟想要讓崔清瓔自食惡果，或是查十五、六年前的案子，都不是件容易的事，需得要從長計議才行。

令人遺憾的是，當年崔清珞出事的時候，翟嬤嬤已經外嫁出門了，直到聽到主子在邊關生子，又遭貶斥的消息，才撇下丈夫和剛出生不久的女兒，跑到邊關去做乳娘。

似乎是有人想要滅口，逃出來的翟嬤嬤，後來再回到家時，見到的只有丈夫和女兒的屍體。

當時陪在崔清珞身邊的另一名貼身侍女——冬月，也早在十五年前就命喪大堯山了。

也就是說，能提供些細微線索的人，都死乾淨了，死無對證。

不過這些都沒能讓允棠灰心喪氣，反而燃起了熊熊鬥志。

不就是十幾年的無頭冤案嘛，柯南有句話怎麼說的？

真相永遠只有一個！

這天，祝之遙說好了要教兩個姑娘點茶，可崔南星一早便躲了出去，只剩下允棠一個。

祝之遙從茶焙籠裡取出茶餅遞給允棠，讓她用茶槌搗成小塊。

允棠搗著搗著，想起在來汴京的船上時，白露似乎就是這樣搗著，不覺眼眶發酸。

祝之遙將她的細微表情都看在眼裡，關切地問道：「妳怎麼了？」

她輕輕搖頭。「沒什麼。」

「允棠，妳若有心事，不想同我講，便去找妳舅舅，或者星兒、辰兒都可以，莫要憋在心裡。」

「嗯。」

她越是乖巧，祝之遙心裡便越是憐惜。

一想到眼前這個孩子，在前十五年裡，連個能撒嬌的長輩都沒有，便心痛不已，更想要極力補償她。

「那妳有沒有特別想要的東西？衣裳、鞋子、胭脂、釵環之類的？」

「我什麼都不缺。」

突然，允棠好像想到什麼似的，抬頭問道：「舅母，最近可有什麼宴席？皇家貴胄都參加的那種。」

「沒見著什麼帖子，妳問這個做什麼？」

允棠卻答非所問。「最好是瑞王殿下大婚時去的那些人，都能到場。」

祝之遙瞬間明白了，恍然道：「難道妳是想……」

「沒錯，我是想試試能不能找到凶手。」允棠放下茶槌，認真地說道：「犯罪心理學有種說法，犯人多數都會在警……呃，在衙門查案時，返回作案現場。」

「這是為何？」

「要麼，是寢食難安，想回去看自己有沒有露出什麼馬腳；要麼，是很滿意自己的作品，返回來欣賞，順便看看查不出案子的人，到底有多沮喪。」

「有這等事？」祝之遙皺眉，忽又問道：「那妳又是如何知曉的？」

「書上看的。」允棠搪塞道。「這不重要。重要的是，若是凶手知道我還活著，定會想來查看我的容貌。」

祝之遙不住地點頭。「妳說得沒錯！那我們就自己大辦宴席，藉著妳舅舅升官的由頭，廣發請帖，有心人自會前來赴宴。」

「可如果被外祖父知道……」

崔老將軍名聲在外，畢竟是沒見過面的，允棠心裡多少還是有些忐忑。

「那有什麼？兵來將擋，水來土掩便是。別看妳外祖父脾氣暴躁，可我嫁進崔家十餘載，他老人家從未跟我大聲說過話。不過妳舅舅呀，可能就慘了。」說罷，祝之遙掩口笑了起來。

允棠也跟著笑出聲。

祝之遙將鑿碎的茶餅放入一旁的茶碾子中，細細研磨，又道：「妳可能不知道，妳笑起來有多好看。平日就應該多笑笑，像妳這個年紀，就該肆無忌憚才好。」

允棠靜靜地聽著。

「現在這府裡，個個都是妳的家人，妳不必處處小心謹慎。」祝之遙又將研磨出的茶粉，用竹製茶具篩過。「想哭便哭，想笑便笑，生氣就砸東西，高興就跳腳。妳還是個孩子，有任性的權利。」

允棠心頭像有一根弦，被猛然撥了一把，震動之下，嗡鳴不止。

祝之遙將篩好的茶粉舀了一勺在茶盞裡，又將茶筅遞給她。「妳來。」

允棠愣愣地接過，看著那一小撮茶末出神。

任性的權利？上輩子爺爺、奶奶說得最多的話就是「不要任性，免得人家不喜歡妳」。還從未有人告訴過她，她有任性的權利。

如此想來，即便是穿到這裡，上樹掏了鳥蛋，她也是篤定翟嬤嬤不會真的氣急了，丟下她不管，才敢去的。

她是那樣清楚身邊每個人的底線，從不越雷池半步，而她沾沾自喜的「叛逆」，最多也不過是在接近邊緣的地方試探。

說穿了，她從未做過真正出格的事，因為她不敢。

祝之遙提起湯瓶，小心翼翼向茶盞裡注入開水，柔聲道：「這水啊，以剛過二沸為最佳，未熟則沫浮，過熟則茶沈。愣著做什麼？還不調茶膏？」

允棠這才回過神來，動手輕輕攪拌。

「別看兒郎們要爭軍功、考功名，就覺得他們辛苦。」祝之遙第二次注入開水，見她不緊不慢的，又開口提醒道：「再快點，點出的茶湯色澤要純白才好。」

允棠乖乖照做。

「其實女兒家，才要更苦一些。妳已經及笄，星兒比妳還要虛長一歲，我們就算能留妳們三年、五年，也沒法子留妳們一輩子。」祝之遙有些悵然。「一旦嫁了人，就算嫁得再好，妳要記住一句話，婆家永遠也比不上娘家自在。」

「舅母，您也過得不開心嗎？」允棠歪著頭問。

「不是說婆家不好。」祝之遙怕她誤會，忙解釋道：「其實我已經算是命好的了，妳舅舅寵著我，至今也沒說再納個妾、收個偏房。可在婆家，妳總得拿著個勁兒，要站有站樣，坐有坐相不是？哪有在娘家吃飽就睡、日上三竿也不起來得舒坦？」

允棠點頭。「您這麼說我就懂了。」對於早起這個問題，翟嬤嬤一直有很深的執念，不能起早等於嫁不出去。所以每次喊她起床，翟嬤嬤幾乎都是抱著不能眼看著悲劇發生的信念，一絲不苟、風雨無阻。「那我以後能晚些起嗎？」允棠心虛得頭都沒抬。

「妳的腦子轉得倒快！」祝之遙啞然失笑，用手輕點她的額頭。「當然可以！」

「謝謝舅母！」允棠咧嘴笑，雙手端起點好的茶。「舅母喝茶！」

「嘖嘖，好一幅母慈女孝的畫面啊！」崔南星不知何時倚在門口，拍手叫好。

見到自家女兒，祝之遙的笑容瞬間消失，氣道：「一大清早的，妳又跑去哪兒了？我昨日不是說了，用過早飯就到這裡來學點茶嗎？」

崔南星撇著嘴，走到屋內，大剌剌地坐下，一隻手撐在膝蓋上，霸氣地道：「母親，您為何從不這樣對我笑？」

祝之遙皺眉，手指在空中點著。「妳看看妳這坐相，哪裡有半點女兒家的樣子？」

允棠聞言，驚詫地轉頭。剛說好的，在娘家可以肆無忌憚呢？

「您這麼喜歡允棠，乾脆讓她做您和父親的女兒好了，換我叫您舅母，可好？」崔南星狡黠地道。

「越說越不像話了，妳討打！」祝之遙作勢要打。

崔南星忙跳起來躲閃，邊跳邊笑道：「允棠，看到沒有？剛剛她的慈愛全都是裝出來的，妳來的日子短，往後妳就知道了！」

「還說！休要教壞了允棠！」

崔南星繞到條案另一邊，將剛剛的茶盞端起來，喝了一口，搖頭晃腦道：「嗯，味道不錯，孺子可教也！」

「崔、南、星！」祝之遙咬牙切齒地起身到窗子前去拿叉竿。

聽到被叫全名，崔南星吐了吐舌頭，放下茶盞，邊向外跑邊喊：「允棠，下午我和崔北辰要去城北獵場，未時在大門口等妳啊，未時！」

祝之遙挽著袖子，攥著叉竿，看著那漸遠的歡快背影，還呼哧呼哧地喘著粗氣。

允棠卻覺得這個表姊實在有趣得緊，這大概就是從小被寵大的樣子吧！

——未完，待續，請看文創風1272《小公爺別慌張》2

流浪貓狗介紹所

為流浪貓狗加油 和貓寶貝 狗寶貝

廝守終生(一定要終生喔！)的幸福機會

對人來說，貓寶貝狗寶貝只是生活的一部分，但妳（你）對牠們來說，卻是生活的全部，領養前請一定要考慮清楚——

▲ 美好的黑帥兄弟——小景和小新

性　　別：男生

品　　種：米克斯

年　　紀：5個月

個　　性：小景親人親貓；小新親貓，對人稍微害羞

健康狀況：已施打兩劑預防針，
　　　　　貓愛滋、貓白血、毛冠狀病毒檢測皆陰性

目前住所：新北市永和區

本期資料來源：Ezojze ZackEs HuangWu個人臉書 https://www.facebook.com/ezojze.huangwu.94

『小景和小新』的故事：

一如往常在TNR（誘捕、絕育、放回原地）抓紮母貓的時候，發現有兩隻小幼崽躲在廟的柱子後面，怯生生看著我們。牠們肚子餓得發慌，卻不敢出來吃東西，看起來瘦巴巴、楚楚可憐，這就是我們與小景、小新的初相遇。

剛開始，貓的本能讓牠們害怕人類，但是在家裡成貓的帶動之下，牠們和人類的互動有極大的進步。小景（賓士哥哥）長相老成，個性溫和穩定，時常自在地在屋子裡走來走去觀察所有事物，對其他成貓尊重、不挑釁；小新（黑貓弟弟）則是吃貨，個性好惡鮮明，不喜歡的東西會表達抗議，之前看到人會飛速遁走，但最近已經開始給摸了。

兩兄弟每天努力學習社會化，尤其去過三、四次送養會之後，對人類的信任度大幅增加。您想要一次收服兩隻萌貨嗎？上臉書私訊或加Line ID：enzoesther，叩叩Esther先幫您鑑定家中的防護措施，讓美好緣分永駐您家！

認養資格：

1. 認養人須以硬網格、高抗拉力網或粗尼龍繩網做防護。
   各式紗窗皆無法阻擋貓咪爪子抓破，即便綠色塑膠園藝網在日曬之下會脆化，也不是理想的防護材料。
2. 須同意簽認養寵物切結書。
3. 須同意送養人日後之追蹤家訪，對待小景和小新不離不棄。

來信請說明：

a. 個人基本資料：姓名、性別、年齡、家庭狀況、職業與經濟來源等。
b. 想認養小景和小新的理由。
c. 過去養寵物的經驗，及簡介一下您的飼養環境。
d. 若未來有結婚、懷孕、出國或搬家等計劃，將如何安置小景和小新？

文創風
1271

小公爺別慌張 1

國家圖書館出版品預行編目資料

小公爺別慌張 / 寄鸞月著. --
初版. -- 臺北市 : 狗屋出版社有限公司, 2024.07
冊 ; 公分. --（文創風 ; 1271-1273）
ISBN 978-986-509-534-5（第1冊 : 平裝）. --

857.7 113007933

著作者	寄鸞月
編輯	黃淑珍
校對	黃薇霓
發行所	狗屋出版社有限公司
地址	台北市104中山區龍江路71巷15號1樓
電話	02-2776-5889～0
發行字號	局版台業字845號
法律顧問	蕭雄淋律師
總經銷	知遠文化事業有限公司
電話	02-2664-8800
初版	2024年7月
國際書碼	ISBN-13 978-986-509-534-5

本著作物由北京晉江原創網絡科技有限公司授權出版

定價290元
狗屋劃撥帳號：19001626
網址：love.doghouse.com.tw E-mail：love@doghouse.com.tw